老布/著

穿越生死线日记

全国百佳出版社
中央编译出版社
CCTP
Central Compilation & Translation Press

图书在版编目（CIP）数据

穿越生死线日记/老布著.

—北京:中央编译出版社,2011.4

ISBN 978-7-5117-0824-3

Ⅰ.①穿…

Ⅱ.①老…

Ⅲ.①日记—作品集—中国—当代

Ⅳ.①I267.5

中国版本图书馆 CIP 数据核字(2011)第 049884 号

穿越生死线日记

出 版 人 和 龑

责任编辑 邓 彤

责任印制 尹 珺

出版发行 中央编译出版社

地　　址 北京西单西斜街 36 号(100032)

电　　话 (010)66509360(总编室)　(010)66509353(编辑室)
(010)66161011(团购部)　(010)66130345(网络销售)
(010)66509364(发行部)　(010)66509618(读者服务部)

网　　址 www.cctpbook.com

经　　销 全国新华书店

印　　刷 北京溢漾印刷有限公司

开　　本 787 毫米×1092 毫米　1/16

字　　数 358 千字

印　　张 31.25

版　　次 2011 年 4 月第 1 版第 1 次印刷

定　　价 36.00 元

本社常年法律顾问：北京大成律师事务所首席顾问律师　鲁哈达

凡有印装质量问题，本社负责调换。电话:(010)66509618

“天空，聚集起乌云了，很像一幅大师的抽象画，行人稀少，我也懒得动作，啃着昨晚买的一根麻花，慢慢嚼着，有些硬有些凉有些酸味，听一段莫扎特的小夜曲，又困了。实际上，只睡了五个小时，好像，一个世纪。梦里，浮现很多熟悉的场景，醒来，一看，还在这间房子。又在网络上游荡一个半小时了，一个人发呆。心，走了很远、很远的路，方向却错了。”

备注：写下这些文字时是2008年12月20日凌晨，几小时后，我就看见几滴鲜血在我的尿液中。

代序一：

我的黑色12月

从来没有想过我的人生会与癌症遭遇。

2008年11月末，先是在大学读书的儿子来电话告知因有五门功课不及格学校劝其退学，我很着急。晚上，又接到妹妹的电话，说父亲最近急剧消瘦，恐怕患了癌症。儿子与父亲都是我的亲人，这两件事情同时出现，让我第一次感觉到了巨大的压力。12月1日，我立即驾车千里赶回大连，先去儿子的学校与老师沟通，再等待父亲的检查结果，两天后，父亲的检查结果出来了，虚惊一场，我略微松了口气，

2008年12月13日，我去超市购买了五个豆包，吃了三个后，肚子发涨，肚皮越来越大，一敲像鼓一样砰砰地响。我不想去医院，朋友推荐了一家中医诊所，经过按摩，肚子里的不适缓解了。

我去医院开了一张检查单，但我没有检查就离开了。我坚信我没有任何疾病，这次涨肚只是偶然。那时，我忙于为朋友的一间公司做策划方案。

12月20日清晨，我的爱人在卫生间马桶边上看到一滴鲜血，她告诉了我，我没有当回事情。但那天夜里，不时地醒来，又

不时睡了过去，一夜全是梦。最后一次醒来，窗外已呈现鱼肚白色。原来我是不准备去医院的，但我改变了主意。

我起床在网上搜索了血尿的关键词：膀胱炎、肾结石、膀胱癌。

我对爱人说：大不了，就是膀胱癌。

天空下着小雪，我一个人驾车去医院了。

其实，早在2008年7月，我也见过我的尿液里有鲜血，但全然没有认真，也没有任何异样感觉。

网上信息显示血尿是膀胱癌症的特征之一。

检查了尿、血及彩色超声外，医生建议我做CT，我说改日再做，就匆忙回家了。

回家后接到一个朋友打来电话，她问我结果如何，化验单上有没有“实体占位”？我仔细看了看那龙飞凤舞的几行字，辨认出“实体占位”四字。

大约过了半分钟，她对我说：

“你得了癌症，膀胱癌。”

两天后，医院的膀胱镜检查证实在我膀胱右侧有一个直径4厘米的实体占位——膀胱癌。

癌症，真的来了，我的生命进入了“倒计时”。

从医院驾车回来途中，感觉到时光最初停滞了，然后，就是飞速旋转，我看见了一只流浪猫在远处走过，我将车停在路边，仔细看那只猫，我知道我生命的下一站就是死亡，而没有中途站了。

我的手有些发抖，我不得不将车停在路边，拧开了收音机，此时，恰好飘出了许巍的歌声：

“许多事情来不及想

就这样发生了”

我应该第二天住院，然后进行外科手术，放化疗，再然后，就慢慢地进入最后的几个月或几年的生活，而这样的生活早就被无数癌症患者描述过了。

我让医生给我画了一个切除部分膀胱的手术图式。

可悲的是，我这时竟不知道前列腺与膀胱的具体位置，与膀胱癌同时而来的还有前列腺增生钙化、右肾结石，遗憾的是我对前列腺与膀胱了解甚少，似乎从来都没做过前列腺与膀胱检查，好像生命从来都是健康的，不需要呵护与关爱。

我决定按朋友的指点，回北京做手术。

这时，我口袋里只有不到五千元钱。

回家后，好朋友钟燕冰来看望，一贯坚强的我却握着她的手嚎啕起来：

“燕冰你借点钱给我，我不想死啊，我要活着……”燕冰，立即回公司取来10万元钱递给我，这10万元钱，在那个时候就是挽救我生命的希望。

我在做回北京手术前的准备，又打电话给我一个企业家朋友董萍大姐，她那几天正忙于20周年企业庆典活动，根本不相信我的检查结果。在我说明病情后，她立即打电话给会计部门，说钱不是问题，忽然，董萍大姐突然说：

“你有救了。我从北京请来一个著名的专家，他专治癌症，咱们去找他去。”

我们立即赶到那个著名专家住的酒店。

这位专家看了下我的检查结果，又听我复述后，轻松地笑着说：“放心吧，我保你过一个好年，很快你就能康复了。”

当时，我还在尿血，我质疑的眼神表明了我的态度。

好像一切都是事先安排好的，他倒了半杯一种液体给我，我仰脖喝了下去。这时，我才知道这种液体就是朱老先生研制的益生菌活化剂，独家配方，这次是为董萍大姐的另一个患有癌症的朋友带来的。

董萍大姐做主，我把为那位患者配制的益生菌活化剂倒出一半拿走了，约5公斤。

按照朱老先生的方案，一周后，我要进行“断食七天”疗法。

断食七天，这是生命的极限，我那时没有任何恐惧。那个时候，我真的认为我活不了多久了，只要能让我活着，上刀山下火海，我都愿意。

回家后，我上网了解益生菌，原来益生菌是构成我们生命的重要物质，但这个益生菌活化剂治癌目前还不被主流医治方案所认可。

第二天我去检查，血尿止住了。尽管食用益生菌活化剂是非主流的医治方案，也许会有风险，但我已别无选择。

代序二：

妈妈拉着我的手穿过斑马线

今天早晨，妈妈执意要送我去机场，她还坚持要坐公车去，8点25分的飞机，我们6点15分走出家门。

我们先从老虎滩，坐上712路到三八广场，再转乘710路，第一辆公车来时，我们一看车里人太多，就等待第二辆，第二辆公车来时，妈妈说一定要抢一个座位给我坐，妈妈果然抢到一个座位，年过七十的妈妈非得让我坐，我怎么能坐啊？我站在妈妈身旁，随着公车咣当咣当穿过拥挤的城区，妈妈还不时看着表，一再说如来不及我们就下车打出租车。

我说时间来得及，妈妈路上一再说你要注意身体，坐久了不行，要按时休息，千万别熬夜，一路上妈妈一直在叙述着她阅读到的关于治疗癌症的常识。最近，妈妈看了许多关于癌症的书籍，前天，妈妈趁爸爸不在家时问我：你说如果你真死在我们前头，你说谁最想你？谁最难受？

我说：是妈妈你。

满头白发的妈妈突然哭了，她强忍住不发出声音来，她不让我看她的泪水落下。

公车到了机场，前面有一个十字路口，来往车流太多，妈妈走在前头，用身体为我挡住，生怕来往汽车撞着我，妈妈左看右顾，正好有一个间隙我们可以穿过去，妈妈突然拉着我的手，小心地走过斑马线。

我早记不得最后一次妈妈拉着我的手穿过斑马线的细节，也许在我读小学的时候？或考更早吧？今天，49岁的我被妈妈拉着手，穿过斑马线，我想一定是我的福分，母爱无疆，母爱博大，母爱无私，我都不曾拉着妈妈的手穿过斑马线。

妈妈坚持要看我过了安检后再离开，等我过了安检后，我看见人群中踮起脚尖寻找儿子的妈妈，我与妈妈相互挥着手，我的泪源源不断落下，我想妈妈也是。

其实，我与妈妈并没有到了生死离别的时刻，可是，自从妈妈知道我患有癌症后，她每时每刻都担心我先她而去……

一到北京，我就打电话告诉妈妈到了，妈妈还一直瞒着爸爸，爸爸毫不知情，妈妈真的很难啊，她无处叙述自己的悲伤，她总是鼓励我战胜疾病，我对妈妈说我们开展一次健康长寿的竞赛，妈妈你要活过百岁，那时，我也就80岁了。

代序三：

我对癌症的几个观点

我是有资格谈论癌症及如何医治癌症的，即便是医生，也没有资格谈论医治癌症。

假如，我问医生这样的一个问题：

“你医治好了几个癌症？”

医生一定沉默。

假如，我解再追问一个问题，医生就会汗颜地扭头就走。

这个问题就是当你的父母、伴侣或孩子也患有了癌症，你也给他们加大剂量放化疗吗？让他们被各种现代化的器械切除自己的器官吗？

这两个问题，我曾经问过许多医生，他们都不回答我的问题。

我的亲属们，也有许多医生，当他们看到我的现状，问了问我的方法后，都摇头说：我们不懂你的方法，但你确实比以前健康多了。

癌症，其实并不可怕。

癌症，不是现代病。自然，癌症很久以来一直伴随我们人类的脚步，随着岁月的逝去而进化、演变与发展。

那么，是谁妖魔化了癌症?

这不是几个人的问题，最初的动机是好的，就是想研究出一种绝杀癌症的神奇武器，保卫我们的生命，但这套方法没有起到明显的效果，被世界各国渐渐放弃了，但我们中国却正好与世界相反，把手术及放化疗当作主流医治方案，而大力排斥其他方案，究其原因就是利益之争。

通过近一年多实践，我对癌症有了新的如下认识：

1. 癌症，是我们的生命无法回避的遭遇战。

癌症，是生命与生俱来的，也可以这样说：癌症是生命存在的另外一种形式的表述。

2. 癌症，是慢性病。

不能单独以切除哪个器官就能解决问题的，癌症，也无法彻底根除，能治好癌症，是人为编造的一个神话，这个神话的极致就是将癌症定位成绝症，既然是绝症，医治不好，就有了许多理由，正因为绝症的意识太强大了，影响到每个人的言行，一旦被确诊为癌症后，患者就顺从了医生的意见，不顾一切地要绝杀癌症，哪怕倾家荡产，也要与癌症做生死搏斗，患者死了，医院富了，这就是残酷的现实，生命，就一个接着一个消失了，而没有谁为此愧疚与自责。

3. 癌细胞，是生命的对手但不是敌人。

癌细胞，人人都有，是生命存在的象征与必然产物，我们要把癌细胞当作对手，没有癌细胞的人是不存在的，没有了癌细胞，就没有了生命，因此，我们与癌细胞的关系应该是一种和谐共处的友好关系。

4. 新生活，在癌症后开始。

患有癌症，不意味着生命进入了“倒计时”，我们完全可以延续自己的生命，当我们的胸怀、精神、理想与情感更加豁达与开放，更加乐观与有信仰的时候，我们的生命就掌握在我们自己的手中。

5. 要想延长自己的生命，就必须彻底颠覆原有的性格、生活方式、饮食习惯。

2008 10

日	一	二	三	四	五	六
			1 初三	2 初四	3 初五	4 初六
5 初七	6 初八	7 初九	8 寒露	9 十一	10 十二	11 十三
12 十四	13 十五	14 十六	15 十七	16 十八	17 十九	18 二十
19 廿一	20 廿二	21 廿三	22 廿四	23 霜降	24 廿六	25 廿七
26 廿八	27 廿九	28 三十	29 十月	30 初二	31 初三	

穿过你的黑发的我的手

穿过你的黑发的我的手
穿过你的心情的我的眼
如此这般的深情若飘逝转眼成云烟
搞不懂为什么沧海会变成桑田
牵着我无助的双手的你的手
照亮我灰暗的双眼的你的眼
如果我们生存的冰冷的世界依然难改变
至少我还拥有你化解冰雪的容颜
我再不需要他们说的诺言
我再不相信他们编的谎言
我再不介意人们要的流言
我知道我们不懂甜言蜜语

留不住你的身影的我的手

留不住你的背影的我的眼

如此这般的深情若飘逝转眼成云烟

搞不懂为什么沧海会变成桑田

穿过你的黑发的我的手

不知为何突然又喜欢听罗大佑的歌声，便下载两盘罗大佑的歌曲，在北京回大连的路上倾听。

许多很久远的往事，都在歌声中渐渐还原……

窗外，风景依旧在，故人西去不归还。一周内，往返两次在这条高速路上，驾车行驶五千公里，曾经听许巍与汪峰的歌曲几十遍，最喜欢《风行》、《我的爱》、《怒放的生命》。

备注：不知为何非得找到这首歌听，看一下这些歌的名字，几乎在内涵上都相同，情感的怀旧，实际上，在这之前，已经尿血一次，我忽略不计了，直到第二次尿血，膀胱肿瘤已到了中期。

2008 9

日	一	二	三	四	五	六
			1 初三	2 初四	3 初五	4 初六
5 初七	6 初八	7 初九	8 寒露	9 十一	10 十二	11 十三
12 十四	13 十五	14 十六	15 十七	16 十八	17 十九	18 二十
19 廿一	20 廿二	21 廿三	22 廿四	23 霜降	24 廿六	25 廿七
26 廿八	27 廿九	28 三十	29 十月	**30 初二**	31 初三	

放手让她去爱

2008年9月30日。

我住在家乡大连中南路一家酒店里，这离我原来的家不足2公里，翻过一个缓缓的山坡，就到了老虎滩，我曾经在老虎滩附近居住8年。

酒店窗外，就是以前每天必走的中南路，往南的一个十字路口，有一家肯德基店，那是我每天吃早饭的地方。

这次回家乡，被朋友安排住这个酒店里，约定上午10点谈事情，不到八点，我就饿了，便驾车来到了肯德基，我把车停在肯德基旁边的银行停车场，转身进去了，与往常一样，灵感又来临了，便将思绪记了下来。

半个小时后，我走出来，启动了汽车。这时，肯德基店前已有许多人聚集在此零售水果等，我缓缓地驾车小心从人群中穿过，我的身后还跟着一辆汽车，就在这时，我突然看见了我原来的那辆汽车停在银行的停车场里，那是我家的汽车，我几乎喊了起来，立即刹车，我在找一张可以写字的纸，没有找到，只好拿起来汽车前风挡玻璃处那张进京证，随手写下：

“++：你好。祝你开心幸福。

老布。”

最莫名其妙的是我将车停了下来，推开车门，走向那辆汽车，后面的那辆汽车拼命按着喇叭，我没有听见，我仔细地将那张写了几个字的纸，夹在那辆汽车的后视镜缝隙里，再转身回来，那时，时空好像停滞了……

当我关上车门，启动汽车，我从后视镜里看见++从银行中走出来，她走到汽车前，看见了那张纸，也转过身来，四处寻找，但我的车融入到大街车流中了……

我脑海里涌现出无数亲切的情节，我与她一起驾车去远方，她来北京看我后，我再与她一起返回家乡，我们一起生活8年，8年的时间，突然中止了，我按着她的建议一个人远离。

她说：我快结婚了，有人爱我要与我结婚。她还说：难道你反对我的选择吗？

我知道她等待我的答复，我必须立即开她，不需要我再说什么，当天，我就离开了她的家。

我回到宾馆里，拿起手机，给她写了一个短信：

“++：你好。看到了你的车，祝你开心幸福。

老布。”

我轻轻按了发送键，我没有放下手机，我在等待，几秒钟后，来了一个短信：

“也祝你开心幸福！”

我愣在那里，许久后，才回到现实中，不大一会，听见敲门声，朋友们来了，我与朋友们去一间咖啡馆里，那天，那个情节，就永远鲜活储存在记忆中。

“放手让她去爱！”

这是我第一次如此心平气和，如此真诚与友好，没有了嫉恨、没有了怨恨、没有了暴怒与忿忿不平，也没有了掏心撕肺般的绝望，只是让自己松开双手，一个人远离，祝福她！

2008 11

日	一	二	三	四	五	六
						1 初四
2 初五	3 初六	4 初七	5 初八	6 初九	7 立冬	8 十一
9 十二	10 十三	11 十四	12 十五	13 十六	14 十七	15 十八
16 十九	17 二十	18 廿一	19 廿二	20 廿三	21 廿四	22 小雪
23 廿六 30 初三	24 廿七	25 廿八	26 廿九	27 三十	28 冬月	29 初二

布小黑为何出走?

我家养了一只猫，郎猫，据说出身正统，浑身黑色，到今天正好养了半年。以前，邻居家的母猫来呼唤布小黑，他们两个站在阳台上，母猫用锋利的爪子，将推拉窗拉开，布小黑便顺窗户钻了出去，但阳台太高，母猫顺着旁边的一棵大树爬上来，他们约会见面，很快乐的样子。

此后，布小黑便开始了紧张的体能训练，不断地飞跃，我总夸他勤奋，最后，布小黑可以飞的很高，他还可以像刘翔那样蹲在地上，然后起身，冲刺，像头豹子，我经常为此得意洋洋。

前几天，布小黑绝食了，虽经过食物的调换，他情绪依然低迷，见到女性就扑向人家怀中，温顺的像个孩子。

昨天，是光棍节，我还与布小黑合影了。

今天早晨，布小黑像往常那样厌食，然后，他就回到了二楼，邻居抱着自家的母猫来我家，找布小黑玩，才发现布小黑不见了。

布小黑，随老布的姓氏，一只灵性的猫，常常在深思

2008.11

我们在院子里四处寻找，喊累了嗓子，直到天黑，伸手不见五指，也不见他的踪影，邻居家的那只母猫，也在院子里走动，好像也在寻找他……

猫，几个月算成年猫？6个月吗？

难道，布小黑完成了成年礼，他要寻找他的爱情？

有人说：动物没有爱情。

那么，布小黑去寻找他的性爱？

布小黑为何在光棍节的第二天离家出走？

也有人说，布小黑太英俊了，被他人抱走了。

总之，布小黑在家生活了6个月，就这样不辞而别，我很忧伤，却不知道如何表达……

2008 11

日	一	二	三	四	五	六
						1 初四
2 初五	3 初六	4 初七	5 初八	6 初九	7 立冬	8 十一
9 十二	10 十三	11 十四	12 十五	13 十六	14 十七	15 十八
16 十九	17 二十	18 廿一	19 廿二	20 廿三	21 廿四	22 小雪
23 廿六 30 初三	24 廿七	25 廿八	26 廿九	27 三十	28 冬月	29 初二

写给离家出走的猫

我家的布小黑（猫）离家出走后，我本认为会很快遗忘他，没想到他总出现在记忆中……对我这个年龄的男人说，什么事情都经历过，却被这只猫拽走了心思……

猫，在哪里？

在远方。

哪个方向？

猫不知道，我也不知道。

于是，我写给布小黑这样几句话，希望他能听见：

不要认为到处都是家
总有人给你一个宽敞的地方
别看其他猫也在愉快流浪
你不知道他们背上的伤

还有那诅咒的训斥与横眉冷对
不要认为自己出身高贵
总有人给你一个体贴的关怀
别羡慕其他猫天天养尊处优
你不知道他们也受尽折磨
还有走错家门后无奈的选择

即使你千百次懊悔
你还是流浪在远方
即使你曾经温顺
也会被另外一只更温顺的猫取代
哪怕你已在回家路上

2008.11

备注：简直就是自画像。其实，我已经在预言了一种结局。
比如：即使你千百次懊悔，你还是流浪在远方；即使你曾经温顺，
也会被另外一只更温顺的猫取代，哪怕你已在回家路上

2008 11

日	一	二	三	四	五	六
						1 初四
2 初五	3 初六	4 初七	5 初八	6 初九	7 立冬	8 十一
9 十二	10 十三	11 十四	12 十五	13 十六	14 十七	15 十八
16 十九	17 二十	18 廿一	19 廿二	20 廿三	21 廿四	22 小雪
23 廿六 / 30 初三	24 廿七	25 廿八	26 廿九	27 三十	28 冬月	29 初二

在理查德–马克斯的歌声中，我穿越大草原

1993年，我与晓梅、杨天一起去呼伦贝尔大草原，在满洲里一家圆形酒吧里，杨天钟情于一位俄罗斯少女，晓梅两眼一直紧紧盯着那个英俊的俄罗斯帅哥，只把我一个人扔在角落，后来，杨天与晓梅各自离开了酒吧，他们去了哪里。现在，我也不知道，不过，我想他们一定是愉悦的。

我一个人在喝酒，喝了许多酒，最后，我离开了酒吧，回到宾馆。

夜里，很晚了，我听见电话响了起来，晓梅请我到她房间聊天，她无比幸福的样子。我们从大连开车去的呼伦贝尔大草原，临行前，我特意到友谊商店买的磁带。

那时，我开日本马自达323汽车，还是卡式收录机，当我穿越大兴安岭，一眼望不到头的原始森林时，我就播放这首歌，起初，不知道歌名，到了满洲里休息后，仔细一看才知道叫《Keep coming back》，理查德–马克思演唱，歌词如下：

You know just how to hurt me
And how to take all the pain away
Girl, you must be the devil in disguise
There were times, I think you knew
When I was so afraid of you
There's some kind of madness in your eyes
You know a place buried deep in my heart
Nobody else can see
Something in you has taken some kind of hold on me
I don't know why I keep coming back to you, baby
I don't know why I keep coming back to you
To you baby
You say we shouldn't be lovers
And I say we can't just be friends
And all this talking just makes me want you more
You've got a way of confusing a heart
That nobody else could do
Why should I try, I don't want to get over you
I don't know why I keep coming back to you, baby
Just tell me why I keep coming back to you
Tell me why I keep coming back to you
I'm so in love, so in love with the games that you play
So in love, and nothing can keep me away
You've got a way of confusing a heart
That nobody else could do
Why should I try, I don't want to get over you

I don't know why I keep coming back to you, baby
Just tell me why I keep coming back to you
I don't know why I keep coming back to you, baby
Tell me why I keep coming back to you
I don't know why I keep coming back to you, baby
Tell me why I keep coming back to you
I don't know why I keep coming back to you, baby
Just tell me why I keep coming back to you

从满洲里过国境，就算是在蒙古国的土地上了，我们也曾在俄罗斯士兵枪下悠闲散步，那里是三国交界处。以后，我曾经很多次到那里去，总是在夜里，把汽车所有的灯都关上，怕万一灯亮了，就拔掉汽车电源的保险丝，草地牧民可以凭借草的颜色辨别方向……

我去那里，主要是为了买一辆便宜的汽车，之前就曾在那里花15万元人民币，买了一辆九成新宝马525汽车。

1993年，大家对宝马汽车还缺少了解。记得，我曾经在大街上被警察堵住了，我不知道为何。下车后，警察问我这是什么汽车。

我很喜欢汽车，后来还编辑出版过一本《世界名车大全》，算是过了一把瘾。

那盘磁带遗忘在满洲里了，以后，我四处寻找都没有找到那首伴我穿越大草原的歌曲，今天，我意外在网络上找到了这首《Keep coming back》，就想起那段往事，那时，我才33岁，现在我也快五十岁了，虚度了很多岁月，那两个朋友，如今都好吗？

2008

11

日	一	二	三	四	五	六
						1 初四
2 初五	3 初六	4 初七	5 初八	6 初九	7 立冬	8 十一
9 十二	10 十三	11 十四	12 十五	13 十六	14 十七	15 十八
16 十九	17 二十	18 廿一	19 廿二	20 廿三	21 廿四	22 小雪
23 廿六 / 30 初三	24 廿七	25 廿八	26 廿九	27 三十	28 冬月	29 初二

寻找他乡的故事

萨尔图，下雪了。

海城，地震了。

北京，漫天灰色，很阴冷。

一天一夜后，离家出走的布小黑（我家的猫）又回来了，他是被另外一只公猫 带回家来的，母猫没有找到布小黑，我家附近一定有一个流浪猫聚集地，公猫知道布小黑去那里与异性游戏了，那些流浪的猫，把布小黑折腾不轻，回来一直打蔫了。

最近，要回老家了。这几天，开始写点东西，状态还行，实在出乎我的意料。

这一段时间，我愿意回忆曾经的往事。那些青春岁月，真的就溜走了。我站在50岁入口处，忐忑不安，回头望，一地碎片；展望未来，尽管，嘴上硬说未来光明，实际上，也心有余悸啊……

从早晨起，就听喜多郎的《寻找他乡的故事》。

窗外，灰蒙蒙的天空，朋友来短信告之将为我临时租房子，我回复："省钱、干净、离顺风客栈不远就可以。钱，你先垫上，我回去还你。"

她回信："等我看好房，签合同前，再与你联系。"

我又补充一句："能省，就省。"

去年，这个时候，不是这样……大家都没有想到经济危机，国家都没有想到，世界也未预料到，只有几个人预言，却没人相信。

奥巴马，走进了白宫，轻轻拍了拍布什总统的肩膀。媒体说四年前奥巴马也是在白宫，布什总统接见奥巴马时，奥巴马也轻轻拍了下布什总统的肩膀，别看同一个动作，寓意大不一样。以前，是一个总统与一个议员。现在，是两个总统，一个要卸任，一个要接班，他们俩四年前根本没有想过还会再见面……

阿扁，又进监狱了，他曾经被关押在这所监狱。同一个人，关在同一所监狱，只是时间不同。阿扁，那次从这所监狱出来后，他就成为了英雄的象征。不过，这次无论他走出监狱后，还是老死在监狱中，他都是一个大坏蛋。

一切，都不可预知或设计。

又连续播放几遍《寻找他乡的故事》，说不出的许多感受，都在这阴冷的上午，纠缠在一起，越来越凝重了。大家还都在路上，也都在寻找他乡的故事，故事情节差不多，只是主人不同……

2008 11

日	一	二	三	四	五	六
						1 初四
2 初五	3 初六	4 初七	5 初八	6 初九	7 立冬	8 十一
9 十二	10 十三	11 十四	12 十五	13 十六	14 十七	15 十八
16 十九	17 二十	18 廿一	19 廿二	20 廿三	21 廿四	22 小雪
23 廿六 30 初三	24 廿七	25 廿八	26 廿九	27 三十	28 冬月	29 初二

关于北京冬天的惆怅

醒来，才发现还未到凌晨，便想起临睡前阅读过的《北京记忆与记忆北京》（陈平原著）的几个章节，书中的许多章节都曾经在不同媒体上阅读过。夜里十一时，我穿上衣服，一个人，独坐在空荡荡的房子里。

窗外，北风，隆隆响起。

北五环路上，早就没有以前车水马龙的轰鸣声，“金融海啸”最直接体现在物流公司的业务上，无数艘船舶，静悄悄停泊在大大小小的码头上，高速公路上，以前那种大型集装箱车队，很少见了。

东北，又要下大雪了。

杭州繁华市区路面塌陷，汽车掉了进去。

阿扁继续绝食了。

中国领导人参加国际会议照相时，可以与布什总统站在一起了。

想起《北京记忆与记忆北京》一书中那些著名文人的往事，如今，这样的大师也没有了。

陈平原在这本书里，以《萧瑟昌平路》为题，这样写到：

“1644年正月，李自成在西安建立大顺政权，随后挥师直捣北京，很快兵临城下。三月十六日义军破昌平，“自沙河直犯平则门”（佚名：《崇祯长编》）——平则门乃元大都的建制，明正统初年起改为阜成门——闯王走的是这条路线；四月二十六日迎战吴三桂失败，“闯从山海关归”（钱士馨《甲申传信录》），想来走的也是这条路。”（第136页）

李自成，本可以将吴三桂招安了，但吴三桂最后誓死抗击义军……

李自成，为何败给了吴三桂。众说纷纭，其中就有关于女人的传说，女人，也是胜败的重要推动力吧？

不知为何自己的思维，突然跳跃到李自成与女人身上。

也许，北风寒，千家万户都需要温暖，每个家庭里都应该有自己心爱的人为伴，孤寂长夜里，不让心灵四处游荡……

2008 11

日	一	二	三	四	五	六
						1 初四
2 初五	3 初六	4 初七	5 初八	6 初九	7 立冬	8 十一
9 十二	10 十三	11 十四	12 十五	13 十六	14 十七	15 十八
16 十九	17 二十	18 廿一	19 廿二	20 廿三	21 廿四	22 小雪
23 廿六 / 30 初三	24 廿七	25 廿八	26 廿九	27 三十	28 冬月	29 初二

2008.11

上帝的指纹

断断续续，用了一个月时间，浏览了这本名为《上帝的指纹》的书，才发现我对许多事情根本没有接触过，即使，曾经学习过一些关于古代文明的常识，也被这书收集的证据与作者的推断颠覆了，我更愿意相信这些推论而不再是我们所谓科学家的研究成果。

从未踏上埃及金字塔的人，怎么能近距离观察金字塔，与金字塔互动？

谁都不能否认遍及世界各地那些至今不被人知的古迹，谁也解释不清楚。

如果，这个作者也研究一下我们中国的长城，将会有另外的一种说法。

看到最后这几行字，我落泪了，太可怕了，书中原文：

“因此，在他看来，世界末日就要来了？”

“他说，迹象早就显示出来了……他说现在除了风还在刮，什么都没有了，我们做的事情除了刀兵相见外没有别的……人们都为所欲为，无法无天。这些都是那一天已经到来的迹象……”

的确，现在除了风还在刮外，什么都没有了！

原始森林、蓝天、大河、健康的食品、良好的环境、积极乐观的生活态度、丰富的矿产资源、富饶的油田、一望无际的草原与湿地……

这些已经消失了，或即将消失，风越刮越猛……

2008 11

日	一	二	三	四	五	六
						1 初四
2 初五	3 初六	4 初七	5 初八	6 初九	7 立冬	8 十一
9 十二	10 十三	11 十四	12 十五	13 十六	14 十七	15 十八
16 十九	17 二十	18 廿一	19 廿二	20 廿三	21 廿四	22 小雪
23 廿六 30 初三	24 廿七	25 廿八	26 廿九	27 三十	28 冬月	29 初二

豪猪一样的爱情

10年前，我的一个朋友林夕曾经以《豪猪一样的爱情》为题，写过一篇文章，谈了男女之间情爱的基础与必须面对的现实，两只豪猪为了过冬，不得不紧紧依偎在一起，而忍受彼此锋利的刺，哪怕刺出血，也要紧紧依偎，这是它们生存的需要。

10年后，我在北京第一次感受到寒冷袭来时，内心世界对阳光与温暖的渴望，在这座古老的城市，还有百万以上人口，家里没有取暖设施。每一年，都会有许多人因为煤气中毒而死亡，我居住在城乡结合部，每天村委会都广播两次提醒大家预防煤气中毒。

当年蒙古人来到北京，将此定为首都，他们是不会感受到寒冷的，与他们遥远的家乡比，北京足够温暖了，虽有大风掠过，却没有大风雪接二连三突然袭来……著名作家李树喜写了一本书《北风烈-中国由分裂到统一的历史调查》，谈到中国历史中大部分王朝的建立者，大多是来自北方少数民族。

朋友得知我房间冷，就建议：与狼拥抱！

看来，拥抱，也是取暖的途径之一。

如今，我也成了这样一只豪猪……

2008 11

日	一	二	三	四	五	六
						1 初四
2 初五	3 初六	4 初七	5 初八	6 初九	7 立冬	8 十一
9 十二	10 十三	11 十四	12 十五	13 十六	14 十七	15 十八
16 十九	17 二十	**18 廿一**	19 廿二	20 廿三	21 廿四	22 小雪
23 廿六 / 30 初三	24 廿七	25 廿八	26 廿九	27 三十	28 冬月	29 初二

2008.11

每个人都曾经是过客

这些平常景象，我每天都看到过，几乎大家也曾经看到，但被著名摄影家何铁生捕捉到后就成为艺术，再欣赏一下，就解读出这些随手涂鸦的寓意。

当然，这些寓意完全有可能超出原创者的意图与想象，也许，大家不经意中随意摆放的几件器物或随手丢弃的废物，就构成了艺术家眼中的载体。其实，最初的艺术，就源自真实的生活与内心的需要，而后却越来越脱离实际生活，被权贵者当作财富或阶级的象征，而越来越离大众远去了，但艺术本身具有人人面前平等的天然属性，或者说，无论谁都没有足够的威慑力，去扼杀大众热爱生活的冲动与再现内心世界的情绪与思想……满眼望去，无处不在的凌乱或涂鸦式的符号、图像与色彩，就成为当下生活的真实写照，我们生活在这些符号、图像与色彩中，而没有仔细地回头凝视，就匆匆走过，大家都是过客……

2008 11

日	一	二	三	四	五	六
						1 初四
2 初五	3 初六	4 初七	5 初八	6 初九	7 立冬	8 十一
9 十二	10 十三	11 十四	12 十五	13 十六	14 十七	15 十八
16 十九	17 二十	18 廿一	19 廿二	20 廿三	21 廿四	22 小雪
23 廿六 30 初三	24 廿七	25 廿八	26 廿九	27 三十	28 冬月	29 初二

不再让你孤单

今天，太阳出来了，天气暖和了许多，邻居们都出来走动走动，也各自问了相互的情况。

我们去看了我隔壁的那个设计师，在100平方米的空间里，用了30多立方米的木头，错落有致搭建出3个空间。

我说明年也要把房子改善一下，“80后”女雕塑家张江莲的妈妈说：等张江莲考完试后，也要把工作室再装修一下。

白老师问我最近的打算是什么，我说明天与铁生等四人回大连，请铁生为《顺风客栈》做整体装修规划设计。

李树喜来电话，他问我最近与牟其中有联系吗？

“没有。他该出来的吧？”我又问。

他说：“快了吧？”

一晃，牟其中，又在监狱里10年了。

这个当年的中国首富，留给我们许多深刻的记忆，比如，炸开喜马拉雅山，让太平洋的风吹过来……

我确实很佩服牟其中的，他的谋略与胸怀，远在他人之上。

有人说：牟其中人品不好。

其实，许多人从未没见过老牟，道听途说的多。

人品，那是另外一个范畴的界定。

古往今来，人们是从来不以人品为标准来赞美成功者的。

太阳出来了，寒风远去了。

我们不再孤单……

突然，听到一个声音响了起来，原来，该轮到我做饭了，我便上网寻找那首歌《把我的悲伤留给自己》，虽知，却搜出来另外一首《不再让你孤单》，一听，感觉与我此时心情大为不同，便以歌名为题，写下这篇短文……

2008 11

日	一	二	三	四	五	六
						1 初四
2 初五	3 初六	4 初七	5 初八	6 初九	7 立冬	8 十一
9 十二	10 十三	11 十四	12 十五	13 十六	14 十七	15 十八
16 十九	17 二十	18 廿一	19 廿二	20 廿三	21 廿四	22 小雪
23 廿六 30 初三	24 廿七	25 廿八	26 廿九	27 三十	28 冬月	29 初二

就是不愿意回家

当飞机正在缓慢降落首都机场时，我瞅了瞅同行的三人，大家都表情严肃，我故意问X老师：

“我估计推开家门后，你与妻子能说25句话。”

“10句都说不上。”X老师平静地回答。

我又问Z老师：

“大概你与太太能说50句话？”

“50句不够，大概得说许多话，我们俩大学同学，又在一个单位工作到退休。”

我很羞愧，曾经自认为自己是个优秀的心理学家，对婚姻与情感有独到的理解，原认为Z与妻子不会有共同语言，没想到Z老师与退休的妻子能说那么多的话。

我想起我的父母来，他们从小学起就是同学，至今，还有许多话要说，主要是我母亲说，我老爸已经很少讲话。无论我老爸讲什么，我妈妈都认为那是唯一正确的观点，我就是从母亲身上得出一个结论：女人崇拜谁，就会爱上谁。当我结婚后，我又发现一个现象：女人，从当上母亲那天开始，所有的思维与性格就停留那个年龄段上，再也不进化了。

不信，大家都对照一下？

飞机，刚一着陆，H先生打开电话，说话声音很柔和，一听就知在给女朋友打电话，飞机提前50分钟到了首都，女友刚刚离开家门，正在来的路上，然后，他又给母亲打了电话，话里话外谈的都是读小学儿子的学习事情，我在想象40年前，那时，他也是一个小学生。他母亲与他的对话是啥模样？

这次回家乡，未与母亲见面，只与母亲电话中说了几句话，告诉她有事情回来，太忙，就不回去了。

尽管，母亲，什么都没说，但我知道她很惦记我，我也惦记母亲，但我怕看见母亲脸上的皱纹越来越多，而这些皱纹中还夹带着几块老年斑，这是小时候我在其他老人脸上经常看到的老年斑，我没想到已经开始出现我的母亲脸上。

我幼小时无数次用稚嫩的手指抚摸妈妈细腻的脸庞，当我成长为一个好像看透红尘的中年男人时，我将妈妈推到老年人的序列，母亲已不再年轻，但在我的记忆里，还是年轻时的母亲最美。

临离开家乡前的4个小时，7个朋友送我们4人回北京，11个人坐在一起，我还不时说许多自己的观点，其中有一句话：房子，不是家，但家在房子中。

我曾经有一段无房子有家的岁月，也过了有家有房几年的生活，也曾经有短暂的无房子无家的生活，后来，就缓慢熬着有房子无家的日子，现在，好像有了房子有了家，但就是不愿意回家。

就是不愿意回家，因为我知道当我推开家门时，没有谁为我递上一杯热水，也不敢奢望能吃上可口的饭菜，尽管，也有许多当下影视剧中镜头里那些亲热的举动，但这是表演，也许，连表演都不是，而是本能……

就是不愿意回家，因为家不再是我印象中的家、记忆中的家、文学作品里的家，也不是妈妈与爸爸的那个家，好像，我漂浮在一所可以漂浮的房间内，被风推动着……

就是不愿意回家，家变成了一个抽象的概念，被抽走了具象与琐碎的真实内容，有些波普，有些卡通，有些行为艺术，更多的时候，我变成了一个符号，或别人是一个符号，而我在符号的后面，身，不是未动，而是总有反复，心，曾经已远，却屡次归来，但不是同一个速度与方向……

2008 11

日	一	二	三	四	五	六
						1 初四
2 初五	3 初六	4 初七	5 初八	6 初九	7 立冬	8 十一
9 十二	10 十三	11 十四	12 十五	13 十六	14 十七	15 十八
16 十九	17 二十	18 廿一	19 廿二	20 廿三	21 廿四	22 小雪
23 廿六 / 30 初三	24 廿七	25 廿八	26 廿九	27 三十	28 冬月	29 初二

写给曾经的女朋友们

转眼间，我快五十岁了，记忆中总是有一些女朋友存在着，她们构成了我人生不同时期的不同内容，或者说，我与她们组成了一幅幅风景画，而我与她们各自穿行在这些由岁月与琐碎情感勾勒成的草图上，由近及远，或再由远到近。

每一次，总有激情澎湃的时候，也有夕阳西下，渐渐归于平静的忏悔与祷告；

大多数，我们都是相互欣赏；

只与几个人有过亲密的关系；

无论，当年的山盟海誓多么庄重与真挚，如今，都烟消云散，而与那些曾近在咫尺，也许，心灵早就融为一体，却没有再往前迈出关键的一步，还保持最后几厘米距离的朋友，至今，我们还相互欣赏着。

也不知为何？

近日来，我总陷入回忆与回首之中，原先积淀内心里的怨恨，已了无痕迹，我总在忏悔当年还没有全心全意投入自己的爱，尽管，已尽努力，但我还是做的不够好。

现在，我才知爱是一种能力，而不是觉悟问题。

爱是源自心灵，却又与能力密切联系在一起的情感，既可以单边行动，但大多数时候，是需要双方共同努力的，而我无数次的努力，都远远没有达到我曾经承诺对方的远景与现实。

我肯定给我爱过的人无数梦想与眺望，到头来，大都停留在记忆里，也曾有几次，即将实现，却在临近成功的最后十字路口，一个向左，一个向右，没有一个分手的仪式，也没有一句祝福，好像，也没有哭泣声，也没有愤怒的争吵声，慢慢转过身去，好像不是在雨中，就是在风雪中，我也没有举起手来向这些知己致谢与致敬，我们就成为了陌生人，与此同时，我与几个陌生人再成为知己，就在熟悉与陌生中，从1978年走到2008年……

2008 11

日	一	二	三	四	五	六
						1 初四
2 初五	3 初六	4 初七	5 初八	6 初九	7 立冬	8 十一
9 十二	10 十三	11 十四	12 十五	13 十六	14 十七	15 十八
16 十九	17 二十	18 廿一	19 廿二	20 廿三	21 廿四	22 小雪
23 廿六 30 初三	24 廿七	25 廿八	26 廿九	27 三十	28 冬月	29 初二

归来吧，远方的朋友！

我有一个朋友，几年前，她去了南方，从此后，我们断了消息。有一天，我突然想起她来，便到处寻找她的联络方式，电话改号了，信箱忘记了，后来，我总算找到她以前的一个信箱地址，便试探性发了一封短信：

“你还在远方吗？”

如今，大家不断换联络方式，手机换号，信箱也不断更换，我只能写这一行字，也不敢期望她能收到，随这短信发出的，还有我的电话号码。

等了许久，大概一个多月，也不见回信，我渐渐就淡忘了这件事情。

直到有一天，她回信了。她说她也在找我，我以前的电话也换了，我的信箱，她也忘记了。她只写了几句话，但立即拉近了我们的距离。

她去南方了，我到北京了，岁月匆匆，往事如风，记忆中有许多细节慢慢浮现出来，记得是“非典”期间，我们也是在网络上相识的，后来，来往多了，她总要教我几句英语，而我要讲一段故事给她听，我们年龄相仿，有许多共同的话题，在家庭与子女教育方面，也有相同的感受，彼此欣赏。

我前几天接到一个电话，她告诉我回到了家乡，我问她还走吗，她说也许。

“也许？”我很惊愕她的这个回答，便说：

“归来吧，我的朋友！”

“你怎么不归来？”她的这句反问，让我无法回答。

我怎么不归来，而且越走越远？

难道，我也喜欢一个人浪迹天涯？

我还有另外一个朋友昌庆艳，她一个人几次去西藏，去青海，去远方。她说旅行是她的人生重要的事情，写作、摄影、欣赏音乐，伴随她度过孤单的日子，但她的精神世界是丰富多彩的，她的生活是充实的。

我们都过了四十，心灵还依然单纯，远比我们的孩子还幼稚，但我们不为之懊悔。

正因为还有远方的朋友昌庆艳，我才能写出许多文字来，而来自远方的问候，总让我浮想联翩，倍感亲切，我们还都在路上……

假如，夜梦里你听到轻微的声音，敲打玻璃窗，那不是我，而是寒风，因为我没有长出飞翔的翅膀，我睡梦中也会听到轻微的声音，那也不是你，而是呼啸的寒风，我睁开了双眼，脑海里一片空白，其实已经醒了，但好像还在梦中，慢慢的天就渐渐亮了……

2008 11

日	一	二	三	四	五	六
						1 初四
2 初五	3 初六	4 初七	5 初八	6 初九	7 立冬	8 十一
9 十二	10 十三	11 十四	12 十五	13 十六	14 十七	15 十八
16 十九	17 二十	18 廿一	19 廿二	20 廿三	21 廿四	22 小雪
23 廿六 / 30 初三	24 廿七	25 廿八	26 廿九	27 三十	28 冬月	29 初二

幻想与你一起去巴黎旅行

2006年夏季，我曾经对张瀛心说：“请你到巴黎吃法式牛排。”

那时，我们站在鲍鱼肚村的山坡上，许多人都在谋划着这片土地，有一家香港公司，连整体规划都做看出来，我手中就有一个局部地图，上面标明这块土地的坐标、经纬度等参数。

其实，我本没有机会拥有这块土地，但我执着18个月，坚信我会拿下这块土地，从北京几十次驾车或乘飞机回去，只为了这块土地，似乎，所有未来的理想都在这块土地上，幸运的是到头来，我租下了这块土地，而那些先我而去的几十人，都早已悄然退场了。

“请你到巴黎吃法式牛排。”

这是一个承诺，其实，就是自己给自己的一个远期目标，到巴黎吃牛排不是太难，但租下这块土地很难，我就将这个承诺作为一个要突破的障碍，我一直告诫自己这是一个必须要跨越的栏杆，对未来非常重要，如果轻易错过这个机会，这一生就难于再有这样的机会，而机会决定自己未来人生的品质与内容。

到了年底，我也应该有另一个承诺，用于激励自己奋斗，但已不是去巴黎了，而是要在几年内，生活在我这块土地上，看潮涨潮落……

2008 11

日	一	二	三	四	五	六
						1 初四
2 初五	3 初六	4 初七	5 初八	6 初九	7 立冬	8 十一
9 十二	10 十三	11 十四	12 十五	13 十六	14 十七	15 十八
16 十九	17 二十	18 廿一	19 廿二	20 廿三	21 廿四	22 小雪
23 廿六 30 初三	24 廿七	25 廿八	26 廿九	27 三十	28 冬月	29 初二

随你冬眠到2010年

色女狼，已经做好了准备，她要按照自己对艺术品、艺术市场的理解，策划一个庞大的系列展览。

对此，我与她的朋友们，正拭目以待，并将提供积极的帮助。

我相信：色女狼，能够逐步较好地实施这个计划。不过，我要提醒她一定要锲而不舍，要熬过这个漫长的冬天，许多国家领袖已经相信了经济学家们的预言：这个冬天将在18个月结束。

18个月后，就是2010年。

要执着，要坚持，要节流，要自信，要像熊那样以冬眠的方式求得生存，而不是临阵脱逃或半途而废。

在冬天刚刚来临的时候，给予了色女狼们的未来无限广阔的舞台，只要你做好了准备，就会迎来春天。

2008 11

日	一	二	三	四	五	六
						1 初四
2 初五	3 初六	4 初七	5 初八	6 初九	7 立冬	8 十一
9 十二	10 十三	11 十四	12 十五	13 十六	14 十七	15 十八
16 十九	17 二十	18 廿一	19 廿二	20 廿三	21 廿四	22 小雪
23 廿六 30 初三	24 廿七	25 廿八	26 廿九	27 三十	28 冬月	29 初二

几年一次温柔

一个朋友告诉我老公在国外，结婚快15年了，在一起生活的日子不到500天。

我回答：“挺好。”

她扭过头来，表情很古怪。

接着，我便对她说：男人都一样。

男人，像狼那样四处征战，而女人像猫那样眷恋温暖的家。当然，如果外边还有更好的家，也许才会离开，但那个家如果不如原来的，猫还会回来。

男人，狗那样忠诚，但男人与女人对忠诚的理解不同，男人不认为婚姻外的情感是对女人的背叛，而女人把男人的身体背叛视为洪水猛兽。

实际上，心灵的游离与移动，才会构成对家庭的威胁，而身体上本能的反应只是本能。女人比男人更容易产生心灵的游离与移动。

婚后，感情逐渐沉淀，如同混凝土那样，筑成家庭的责任与义务。

时间，犹如一把锋利无比的刀，将放大了的爱情果实层层剥离，直到最后，露出本色与本性之核，男女都开始厌倦了规律性的日常生活，过了七八年，禁不住心灵的略微游离，又来一次新的情感，这都是正常的。

几年一次温柔。这是我的经验与结论，下次情感与上次情感正好相反……

2008 11

日	一	二	三	四	五	六
						1 初四
2 初五	3 初六	4 初七	5 初八	6 初九	7 立冬	8 十一
9 十二	10 十三	11 十四	12 十五	13 十六	14 十七	15 十八
16 十九	17 二十	18 廿一	19 廿二	20 廿三	21 廿四	22 小雪
23 廿六 / 30 初三	24 廿七	25 廿八	26 廿九	27 三十	28 冬月	29 初二

从牟其中到黄光裕

如果，赚钱还无法满足你的理想，就要想办法当上“首富”，然后，再走进那个看起来你一辈子都离你很远的地方——监狱……

每到年关岁尾，总要有轰动的新闻出炉，从牟其中到黄光裕，我们已经见识得太多了！如今，大多数人都可以预测“首富”的未来，就是要走进监狱或接近那个地方，无论，这个人是谁。仔细回顾一下，可以列一个清单，几乎都如此！

2008 11

日	一	二	三	四	五	六
						1 初四
2 初五	3 初六	4 初七	5 初八	6 初九	7 立冬	8 十一
9 十二	10 十三	11 十四	12 十五	13 十六	14 十七	15 十八
16 十九	17 二十	18 廿一	19 廿二	20 廿三	21 廿四	22 小雪
23 廿六 / 30 初三	24 廿七	25 廿八	26 廿九	27 三十	28 冬月	29 初二

未来，还在路上

近日，蔡文彬大哥的母亲病危，他的母亲生于1912年，蔡文彬极为悲伤绝望，我只能这样安慰：

蔡大哥：你好!奶奶一生仁慈、善良、胸怀天下，才能高寿近百岁，这是我们的福分。奶奶已洞悉了官司（蔡大哥的成都天一大厦诉讼官司已过十年，他先后与中国银行、中国工商银行、华融资产管理公司、中信集团博弈，两上最高法院，得到了两个不同的判决）即将了结，你又要大展身手，她过去是你生命的基础与动力，现在与未来依然是，她希望你会实现所有既定目标，并将为我们祝福！

蔡大哥，多保重。

小弟：布里亚特

1912年，那时，民国刚刚成立。

1968年，蔡文彬，出任四川省革委会副主任。

1989年，蔡文彬转到海南，那时的海南云集了当下中国众多知名人士，他们都是在海南完成了原始积累，或多或少带着“原罪”。

2005年夏季，成都天一大厦复工，那时，官司就应该了结了，谁知半路又杀出一个中信集团。我第一次见蔡大哥母亲时，那时，她已经92岁了，她对我说：

“干大事、当大官、赚大钱。”

这位不识一个字的河南老奶奶，对我说的这三句话，简练、直奔主题，以警句形式概括了所有人对未来的希冀与向往。

每个人，对未来都有一个方向与目标。

每个人的未来，都无法预测。

每个人的命运，都是他人改变的，而不是自己。

未来，还在路上！

2008 11

日	一	二	三	四	五	六
						1 初四
2 初五	3 初六	4 初七	5 初八	6 初九	7 立冬	8 十一
9 十二	10 十三	11 十四	12 十五	13 十六	14 十七	15 十八
16 十九	17 二十	18 廿一	19 廿二	20 廿三	21 廿四	22 小雪
23 廿六 30 初三	24 廿七	25 廿八	26 廿九	27 三十	28 冬月	29 初二

2008.11

红咖啡的联想

前天下午，我让铁生陪同去吕四营古典家具集散地，挑选了一些古旧窗扇，想在明年春天的时候，把“顺风客栈”装修完毕，“顺风客栈”将以独特的理念与经营方式，扼守在土羊高速公路旅顺口站，独享天时地利人和优势，其中有一个咖啡馆，薛智广老师即兴命名为“红咖啡”。

“红咖啡”，给人无限的想象空间。

薛老师还说：也许，在“红咖啡”馆里，会有许多浪漫的故事发生。

仔细一想，“红咖啡”具备许多浪漫故事诞生地的元素：

高速公路出入口

川流不息的车流

匆匆忙忙的行人

古雅而温馨的环境

柔情似水的女郎经常出现

也许，在某个夕阳西下，漫天绚丽晚霞时刻，“红咖啡”的大门被推开了，进来一个满脸沧桑的男人，“红咖啡”，恰好有一个刚刚来这里写生的女艺术家，年近四十，她从西北来到黄渤海分界处的旅顺口，站在老铁山上，看到黄海与渤海融合在一起，凝视渐远渐进的海天一色的风景，她浮想联翩，抬头一望，隔壁不知何时来了一个满脸沧桑的男人，正目不斜视凝视自己，她的身体略微挪动一下，想回避他的目光，却没想到这一略微挪动，他那伟岸的身躯便夺目而来，她不禁浑身颤抖……

2008 12

日	一	二	三	四	五	六
	1 初四	2 初五	3 初六	4 初七	5 初八	6 初九
7 大雪	8 十一	9 十二	10 十三	11 十四	12 十五	13 十六
14 十七	15 十八	16 十九	17 二十	18 廿一	19 廿二	20 廿三
21 冬至	22 廿五	23 廿六	24 廿七	25 廿八	26 廿九	27 腊月
28 初二	29 初三	30 初四	31 初五			

像鸟那样与梦飞翔

明天清晨，我也像鸟那样与梦飞行，回到老家“猫冬”。

多年来，无数次沿着这条回家的路线回去，每一次，都是复杂的情绪变化，这次，还将有新的情绪波动，一只猫与一个女人，也在车中，还有三台电脑及其他工作生活物品，可我脑海里不断浮现的是已读大学三年级的儿子欠由于21学分即将等待的惩罚，与远方蔡文彬大哥近百岁的母亲病危而我不能前去的内疚。

这再次证明我以前的一个观点：爱，是一种能力，而不是觉悟……

2008 12

日	一	二	三	四	五	六
	1 初四	2 初五	3 初六	4 初七	5 初八	6 初九
7 大雪	8 十一	9 十二	10 十三	11 十四	12 十五	13 十六
14 十七	15 十八	16 十九	17 二十	18 廿一	19 廿二	20 廿三
21 冬至	22 廿五	23 廿六	24 廿七	25 廿八	26 廿九	27 腊月
28 初二	29 初三	30 初四	31 初五			

大雨落下了，心也安稳了

昨天晚上，去儿子学校，与儿子畅谈20分钟，得知他的近况，需要补考，我与儿子有一个约定：他一定要在这次补考中获得好成绩，尽管，我不在意儿子的成绩是否名列前茅，但他还是要毕业的，昨晚直到夜里10点才回来。

早上妈妈来电话，告诉我别来了，她与爸爸去医院看病去了。

我一直等爸爸看病的结果，中午，妈妈来电话了，告知没有大的疾病，只是慢性胃炎。

我才把悬着的心放下。

此时，窗外，大雨，哗哗下着，已是冬季，这雨下的轰轰隆隆，赛过夏季的暴雨。

傍晚，遥远处，就能看到鲍鱼肚村那座山坡，我却没有时间去看了。

24小时内，我先是为儿子补考左思右想，接着替爸爸的病担忧，活了48岁，才知道上有老下有小的滋味。

缓慢穿过一条接着一条的大街，无心欣赏平时愿意听的音乐，雨越下越大，又掏出电话告诉北京居住的物业公司，将我的房子照顾好，尤其水管别冻了，从昨天中午到今晚，只吃了三个汉堡包，可怜我这个中年流浪汉啊！

感觉到很累，却很踏实，儿子与爸爸的问题都在可控制范围内，大雨还在下，窗外，漆黑一片，但心也安稳了。

感谢苍天，让我可以平稳地接着过往常的生活……

2008 12

日	一	二	三	四	五	六
	1 初四	2 初五	3 初六	4 初七	5 初八	6 初九
7 大雪	8 十一	9 十二	10 十三	11 十四	12 十五	13 十六
14 十七	15 十八	16 十九	17 二十	18 廿一	19 廿二	20 廿三
21 冬至	22 廿五	23 廿六	24 廿七	25 廿八	26 廿九	27 腊月
28 初二	29 初三	30 初四	31 初五			

觉悟后的马文

电视剧《马文的战争》结尾，明显生硬，违背生活与情感发展的逻辑，但这符合当下中国的国情与传统道德标准，所谓原配夫妻的缘分与情感的牢固性。

这部电视剧，再次扮演说教的工具，不过，大家希望这样。

电视剧中的男男女女都离异了，都在寻找新的情感。

马文离异后，前妻结婚了，马文也先后恋爱N次，后偶然遇到老同学，在要结婚前，儿子导演了许多情节，拽回来了马文，这是表面现象。实质上，中年人婚姻重组中，利益发挥着重要作用，而亲情就是最大的利益杠杆。

马文觉悟了，因为他不是原来的马文，他的前妻也不是过去的前妻，他们都历经生活的体验，他们在新的婚姻或情感中，学会了妥协，学会了谦让，学会了刻意掩饰自己的情感，这一对曾经的夫妻，心灵里一直为对方保留着一个很大的空间，当生活与亲情发挥着积极作用时，复婚便成为必然的选择。

夜里，窗外，北风呼啸，我看到了马文领着儿子，那个躺在病床上即将被推入手术台的女人知道儿子一定会与他一起来，尽管，有一个深深爱着她的富翁守护在病床前，但她的心，再次向前夫敞开。

尽管，现实生活中不是这样的，现实生活中利益的力量还是很强大，但大家都希望这就是最完美的结局。

我久久不能入睡，寻思、揣摩、回忆与展望，便写下自己的观点：

亲情，打败了爱情。

金钱，缔结不了完美的婚姻，金钱可以购买重要的生活用品或其他，但很难将一个人的心灵覆盖。

第三次爱情为最美，最美的，也最短暂。

2008 12

日	一	二	三	四	五	六
	1 初四	2 初五	3 初六	4 初七	5 初八	6 初九
7 大雪	8 十一	9 十二	10 十三	11 十四	12 十五	13 十六
14 十七	15 十八	16 十九	17 二十	18 廿一	19 廿二	20 廿三
21 冬至	22 廿五	23 廿六	24 廿七	25 廿八	26 廿九	27 腊月
28 初二	29 初三	30 初四	31 初五			

又听见有轨电车声

我从羊头洼港口附近的小区移师市内，住在朋友提供的一套房子里。

夏季时，曾在此小住半个月，每天清晨，睡梦中就听见了有轨电车声，咣当咣当飘进敞开的窗户里，我便渐渐醒来，那时，站在窗前看不到大海，但我知道大海就在眼前，翠绿的大树挡住了我的视线。

连日来呼啸的北风与大雪已经远去，窗户封闭的严严实实，但还能感觉寒风渗透进来，但站在窗前，已经可以看到大海了，那些大树木上茂密的树叶，就被几场秋风后初冬的严寒一扫而光，与海还是那么远的距离，就能看到大海，以前，想象大海，现在凝视真实的大海，海上，缓慢驶过几艘巨轮……

夜里，梦很长，很美，好像还在与友人畅谈，谈的是艺术与文化，谈的是未来与今天，谈的是理想化的生活，谈的是什么最后全忘了，睁开眼，天空湛蓝，又听见有轨电车声，咣当咣当响过……

2008 12

日	一	二	三	四	五	六
	1 初四	2 初五	3 初六	4 初七	5 初八	6 初九
7 大雪	8 十一	9 十二	10 十三	11 十四	12 十五	13 十六
14 十七	15 十八	16 十九	17 二十	18 廿一	19 廿二	20 廿三
21 冬至	22 廿五	23 廿六	24 廿七	25 廿八	26 廿九	27 腊月
28 初二	29 初三	30 初四	31 初五			

关于情感的短信

欣赏基于共同的价值观，而不是走近不走近的问题。走近，那是指平常状态，欣赏是非常态。

欣赏，总是有时间长度的。无论谁，都必须面临熟视无睹的尴尬。这是人的本性决定的，而不是道德。

情感与情绪，总是有一个分界线，当看不清这个分界线时，那是最美的情感。当然，接着可能跌落到老百姓说的厌倦状态。最难于保存的，都是最美、最新鲜的，比如：水果、食品、花卉，情感，也如此。

每个人，一生中注定要与他人发生情感与情绪，有的就进化为爱情。婚姻，大多数时候，并不是爱情的必然产物，但许多人总认为婚姻就是爱情的极致。

其实，爱情的极致，就在那山崩地裂的瞬间，山盟海誓，就是极致表现之一。不需要再解释，每个人都知道爱情的脆弱，也知道爱情的残酷与危险，但所有人都要体验这样的危险。

爱情，其实，也不一定就有性爱。

古往今来，许多经典的爱情，并没有性爱的存在。

相互欣赏，应该是所有情感中最单纯与神圣的心灵需求，每个人的需求都一样，不分阶层、地位、文化与修养。

2008 12

日	一	二	三	四	五	六
	1 初四	2 初五	3 初六	4 初七	5 初八	6 初九
7 大雪	8 十一	9 十二	10 十三	11 十四	12 十五	13 十六
14 十七	15 十八	16 十九	17 二十	18 廿一	19 廿二	20 廿三
21 冬至	22 廿五	23 廿六	24 廿七	25 廿八	26 廿九	27 腊月
28 初二	29 初三	30 初四	31 初五			

一夜无眠

昨天，两位好朋友分别约我，我就知道又得工作了。

果然，燕冰带来了她的两个高参，从上午10时到下午4时，我不断地为其企业设计未来方向的框架，交谈中，才知她们已经找了几个当地高手，但对高手的构思不满意，便找到了我。我话说的实在太多，两眼昏花，晚上，去做了一个足疗与颈椎保健，然后，又吃了一顿好饭，才缓过劲来。

夜里，11点入睡，凌晨1时起来，为董萍公司修改即将要用的邀请函与企业简介。不足2000个字，整整写了5个小时，又是两眼昏花。

我从最初参加工作到现在，历来把文字工作作为第一位的工作。实际上，文字工作的好坏，在一定程度上决定即将启动的工作的结果，可惜，许多人没有意识到这点，比如，我修改的这封邀请函，必须要设身处地地进入到被邀请者的环境中，想他人所想，而不是闭门造车，罗列一些文字。

一夜无眠，这样的事情常有，我只有这点用处与价值，尽管累得要死，但也自娱自乐……

2008 12

日	一	二	三	四	五	六
	1 初四	2 初五	3 初六	4 初七	5 初八	6 初九
7 大雪	8 十一	9 十二	10 十三	11 十四	12 十五	13 十六
14 十七	15 十八	16 十九	17 二十	18 廿一	19 廿二	20 廿三
21 冬至	22 廿五	23 廿六	24 廿七	25 廿八	26 廿九	27 腊月
28 初二	29 初三	30 初四	31 初五			

都怪自己嘴馋惹的祸

几天没上网，好像过了一个世纪。刚刚从中医院回来，都是自己嘴馋惹得祸。我喜欢吃豆包，12月9日晚，去乐购超市，看到豆包，非要买6个，回家后，狼吞虎咽塞到肚子里，不大一会，肚子就开始涨起来，我又去了洗了一个热水澡，半夜里，好一顿折腾，上吐下泻，一整天腹部左边像波浪一样翻滚阵痛，疼得腰都直不起来，朋友们立即赶来看望，听说我吃了豆包，就初步判断为食物中毒，让我去医院。

对医院，我从来不相信，便坚持不去，挺了一整天，越来越疼。

钟燕冰坚持让我去医院，我对她说：

“进了医院，春节前肯定出不来了啊。”

“必须去看医生。”她语气坚决。

“医院好不容易逮着我了，听说食物中毒，非得往死里让我花钱，没三万元是出不了院的。”

“三万元，我出。”钟燕冰，又说。

既然是一个豆包引起的食物中毒，我估计也不会危极生命，认为依靠自己的初步医学常识能熬过去的，便极力劝大家都回去。

又熬了一夜，实在坚持不住了，吴亚卓建议我去医院看看，钟燕冰又派人来，这次她找了一个中医，我便妥协了，因为实在忍受不了疼啊。

经过中医的判断，张医生说是胃肠感冒，而不是食物中毒。

原来，我有一个最不好的习惯，用嘴呼吸。正好，那天晚上，一肚子凉气在胃里，当豆包被我狼吞虎咽进去后，就发生了巨大的反应，此时，我又洗了一个热水澡，一凉一热交互作用，险些要了我的性命，经过两天的中医治疗，36个小时后，我终于放出一个屁来……

13日，上午，我可以站立起来，步出了那间中医院，回头一望，尽管，天空是灰蒙蒙的，但我可以自由呼吸了，在此，感谢所有关心与帮助我的朋友们。

2008 12

日	一	二	三	四	五	六
	1 初四	2 初五	3 初六	4 初七	5 初八	6 初九
7 大雪	8 十一	9 十二	10 十三	11 十四	12 十五	13 十六
14 十七	15 十八	16 十九	17 二十	18 廿一	19 廿二	20 廿三
21 冬至	22 廿五	23 廿六	24 廿七	25 廿八	26 廿九	27 腊月
28 初二	29 初三	30 初四	31 初五			

选择

平时，可以说许多充满激情或情绪冲动的话，从来没有想过要履行这些话的时间表。吴亚卓，曾经在北京电视台采访中，大谈特谈她对爱情与婚姻的观点，带有“80后”的自私与狭隘、锋利与直率，一时惹得嘉宾纷纷谴责。时过一年多，当她突然发现那些也许不会发生的事情突然出现时，她没有退却，而是坚强地迎头而上。

老布患病近百个小时，吴亚卓，尽心尽力了。

当老布问她：为何没有绝尘而去？

她答：我已经在改变。

吴亚卓，这次没有绝尘而去，因为她心中对未来还有憧憬，假如未来必将是废墟，她不离开，便证明她是一个没有选择能力的人。

人没有离开，但心早就“死亡”了或转移了，表面上还维持所谓的关系，这样的事例太多，大家还将其赞美为品德“高尚”，实际上害人害己。

人的一生，不同阶段，必然要有新的选择，选择意味着改变，而改变，从来都是主观的选择，哪怕，最初时刻，违背了你的心愿，选择的权力还是在你的手中……

老布，很感激吴亚卓的照顾，当然了，对吴亚卓更多的要求，有悖于公平与公正的立场，但是，我还是真诚地感谢她在我最需要的时候搀扶着我走向医院……

2008.12

备注：原认为是一个豆包惹的祸，其实，生命在发出了信号，我还是忽略了，如果那天就去医院检查，当即就会发现我的病情，而我以不相信医院为由，在家耽误两天，后被送去一家中医按摩院，五天后，血尿就出现了，打乱了我的整个人生计划。

2008 12

日	一	二	三	四	五	六
	1 初四	2 初五	3 初六	4 初七	5 初八	6 初九
7 大雪	8 十一	9 十二	10 十三	11 十四	12 十五	13 十六
14 十七	15 十八	16 十九	17 二十	18 廿一	19 廿二	20 廿三
21 冬至	22 廿五	23 廿六	24 廿七	25 廿八	26 廿九	27 腊月
28 初二	29 初三	30 初四	31 初五			

大学补考前夕的父子对话

儿子大学三年，几门功课不及格，学校劝其退学。我与老师沟通后，立即再与儿子沟通，原来，儿子大学三年来数学从来未及格过，他自认为考错了学校，不应该考入一所理工科大学。

再仔细一问，补考还需要相关手续，看到瘦小的儿子，我不忍心批评他了。

“谈恋爱了吗？”我问儿子。

“没。”

“从来没谈过，还是现在没有？”

“干嘛要谈恋爱？烦不烦？”儿子反问。

儿子16岁时曾经说过长大了就去当和尚，当和尚自然不需要谈恋爱了。

后来，儿子考上了大学，班里的女生多，男生少。

“同学中有谈恋爱的吗？”

“有。”

"有抽烟喝酒的吗？"

"当然有了。现在，哪里没有抽烟喝酒的？"

"有出去租房子住的吗？"

儿子，警觉地看了看吉野家店的周围，低下头小声说：

"有。"

"老师知道不？"

"我不知道。"

"那你怎么看这事？"

"哪有时间管别人，自己的事情都做不过来。"

"你老师知道我是干什么的吗？"

"我都不知道你是干什么的。"

"我是你老爸。"

"这早就知道了，其他，一概不知。"

我们哈哈大笑起来。

"补考能成功吗？"

"如果想，就能。"

"你说你可以补考成功？"我又问了一遍。

"看运气了。不过，得需要点钱。"

"钱？要钱干什么？"

"补考要交钱的。老爸，难道你不知道？"

"不知道。多少钱？"

当儿子说补考需要交补考费，我心算了一下，假设每年有1000人次需要补考，学校就有许多收入，当我把自己估计的需要补考的学生数说出来，儿子，很疑惑地看着我，他反讽地说：你也太善良了，比这多几倍。

“我不认为你成绩不好，就不优秀。其实，中国的大学，你都可以不读。我就当大学是你的第二个幼稚园，让你多几年童心，但我需要你读书有一个结果，而不是过程。”

“你不总说过程重要吗？”儿子认真的问。

“我说的是人生。”

“读大学，不是人生吗？”儿子又问。

“是人生的一个入口处。你得拿到一个出入证。”

“按你的意思，出入证是有标准的。”

“对。你应该有毕业证。”

儿子答：“放心吧，毕业证，我会有的。”

我们相对一笑，站起来，推门而出，他向左，我向右……

午饭菜单

今天上午9时，我去500米外的菜市场买菜，临走前，把米放进电饭锅里，我启动汽车，看到仪表盘上显示室外温度零下3度，打开收音机，播音员报道：傍晚，连续两天的寒流将离开，但三天后再来。

早市，还未散尽，我瞧了瞧川流不息的人群。现在，我格外怕人多，便扭头走向旁边的固定菜市场，里面没几个人。

买了4根带刺的嫩黄瓜，一斤3元，半斤金针菇4.5元，一斤最好的猪排骨，半斤很肥的海蛎子，几根香菜。

等回来时，白米饭已经煮好了。

切菜，把猪洗干净的猪排骨放进锅里，煲汤。

黄瓜洗净，切段，准备拌个凉菜。

将金针菇根部切去，再切成半截。

剥了一个紫皮洋葱。

香菜洗好后，切成段。

中午，二个菜，一个汤．白米饭。菜单如下：

生拌海蛎子

猪排骨汤（金针菇、紫支洋葱、葱、姜、蒜、红辣椒）

凉拌黄瓜

其实，很久、很久以前，我是做饭的，后来，就不做了。

备注：这是一次我非常反常的行动，我很少做饭，但那天，不知为何却做了。大家看一下即知这个菜单依然沿续我过去的生活习惯。遗憾的是两天后，就得知自己患了绝症……

2008 12

日	一	二	三	四	五	六
	1 初四	2 初五	3 初六	4 初七	5 初八	6 初九
7 大雪	8 十一	9 十二	10 十三	11 十四	12 十五	13 十六
14 十七	15 十八	16 十九	17 二十	18 廿一	19 廿二	20 廿三
21 冬至	22 廿五	23 廿六	24 廿七	25 廿八	26 廿九	27 腊月
28 初二	29 初三	30 初四	31 初五			

悲伤的西班牙

从中午到下午二点，一直没有睡着，便坐在窗前。

刚才，突然想起在这座城市里，曾经有许多亲爱的朋友，如今，很少联系，我与她们都曾经山盟海誓，也都一起努力过，一起携手眺望未来，也发生过许多争论与分歧。

当我们各奔东西时，本认为就会彻底遗忘了与她们相关的记忆，但是，就在刚才的瞬间，浮现出许多朦胧的身影，渐渐淡去，好像天空中的云影，或犹如走廊里渐远渐进的脚步声，突然停止在家门，憋住气等待熟悉的敲门声，当声音传来时，却发现是隔壁的家门打开了，过去与未来的牵连，嘎然而止在这恍惚的片刻……

我缓慢转过身去，心不在焉地打开音响，最后，选了《别让我哭》这首歌曲，一个人，耐住寂寞倾听……

因为有你才有等待……

因为我不放心我自己。

2008 12

日	一	二	三	四	五	六
	1 初四	2 初五	3 初六	4 初七	5 初八	6 初九
7 大雪	8 十一	9 十二	10 十三	11 十四	12 十五	13 十六
14 十七	15 十八	16 十九	17 二十	18 廿一	19 廿二	20 廿三
21 冬至	22 廿五	23 廿六	24 廿七	25 廿八	26 廿九	27 腊月
28 初二	29 初三	30 初四	31 初五			

在大连之夜联欢会上的讲话

各位嘉宾、朋友们：

你们好！今天，是大连董萍美容企业成立20周年庆典联欢会。

20年前，董萍美容企业，就在这座城市里迈出了她的第一步。

那时，大家都认为20年会是一个很遥远的未来。

20年，对所有人来说，都是比较漫长而又非常关键的岁月，尤其对于一个女人，意味着成倍的付出。董萍医生全心投入到中国的美容事业，一手将董萍美容企业由小带到大，欣慰的是我见证了这个企业发展的全过程。董萍企业从小到大的岁月伴随着每个人，我也从一个小学生到了而立之年。

今天，当我们欢聚在大连之夜联欢会上，我充满感激之情，深深地向董萍医生鞠躬致谢。无论，我用什么语言来表达，都不能准确地表达出我对你的崇拜与敬意。

20年前，你成为美容行业的开拓者之一。

20年后，你依然成功地站在这里，与大家一起欢聚，这再次证明了你的胆识与超前思维，显示出你把握企业发展方向的前瞻性，不断为企业寻找持续发展的能量，我想这个世界上不会再有谁比我知道你历经多少磨难！

在今晚你灿烂笑容的背后，我知道你许多许多他人未知的故事。

每一个故事，都讲述一段作为企业家的你的艰辛往事；

每一个故事背后，至今还可听到你对家庭关照太少的遗憾声；

每一个时期，你总是一个人默默承受所有的压力，挺直你坚硬的腰板，笑对人生……

很久、很久以前，我就曾想快点长大，站在你的身边，用我年轻有力的肩膀为你承担一些责任。

从那以后，我就勤奋学习，不断拓展自己的视野，在实践中成长，在成长中提高，在提高中不断飞跃，飞跃新的高度，因为我知道这正是你对我的期望。

今天，我非常自豪地站在董萍医生的身边，我正在努力为董萍企业增光添彩。

当我看到这么多的朋友相聚在这里，我充满深情的凝视着董萍医生，我的妈妈，我为你感到骄傲，请你放心，我坚信我会加倍奋斗，锲而不舍。

备注：应朋友邀请写这篇稿子时，止不住泪流满面，第二天早晨，就发现了血尿，这是我确诊癌症前的最后一篇正式的文章，以后，写的都是日记类的随笔。

2008 12

日	一	二	三	四	五	六
	1 初四	2 初五	3 初六	4 初七	5 初八	6 初九
7 大雪	8 十一	9 十二	10 十三	11 十四	12 十五	13 十六
14 十七	15 十八	16 十九	17 二十	18 廿一	19 廿二	20 廿三
21 冬至	22 廿五	23 廿六	24 廿七	25 廿八	26 廿九	27 腊月
28 初二	29 初三	30 初四	31 初五			

血尿后的态度

今天，是入冬来最冷的一天，我一个人开车，穿过冷清的大街，去医院，我很熟悉这座城市，一路上，我在听汪峰演唱的《北京北京》

“如果有一天我不得不离去
我希望人们把我埋葬在这里
在这忘了感觉到我在存在
在这有太多我眷恋的东西”

经过几项检查，医生确认我膀胱里有一个顽固的东西，初步判断为不是结石。如果是结石，就简单些，现在不是结石。那个女医生一直对我微笑，认真填写病志，我却有说有笑，她很奇怪我，一般人此时，早就被吓的要死，而我好像是一个旁观者。

医生的微笑对患者来说是坏消息。

女医生将我的联系方式留了下来，本来，他们今天就准备将我进行彻底的检查，我不放心这些医生，推到明天。

明天，我也不去检查。

我要在2009年，再去医院检查。

之前，有看相者预言我本命年“有灾”，我都不信。2008年，还剩下最后几天，我怎么能让他们的预测言中？

现在，基本可以预测了，我非得在2009年，再次走上手术台，锋利的刀，也许，比锋利的刀还厉害的东西，划开我的肚皮……

我的膀胱里有一个东西。

从医院回来的途中，我依然听汪峰演唱的《北京北京》

“当我走在这里的每一条街道
我的心似乎从来都不能平静
就让花朵妒忌红名和电气致意
我似乎听到了他这不慢的心跳
我在这里欢笑我在这里哭泣”

其实，我与以前一样，还是那么开朗，膀胱里的这个东西，不会影响我的一切……

2008 12

日	一	二	三	四	五	六
	1 初四	2 初五	3 初六	4 初七	5 初八	6 初九
7 大雪	8 十一	9 十二	10 十三	11 十四	12 十五	13 十六
14 十七	15 十八	16 十九	17 二十	18 廿一	19 廿二	20 廿三
21 冬至	22 廿五	23 廿六	24 廿七	25 廿八	26 廿九	27 腊月
28 初二	29 初三	30 初四	31 初五			

延缓她的生命

2008年12月21日。

晚上，我去大连开发区，见我的好朋友张景辉，十年前，他用他发明的方法，把阎娜从死亡边缘夺了回来。

我是抢救阎娜活动的发起者，在救阎娜前，我们采访了医学权威，他告诉我们阎娜很快将离开这个世界，阎娜的病情，只有两个办法：

定期换血

骨髓移植

这两个途径，对阎娜一家来说，根本不存在，也就是说理论上说阎娜即将进入死亡边缘，我们大概估算一下，半年内阎娜就会离开这个世界。

我撰写的《延缓她的生命》短文，在媒体上刊登。张景辉就是看到这篇文字，主动打电话来表示愿意救治阎娜，我当时还劝张景辉别救，没有可能，阎娜那时9岁。

我们还为阎娜举办了生日晚会，带她去大连森林动物园，夜色漆黑，我们在中山公园门前分手，对我而言阎娜已经不会在这个世界生存很久，半年的时间很短暂，我当时还将几万元钱给了阎娜的爸爸，告诉他回家后要用在阎娜治疗上，她爸爸满眼泪水，点头答应了。事后，我们才知阎娜的爸爸将这些钱全部还给以前的借款，他放弃了所有的治疗，等待阎娜生命的结束，他与家人已经没有能力来挽救阎娜的生命，与其再将这些钱用在没有希望救治的阎娜身上，不如，把欠他人的钱还上一部分。

阎娜与家人就这样撕断了最后的纽带关系。

他爸爸别无他法，这是唯一可以选择的，该努力的都努力了，该尽力的已经尽力，假若阎娜不在了，全家人还得继续活着。

半年后，得知阎娜还活着，我与媒体记者前去看望，阎娜被来自各地的民间力量救治，我去那天有人正在跳大神，我惊异发现大家的表情都很庄重，扭头走出房间，后来，就再也没有阎娜的消息，这一段往事就随风而逝，被埋在记忆深处。

2003年，邵大哥的妻子也得了癌症，我又去找张景辉了。

令我大吃一惊的是阎娜还活着。

这个奇迹正是张景辉用他的方法创造的，我们还将张景辉的方法送到北京，费了很多周折，还是被权威部门拒绝了，因为几项指标没有达到国家相关药的标准，当时，张景辉就说过：

“那些小白鼠没有激发起来生命的潜能，如果是病人就会与我互动。”

没有谁听张景辉的辩解，张景辉被视为民间郎中。

张景辉挑战权威的奇迹经常发生，却依然得不到权威部门的认同，但张景辉的家却成为癌症患者到了生命最后关头必去的地方，这个时候，大多数患者已经家贫如洗，对活下去的渴望，激励他们四处寻找最后的救治途径，有许多人就这样找到了张景辉，许多人就被治疗好了。

当我也得了癌症后，在第一时间内也去找了张景辉，我还看到了已经19岁的阎娜。

我们在一起畅谈。他们一直说我是一个好人，他们会全力帮助我。

2008年12月22日，上午九时。电话响了起来，亲属的电话。

“难道你想死吗？会转移的。你要相信科学。”

我开朗的心情，立即被破坏了。

再看窗外的天空，原来的灰色天空，很压抑，清晨，天空中就积聚着灰色的云彩，本来，我要去到父母家，朋友送我老爸一箱名贵的白酒，现在就不想去了，似乎，腰很酸疼，脸上也紧绷绷的，眼角也不舒服起来，我表情肯定浮现出无奈的神色，吴亚卓安慰我：

“老布，你没有事情的。”

她越这样说，我越怕起来。

“会转移吗？”我的声音失去了力量。

“会的。”

“下一步是肝部吗？’

吴亚卓迟疑片刻后，说：

“是肝部。”

我长叹几声。

我到另外的一个房间拨通了前妻家的电话。

“怎么样了？”她声音柔和地问。

“确诊了。膀胱癌。”

“那就去医院手术吧。”

“会转移吗？”

“会。立即手术。”

前妻也是医生，她说对这种的治疗就是手术，她还说她对这个病没有了解。

“你告诉你妈妈了吗？”前妻问。

“没有。你也别告诉你妈妈，还有儿子，你也别告诉。我不想手术。”我答。

“那能行吗？”

“我在采取措施。民间的方法。”

“我不懂。”

“但他的理论是正确的。”

“不过，现在医院的方法都是切除，你还是回北京切除吧！”

“我不想切除，然后，走到哪都带着一个尿袋子，化疗后，面部憔悴，浑身无力。”

“都这样。”

“手术后，还会再生出癌细胞吗？”

“会的。”

“那就是说手术只能切除那个长癌细胞的部分，但没有彻底消灭掉癌细胞。”

“目前消灭不了，也许，还会再在其他部分出现。”

“这就意味着我还有危险。”

“手术或其他方案，只是延缓你的生命。”

这时，燕冰与丈夫走了进来，我放下电话。

我拍拍了陈立人的肩膀，燕冰说：

“我回家就问立人了，你那天晚上是要安慰老布吗？立人说找不到机会，他不想在公开场合安慰。”

“每个人都有癌细胞的。”陈立人说。

“你看我像癌症病人吗？”

“不像，你很坚强的。”

“我要创造奇迹。你相信吗？”

“当然相信了。

陈立人与燕冰走后，我又拿起电话，对前妻说：

“你是了解我的，我不在乎生命的长短，而在乎生命的质量。”

“不过，我建议你还是去医院手术。”

“这是唯一的办法吗？”

“现在是，你的病只能通过这种办法切除，然后，通过其他方法继续治疗。”

“但我不想按照这个程序化的方案来解决我的问题，我想用另外的一个方法。”

“那种方法无法消灭癌细胞。”

“大成说也许会误诊的。”

“超声检查有可能，膀胱镜诊断没有可能误诊。”

“膀胱镜诊断应该是准确的吧？”

“应该是准确的。”

“那就是说去医院切除癌细胞是目前唯一的途径。”

“是。”

“然后，我的生命就没有危险了。”

“依然有，也许，癌细胞还会存在，或在其他部位出现。”

“也就是说即使我手术了，我要承担危险。”

“对的。只能延缓生命。”

我与前妻1986年结婚，她早就告诉我医生只能治病不能救命。

1999年，我曾经延缓过阎娜的生命，现在，该轮到我千方百计延缓自己的生命了。

2008 12

日	一	二	三	四	五	六
	1 初四	2 初五	3 初六	4 初七	5 初八	6 初九
7 大雪	8 十一	9 十二	10 十三	11 十四	12 十五	13 十六
14 十七	15 十八	16 十九	17 二十	18 廿一	19 廿二	20 廿三
21 冬至	22 廿五	23 廿六	24 廿七	25 廿八	26 廿九	27 腊月
28 初二	29 初三	30 初四	31 初五			

恭祝朋友们圣诞快乐

恭祝朋友们2008年圣诞！

生命的价值在于他的存在，我们要珍惜每一天。

大家都曾经都说过许多关于生命的语言，我更如此。但真正发现生命的价值时，你几乎没有能力控制生命的进程。

还好，十年前，我开始发现，爱，是一种能力，而不是觉悟，也正是在十年前，我颠覆了我自己关于生命的看法，遗憾的是我只是说在口头上，没有落实到实际生活里。

“生命，就像一条大河！”

记不得，这是哪首歌曲的歌词？

许多人都存储了一些财富，我几乎没有任何具体的财富。我有一个朋友曾经说：

“老布比我们都富有。”

大家一楞，我更糊涂了，我怎么会比很多人富有？

“别人存的是钱，老布，开了许多户头。”

大家都疑惑看着他，他又说了一句：

“他真心交了许多朋友，每一个朋友，就是一个户头。”

这是我听到的关于朋友的最直接的形容，很形象与直白。

仔细一想，在我48年的生命里，朋友真是我最大的财富，遍及天南海北的朋友，相识多年及刚刚在网络上结识的未见过的朋友，每一个朋友都是我生命中的最大财富，朋友们与我一起分享快乐。

世界上没有“假若”两个字，在这圣诞节来临之际，我恭祝朋友们圣诞快乐！

老布

2008 12

日	一	二	三	四	五	六
	1 初四	2 初五	3 初六	4 初七	5 初八	6 初九
7 大雪	8 十一	9 十二	10 十三	11 十四	12 十五	13 十六
14 十七	15 十八	16 十九	17 二十	18 廿一	19 廿二	20 廿三
21 冬至	22 廿五	23 廿六	24 廿七	25 廿八	26 廿九	27 腊月
28 初二	29 初三	30 初四	31 初五			

为什么是你？为什么不是你？

在美国洛杉矶的好朋友张际获悉我患有癌症后，她给我的短信中写到：

为什么是你？

不是说‘好人有好报’，‘好人一生平安’吗？

一个对朋友‘肝胆相照’‘豪气冲天’的好男人；

一个对女人‘有情有义’‘全情付出’的好男人：

为什么灾难会降临到这个好男人身上？

老天公平吗？命运公平吗？

可是，为什么不是你呢？

不是有‘天要降大任于斯人也，必先苦其心志，劳其筋骨……’

寺院供佛的处所，称为‘大雄宝殿’，‘大雄’就是‘大英雄’，世间人办不到的事，他能办到，就称为英雄；

凡人无法超越的事，上天交给你，是相信你能成‘真英雄'，能展现非凡毅力，勇气。

菩萨大愿'大慈大悲布施于人间'！

请将你的'无畏'布施出去！

真英雄！

我回复张际的短信：

我在用一种民间方法医治，据说成功医治许多人。过几天，我就断食七日，七日后，就重生。昨天下午，到你父母家去，你老爸再三激励我，并全力帮助我。25年前，我就是你老爸的部下，岁月真快啊，那时，你还是小孩。谢谢你的关怀，我会成功的。请你放心！

接到铁生的一封私信，我立即感受到悲伤，左侧胸部隐隐疼了起来。我无力安慰他，便将许巍演唱的《漫步》转给铁生。

这时，吴亚卓就站在我的身后，我回头一望，她叙述了我曾经驱逐她的往事，那时，她就说过等再过20年，等你老的时候，我就要报仇。

哪里需要等20年啊？半年后，我就患了绝症。

现在，她就在我的生活与生命里，无论别人怎样劝说，她都要站在我的身旁。两天前，我们各在一个房间里，只有五米的距离，她还在审核最后的设计稿，这是我患病前她承接的合约，她全力以赴抓紧时间认真工作，我对她说人生其实也是一个合同，一定要履行好自己的合约。

我发给她一句话：

丫头，你是好样的

她回复说：

我就爱你一个

我又说：

我知道。

早晨的太阳，又悬挂在窗前，明晃晃的。张际与铁生的样子仿佛出现在我的眼前，一个在美国洛杉矶，一个在北京，而我在家乡海滨的一所公寓里，我正在与不请而来的病魔做最后的决战，我的心乱了，无法按照计划写下去，我便站了起来……

2008 12

日	一	二	三	四	五	六
	1 初四	2 初五	3 初六	4 初七	5 初八	6 初九
7 大雪	8 十一	9 十二	10 十三	11 十四	12 十五	13 十六
14 十七	15 十八	16 十九	17 二十	18 廿一	19 廿二	20 廿三
21 冬至	22 廿五	23 廿六	24 廿七	25 廿八	**26 廿九**	27 腊月
28 初二	29 初三	30 初四	31 初五			

把我的悲伤留给我自己

近日，才发现自己还真热爱生活，才知道生命是一列特快列车，也知道最后的那个车站的名字。以前，不知道还有这个车站，或许，知道有那个车站，但那个车站离自己太遥远了。

中午回家看望父母，我一直凝视父母已经满是皱纹的脸，妈妈谈及我儿子学习的问题，我也曾经为儿子的学习问题而操心过。

爸爸本来午睡，听到敲门声，醒来，看到我与亚卓，亚卓教妈妈拍照，妈妈已过七十，第一次拿起相机，她在学习照相，这个相机在父母家里快十年了。父亲又按照自己的生活习惯，午睡后，出去散步了。

一切都在有条不紊的进行着。

父母金婚在即，我拿出5000元钱，我对妈妈说：

“本想给你们10000元，但现在拿不出来了。你给我生命50年，每一年100元。”

因为我知道父母金婚时，我无法到场，那时，我正在进行“断食七天”疗法，不能回来，不能尽我的孝心……

妈妈坚持不要，我笑着对妈妈说：

“妈妈，现在都缺点现金啊。我的钱还在路上。”

走出妈妈家后，我们驾车路过老虎滩港，看到渔人码头建的差不多了，夕阳西下，满天霞光，我很爽朗大笑，汽车便消失在开始拥挤的大街上，晚上又约了几个朋友，我的生活恢复了正常，我必须把我的悲伤留给我自己……

2008 12

日	一	二	三	四	五	六
	1 初四	2 初五	3 初六	4 初七	5 初八	6 初九
7 大雪	8 十一	9 十二	10 十三	11 十四	12 十五	13 十六
14 十七	15 十八	16 十九	17 二十	18 廿一	19 廿二	20 廿三
21 冬至	22 廿五	23 廿六	24 廿七	25 廿八	26 廿九	27 腊月
28 初二	29 初三	30 初四	31 初五			

岁暮寄布里

何铁生

傍晚我乘地铁穿越失忆的旧京，风驰电掣
从宣武门老教堂的钟声出发
钟声似一地缤纷的落英，飞满黄昏！

而沿途的护城河已冰封，恍惚中又回到从前
五百年前的今天也是一部岁月峥嵘的大片
暗流涌动，极尽风华
我看见我们早已相识，并肩穿过帝国的日落
马背上拉弓，射下东便门城墙上一只寒鸦

风云际会，千尺桃花
生之驿站里一豆灯火映我们满头白发！
悲悯的瘦马带你领略他乡的来路

芳草天涯，何处是吾家？
萨彦岭长风吹送，一声唿哨
日落封存记忆的神话

火焰弑灭突如其来的大雪
肝胆相照的酒洒在诗歌的八仙桌上
我们彼此击节或吟唱、倾诉与喧哗……

激扬文字，烛光从我们脸上消失
而文字却从大海上飘来，呕心沥血，飘过辽西
帝国朝代更迭
来世今生，一身征尘披挂

一次又一次生命的轮回中我丧失记忆
好在我们总是重逢多于告别
遍插茱萸，遥念此刻一轮明月正在渤海湾上空升起
百转千回，满目繁花

2008 12

日	一	二	三	四	五	六
	1 初四	2 初五	3 初六	4 初七	5 初八	6 初九
7 大雪	8 十一	9 十二	10 十三	11 十四	12 十五	13 十六
14 十七	15 十八	16 十九	17 二十	18 廿一	19 廿二	20 廿三
21 冬至	22 廿五	23 廿六	24 廿七	25 廿八	26 廿九	27 腊月
28 初二	29 初三	30 初四	31 初五			

我要开始新的生活

癌症，无非给予我一次正视死亡的机会，尽管许多人都开导我，我理解大家的好意，不过，这次面对死亡的机会彻底地改变了我，我开始反思自己的人生，总的来说没有虚度大好时光，尽量做了许多善事，只要自己有机会总愿意帮助他人，而现在大家开始帮助我了。

在外边等待，我想见前妻一面，我们离婚9年了，有许多对不起她的事情，而她没有怪罪我，将儿子抚养成人。其实，有时，想想我这一步的迈出就成为一个转折点，婚姻给予我那么多美好的记忆，而我们的婚姻早就被我彻底摧毁了，我给她无情的打击。

当我们一起走出医院时，她掏出两万元钱。

我才知道离婚给予她颠覆性的伤害，她得了子宫瘤，她没有告诉我，而我却将自己得了绝症告诉了她，我比她自私啊。

可惜的是现在没有机会修正自己的错误。

吴亚卓说如果我告诉我的众多朋友，大家会帮助我的，我反对吴亚卓的这个提议，我不想给大家增添麻烦。

自从确诊绝症后，我从内心里希望我相识的或未相识的人都健康，都平安。如今，我与健康与平安已经拉开了距离，无论我多么懊悔都没有了机会，我眼前只能信心百倍地与病魔做生死决斗。

没有绝症的人是无法理解得了绝症者的内心绝望与悲伤，无论谁这个时候都开始渴望继续活下去，哪怕切除生命中的一些主要器官，也要活下去，这是每个人的本能。 2008.12

我更希望自己能顽强地打败病魔，因为我还有许多已经实施的理想，即将成功了，当我看到成功的前景时刻，我倒下了，倒在通向胜利的途中，我最喜欢的一句话就是“在路上”。现在，我在生与死的十字路口，再稍有不慎就会到达死亡的终点，即使我有机会获得了生机，我也是一只脚在天堂与地狱的入口处，另外一只脚，在入口处外，我无时无刻都在激发自己鼓励自己鞭策自己，我已经开始习惯性握紧拳头的动作，并大声喊出：“耶！”

这个戏剧性的动作，成为我现在的一个符号与象征。

化验结果出来了，比上一次有了好转，我获悉癌症的信息一周了，这一周相当于一个世纪那么久远，这一周，我彻底改变我对自己与他人的看法，我真正懂得了“生命的价值在于存在”。

欣慰的是，这些年来，我结交许多知己，当这些知己获悉我的病情时，给予了我坚强的支持。

我知道任何语言都是苍白的，无言的感谢都在我心中，假如我来生有幸，我知道我应该怎么做。

2008 12

日	一	二	三	四	五	六
	1 初四	2 初五	3 初六	4 初七	5 初八	6 初九
7 大雪	8 十一	9 十二	10 十三	11 十四	12 十五	13 十六
14 十七	15 十八	16 十九	17 二十	18 廿一	19 廿二	20 廿三
21 冬至	22 廿五	23 廿六	24 廿七	25 廿八	26 廿九	27 腊月
28 初二	29 初三	30 初四	31 初五			

2008年12月28日记

奇怪的是我的记忆大门打开了，我竟然梦到了我的小学同学，后来，接连几天，大学同学，最初工作单位的同事，一个一个接着梦见，我与他们拥抱。

醒来，清脆的有轨电车的铃声，顺着窗飘了进来。

难道这是生命最后时刻提前到来了？

我又怀疑起自己的病症来，无论谁安慰我，我都知道我正在接近死亡的车站，当然了，我一直爽朗的大笑，与大家在一起与过去差不多，但我的精神世界里，我还是把自己视为一个病人。

我要尽快摆脱这个病魔的阴影，不然，我就被病魔的阴影快速吞噬了。

生的权力，我们每个人没有选择的机会，但延缓自己的生命的权力掌握在自己的手中。

我把注意力集中在写作上，我要写一本关于绝症后大逆转的书籍，谈一些我的体会，我要把的教训与经验转达给更多的人，因为绝症是剥夺我们生命的武器与途径，我们必须要研究如何打败这个病魔。

12月27日晚，我送燕冰回家，刚一走出吉渼霖女子会所，就看见有轨电车旁边，一个重型汽车将一个行人撞倒，我愣了一下，小心地绕过去，估计这个行人的生命处于危险之中，也许，已经结束。

这个行人在没有理性判断生命即将结束时，不幸被这辆重型汽车撞到，但这个司机是知道他的车速会将人撞到的，因为司机受过相关的培训，但为了快一点，司机还是将他人的生命扼杀了。

顺着有轨电车，我们一直往前走，等拐向中南路时，又看见两辆汽车撞在一起，等穿过石葵路隧道后，又看见一起车祸。

我也曾经出过车祸，酒后驾车，万幸的只是三辆汽车严重破损，那是十年前的事情了。一晃，十年就过去了，十年就是一个瞬间，现在想起来，当年的许多理想基本都没有实现，岁月就突然将我打入到绝症的序列，无论，我多么的不情愿，即使有上帝的存在，我现在还在这个序列中……

婚车，新人步入婚礼大堂。

车祸，行人被送进了医院。

这一生一死，就在转眼间，而平时我们并没有发现生命的价值，我们总认为生命很廉价，生命有一个漫长的过程，我们对自己的生命都不如对家里的一个电器那样的珍惜，我们似乎总认为生命很皮实，生命的能量很大，大于自然，大于一切，大于我们赋予的各种想象超自然的力量。我们受影视剧的影响太大，好像我们人人都可以像李连杰那样腾空跃起，一剑下去，砍倒一棵大树，几拳，就会捣毁一个建筑。其实，生命很脆弱，生命的脆弱被我们忽视了，然后，生命就不断地以各种小的疾病提醒我们要重视他们，而我们却视而不见，好像世界唯有生命是我们的身外之物，其他财富与名利都是我们追求的目标。我们比房子、比车子、比孩子的学习成绩，我们比财富、我们比权力、比谁更加靓丽，还有许多美丽的女人更可怕了，在严寒的冬季，上身穿裘皮，下身穿丝袜，上身是冬天，下身是夏季，更多的男人，喝酒后驾车，我就曾如此。我现在多么懊悔啊，但我的生命此时已经无力唤醒我的觉悟，他要抛弃我了，他要离我远去，他对我曾经那么的热爱，不断提醒我要珍惜，而我却将生命当作了儿戏。

觉悟，总在醒悟之后才有。

生命，总会枯竭。

如果不是这次的绝症，我永远不会正视生命的价值，生命的价值就在于他的存在，其他的东西，对生命来说可有可无。

12月28日，我坐在马桶上默默计算着绝症后的第几天，实际上才第八天，太漫长了，怎么才八天？我大吃一惊，如果在平时，我会错认为已经过了几年的时光了。

八天里，我对生命的反思是我48岁的无数倍数，我应该算是有文化的人，我可以将历史中的事件、自然界的现象、科学研究的最新发展、世界每一天的新闻，说的头头道道，有条有理，而我却不知道自己的生命结构，不知道膀胱的构成。我可以记住许多繁琐的公式、数据，却望着一张化验单茫然不知所措，我又打了几个电话，他们也不知道。我们一定要记住，这几个人还是医生啊！而相反的是我们对手机的使用，对汽车驾驶手册上的数据了如指掌，我们英语可以过五级，可是又有谁真正看过关于我们生命的几个重要指标的英语？

没有，或者说，只有少数人看过。

我们依然处于对生命不尊重的地位，我们可以将猫当作自己的孩子，却没有真心实意爱护我们自己，或者说，我们不断走入了误区，认为我们现在吃的好了，穿的好了，房子也大了，就是对生命的珍惜。事实上，我们在不断走入误区，我们在商家或媒体的挟持下，追求我们生命本不需要的奢侈消费，我们过多预支了我们的生命，我们将生命之外的东西当作了财富，而将生命作为我们实现追求这些东西的附属品。

我们就像驮着无数个大山的骆驼，超负荷跋涉在千里大漠上，我们已是体力不支的骆驼，但我们认为自己还年轻，我就是这样的例子。年龄不是生命的唯一坐标，而我们却把青春与年龄作为可以继续驰骋职场与事业舞台的本钱，我们在透支未来，我们这样的透支实际上对家人与国家都是极端不负责，我们没有愧疚感，也没有想过更多的责任感，我们的双眼被追求财富、名利、享受的红布蒙住了，我们拼命行走在人生途中，但我们的方向错了，这一错，我们就到了另外一个世界的分界线上，这时红灯就亮了，我们来了急刹车，可惜，一切都晚了。

一切都晚了。

一切都晚了。

即使此时掏出我们的所有，生命也不再热爱我们了，生命开始按照他的运行速度与方向，继续前行，这个时候，我们才发现下一个车站，就是我们的终点站……

2008 12

日	一	二	三	四	五	六
	1 初四	2 初五	3 初六	4 初七	5 初八	6 初九
7 大雪	8 十一	9 十二	10 十三	11 十四	12 十五	13 十六
14 十七	15 十八	16 十九	17 二十	18 廿一	19 廿二	20 廿三
21 冬至	22 廿五	23 廿六	24 廿七	25 廿八	26 廿九	27 腊月
28 初二	**29 初三**	30 初四	31 初五			

2008年12月29日

看到了铁生写的诗，阅读后，我的泪水无声落下，我不想让哭泣声被别人听见。

我呆呆坐在计算机前，许久都没有任何动作，阳光从窗外飘洒进来，新的一天又开始了，在我的生命时刻表上，我又度过了几天。当然了，我知道我会得到最好的医治，但我依然无法让自己回到从前，我想所有绝症患者的心态早就被打乱了，哪怕，你再坚强，可以挺直你的腰板，但在你的精神世界里，你依然无法成功将自己从绝症序列中移出。

本来，我早该返回北京去医治，但要最后博弈一次，这是一场赌博，我要成为胜利者。

与这个胜利之间隔着死亡，死亡，现在对我来说是具体的。以前，生命对我来说是抽象的，现在，生命与死亡对来说都是具体的，我可以触摸生命与死亡，不是内心的惧怕，而是要活下去的渴望，这种渴望极为强烈，许多人此时都会自觉或不自觉地愿意让后半生坐在轮椅上，切除大部分器官，也要活着。活着，成为绝症患者的最后诉求。

我当然希望创造奇迹。

关于这场赌博，我已经准备好了，我期待着成功，当然，也许，我失败了，或者说失败的可能性更大，但我不后悔自己的选择，我可以按照常规那样去医治，切除我的膀胱，然后，按照固定的程序不断的化疗，再接着小心地活着。

这是一种选择，许多人不得不选择的选择。

现在，我有了一次机会，当这个机会来临的时候，我决定冒险。

我对弟弟说：

“你那时再来，也许，我真的离开了这个世界，但完全有可能，我胜利了，让我们春节大团聚。”

这是我的期待，这是我的目标，这是我的方向，这也许是我在这个世界最后一次的行为，哪怕，付出了生命，我也在所不惜，因为我知道当我被推到手术台后，我的生命就开始向另外的方向行走，而我只能是一个旁观者。

我要成为驾驶员。

我要成为主宰者。

我要把希望寄托在自己的信心与行动上。

我的这一次博弈，结果如何？我不知道。

未知的，才是有意义探求与尝试的。

2008 12

日	一	二	三	四	五	六
	1 初四	2 初五	3 初六	4 初七	5 初八	6 初九
7 大雪	8 十一	9 十二	10 十三	11 十四	12 十五	13 十六
14 十七	15 十八	16 十九	17 二十	18 廿一	19 廿二	20 廿三
21 冬至	22 廿五	23 廿六	24 廿七	25 廿八	26 廿九	27 腊月
28 初二	29 初三	30 初四	31 初五			

再过一个月，就是父母金婚纪念日

我的性格继承我的妈妈：开朗、乐观、善良、不服输，再大的困难，也要迎头而上，毫不气馁。

事实上，我18岁就离家读书，以后，再也没有与父母在一起生活。父母对我来说，更多的是记忆中的父母。

在我记忆中，这应该是我第一张与母亲的合影，妈妈还不知道我有了重大疾病，不过，她已看出我好像有些事情没有告诉她，你看妈妈的眼神就知道了。

我很少对父母讲自己的坏消息，很多事情他们都是最后知道的。

其实，我从小到大都很顽皮，四海为家，愿意结交朋友，我推崇人生过的程精彩而不是结果!我知道所有的人生结果都一样，我曾经形象比喻为人生就是两个盒子，母亲的子宫与最后谢幕的骨灰盒，这两个盒子大家都必须有，也几乎差不多，不同的是人生过程。

生命的长短，没有标准，正因为没有标准，才彰显出人生过程的价值与意义。

在2009年新的一年即将来临之际，我希望大家都与母亲照张合影，感谢母亲给予我们的生命！

2008 12

日	一	二	三	四	五	六
	1 初四	2 初五	3 初六	4 初七	5 初八	6 初九
7 大雪	8 十一	9 十二	10 十三	11 十四	12 十五	13 十六
14 十七	15 十八	16 十九	17 二十	18 廿一	19 廿二	20 廿三
21 冬至	22 廿五	23 廿六	24 廿七	25 廿八	26 廿九	27 腊月
28 初二	**29 初三**	30 初四	31 初五			

2008年12月29日日记

现在，我格外喜欢阳光。

在停车场，我将车停在阳光里。

在酒店，我选择阳光的位置。

我喜欢坐在窗前，这样能晒到更多的阳光。

现在，我不再脾气暴躁了，我说话和风细雨了，我真诚地对大家微笑。即使看到流浪猫从眼前穿过，我也驻足凝视，这也是一个生命，一个生命不能被另外的生命无情剥夺。

我更喜欢一个人静下心来，欣赏音乐，短短的八天，手机渐渐也不再响了起来。

2008年12月29日中午，我的原领导张国安打电话来。25年前，我是他的部下，25年后，我先他人而得了绝症。我粗略算了一下，看起来人生很漫长与遥远，其实，也就30年英姿勃发的岁月，30年中还有10年在逐渐成长，当成长起来后，只有20年可以施展自己的才华。

我的这20年，应该是同龄人中比较骄傲的，但这次我却比他人再向前迈出了一大步，这一步，我好像从未意识到会迈出，即使我曾经在30多年的时间里，一次又一次与疾病或意外遭遇相逢，可是，我依然认为生命的终结对我来说太遥远了，远在我的想象之外。

我是一个浪漫的人，但大多数时候，又极为理性，浪漫与理性的我就是没有思考当我临近生命终点站我会说些什么。这些年来，结识过无数名人、要人与老百姓，无数次帮助濒临绝症的人，就是没有预料到自己会在48岁时也面临这样尴尬困惑的绝境。这些年来，父亲经常说这里不舒服怕得了绝症，望着父亲已经斑白的银发，就是没有想到自己会比父亲早接近生命的终点站。我不想告诉父亲，我怕父亲悲伤，这个时候白发人送黑发人这句古语，对我的家人具有了威慑力量，可以击毁我父亲的意志。

我没有告诉母亲，尽管我继承了母亲的乐观天性，但母亲与父亲的金婚在即，我不能前来，恰好那时我必须要进行“断食七天”疗法，我掏出从朋友那里借来的钱，提前给父母，我编了一个理由对父母说：

“春节的时候，我去西安。”

父母怎么也没有想到过我会得了绝症。他们只是知道我又去忙了，至于忙什么，父母也不计较，父母相信我会忙于事业上的事情，而他们这次全错了。他们的儿子，一个刚刚48岁的儿子这次与最可怕的恶魔癌症面对面，他们的儿子要去与病魔搏斗，他们更不会知道当我去看望他们时，我多么想与他们拥抱一次，哪怕一秒钟。

好像，我长大后，从来没有与父母拥抱过。

我找了一个合适的理由，与父母照了一些照片，然后，回到自己临时居住的房子里。

现在，我越来越渴望多看到父母几眼，但就这个简单的看望父母几眼的愿望，也成为奢侈要求了。我怕父母从我的游离眼神里洞察到信息，我与他们同在一个城市，不到10公里的地方，翻过一座山，在海的那边，就是父母的家。我与父母隔着山隔着海，我在时刻眺望他们想念他们。我估计，父母也在惦记我，他们的惦记是天下所有父母对孩子生活上的挂念，因为他们绝对不会想到自己的儿子得了绝症……

又去午睡了，这些天也奇怪了，小学同学、中学同学、大学同学、工作后的同事纷纷出现我的梦里，我与他们畅谈未来的理想，那时的未来，多么的美好啊，其实，那时我们并不知道我们的未来，会有一个时间的尺度，我们总愿意引用大量的名人的词语，表达我们对遥远未来的期待。

醒来，又坐在计算机前，开始写我的日记。桌子上放着打印出来的何铁生新写的诗，这次，他特意为我写的诗题目为《岁暮寄托布里亚特兄》，当我读到这一行：

“一次又一次生命的轮回中我丧失记忆，好在我们总是重逢多于告别。”

我放下诗歌，默默注视窗外的阳光，内心世界里很温暖，让我感觉到友谊的珍贵……

2008 12

日	一	二	三	四	五	六
	1 初四	2 初五	3 初六	4 初七	5 初八	6 初九
7 大雪	8 十一	9 十二	10 十三	11 十四	12 十五	13 十六
14 十七	15 十八	16 十九	17 二十	18 廿一	19 廿二	20 廿三
21 冬至	22 廿五	23 廿六	24 廿七	25 廿八	26 廿九	27 腊月
28 初二	29 初三	30 初四	31 初五			

2008年12月30日日记

在此，我特别提醒读者，不要浏览或阅读疾病相关的资料，这些资料对于我们病人来说茫然不知最好。假如你还有了绝症，自然关心所有的细节，而这些资料描绘的细节，绝症患者都可以对应上，其实，这些细节，每一个正常人也有，但因为他们是正常人，而绝症患者不是，绝症患者无论多么坚强，内心世界还是脆弱的，绝症患者的家属更脆弱，家属与患者都寄予新的希望，如果，此时，你浏览或阅读了大量的资料，可以将自己吓死。

我是2008年12月20日，发现血尿的。在这之前，奥运期间，我要回家乡，这时就发现过血尿，但我没有联系起来思考，我驾驶汽车回大连，后来又陆续驾驶汽车往返北京与大连之间5次，我喜欢一个人驾驶汽车远行。由于我忽略了血尿事件，也就忽略了血尿对生命的危机，我与平时一样乐观，你也可以说我粗心大意，反正，我无忧无虑地度过了几个月美好的时光。

2008年12月20日，又发现了血尿，我也没有当回事情，那天是星期六。这次比上次严重，尿尿时伴有疼感，我依然把这当作偶然事件，认为挺一下就会好，但下午的时候，我发现事情越来越严重了，其实，人的心理也是有一种感应的，或者说超越自然的能量，我对自己说等星期一再去医院检查。

夜里，全是梦，竟然梦见我不同时期的朋友，从梦里醒来，我感悟到也许会有重大事情发生，但我不知这个重大事情是什么。

不会自己得了绝症吧？为何能想起几十年的事情，还能与这一生也未梦到过的同学与同事在梦中相逢，记不得我梦中与他们谈论过什么，可是，我分明记得醒来时我满眼泪水，窗外是漆黑的夜色，我的梦荡然无存了，只有黑色笼罩在我的眼前，我是一个无神论者，我不相信许多传说与灵魂附体之说，但那是在我身体坚强的时候，当我联想到血尿这件事，还是吓出一身冷汗。

当窗外的天已经亮了，我就起来，又血尿了，比上次多，喝了许多水，很快又要去卫生间，还是血，我便假装无事的样子，对吴亚卓说：

“我去一下医院。”

启动汽车后，我想起我的一个好朋友高海淼的预言：

“48岁，你的人生顶点，然后，就往下滑！”

这本是一句笑谈，起码我这样认为的，我根本不相信高海淼的预言，这是五年前的预言。那时，我还看不到我的未来，现在我的未来呈现出一个轮廓，我正在接近这个轮廓，这个轮廓正是我努力多年要追求的，我离这个轮廓已剩下半步之遥，春天时，我使劲一把，就可以实现自己的理想，但现在我尿血了，鬼使神差，我却在这个时候，想起高海淼的这句预言，就像一句咒语，我无法将其驱逐出脑海中。

启动汽车后，我特意透过后视镜看了看自己的神情，很凝重，脸色与平时一样，腹部没有任何疼感，我一脚油门下去，汽车就沿着中山路前行，本来我应该去友谊医院，20年前我曾经在那里做过胃切除手术，我不想再去那里，就漫无目的地行走，此时，正是上班高峰，我突然想起去东关街附近的那家医院，我的亲属邹玲在这家医院里当医生，当我走进那家医院时，我根本想象不出我已经患了绝症。

我先去化验尿，结果出来后，当我拿到那张化验单，也看不懂，我给医生看，医生说去做个超声检查，喝了两瓶矿泉水后，我躺下了，刚才，医生检查了一番，只对我说：

“喝的水不够，再去喝。一会，再检查一次。”我忽略这个重要的细节，还真认为我自己没有什么大病。

我问：“可以吃饭吗？”

“可以。11点以前来，记住。”

我去了一家麦当劳店，我是麦当劳的十年食客，我喝了两杯咖啡一杯红茶，又吃了一个汉堡，还差一刻11点，我到了医院，又一次推开超声检查室的大门，躺下，医生仔细检查，

我问医生：

“有问题吗？”

“没有大问题。你一会找那个大夫去。”

我此时，就觉得有问题了，对医院的流程与医生的语言表达，我比较了解，但我不知道尿血会是什么征兆？来医院前，我特意查了一下：结石或膀胱肿瘤。

遗憾的是我不知道膀胱肿瘤的含义，也不知膀胱为何会得肿

瘤？

我在等待检查结果，我走廊里来回走，还接了几个电话，我认为最严重就是结石，对结石我也不了解，但知道可以采取许多方法震碎，排出体外。

结果出来了，我看不懂，正因为看不懂就不知道自己已经患有疾病，而且是自己从未想过的疾病。

我把化验单给了医生，医生立即问了我许多事情，我知道这次麻烦了，不是结石，难道是膀胱肿瘤？

我问医生，医生语气平和，没有直接回答我的问题，她在填写病志。

她建议我做一个CT。

我没有做CT，而是回家了。

这时，邹玲来电话了，她问我怎么样了，我就把去医院的情况叙述了一遍，她又问：

“检查报告在吗？”

“在。”

“上面怎么写的？”

“我记不住了。”

“你找出来。”

找出检查报告，我就在电话里对她描述医生的文字，她这时打断了我的叙述，直接问：

“有没有写占位，你看一下有没有占位的字眼？”

我仔细辨认，找到了，膀胱占位，后面还有几个字认不出来。我读给她听，她的声音都变调了。

“很严重吗？”我问。

“是。立即去医院。”

“有多么严重？你应该直接告诉我，我们是多年的好朋友。”

“你是膀胱癌，但你应该放心，现在手术还来得及，你要相信现在医学技术很先进。”

我一听这话，就知道了我这次遇到大问题了，但我对膀胱肿瘤没有基本的认识，自然，还没有太大的恐惧。

她建议我明天就去检查。

第二天，我去了医院，邹玲带着我直接找了专家，专家看了一下超声检查报告，说：

“去做膀胱镜检查。”

由于那天，没有事先准备，我便在12月23日上午，再去医院，当我坐电梯到了十四楼时，我抬头一望看见了蓝天下万达大酒店的标志，我心很静，我知道我这次逃不掉了，我得了绝症，我平静地躺下，检查过程中我对医生要求必须告诉我真相，医生检查后告诉我膀胱肿瘤，也就大家所说的癌症，我才48岁，我躺在手术台上，我没有眼泪了，我知道我的生命正在接近终点，也许，这个膀胱癌就将剥夺我的生命……

2008 12

日	一	二	三	四	五	六
	1 初四	2 初五	3 初六	4 初七	5 初八	6 初九
7 大雪	8 十一	9 十二	10 十三	11 十四	12 十五	13 十六
14 十七	15 十八	16 十九	17 二十	18 廿一	19 廿二	20 廿三
21 冬至	22 廿五	23 廿六	24 廿七	25 廿八	26 廿九	27 腊月
28 初二	29 初三	30 初四	31 初五			

生命的价值在于存在

我曾经把人生比喻为四个盒子，现在，我即将要打开第四个盒子，我知道这个盒子里将装入我曾经生命的象征，寄放在另外的一个地方，我的后代会在固定的日子里去看望。

记得，我曾经对父母说过：活着时，我多给你买几条鱼吃，比你们不在了我独自悲伤好。

现在，轮到我先行！

我没有告诉父母我确诊了癌症，怕父母承受不了这个打击。

我也没有告诉正在读大学三年级的儿子，他稚嫩的肩膀也承担不了。

我一个人，在家乡朋友提供的房子里，与父母的距离不超过10公里，与儿子大约在20公里的距离，他们都很平静的生活，他们不知道我的病情，我不想让众多朋友为我悲伤。

但是我提醒大家，一定要告诉你的三五个知己，向他们倾诉你对人生的渴望。

这不是过分的要求，这会激发你潜在的能量，激活你活下去的意志。

人，总是要踏上驶向生命终点的站台，我拿到了这张车票。当我清醒的时候，我理性地看了看最后那个车站站台，中间没有了一个停车站，这个是特快的直达列车，但我可以努力使出最后的能量，加入到控制这列车速度的行列，并成为驾驶员，而不是一个旁观者。

“生命，就像一条大河。”

这个歌声，无数次欣赏过，从来没有这样亲切！

源自内心的对生命的沿续的渴望，激发我的潜能，实际上，我与众多的病人一样，也很脆弱，但我不能这样脆弱，这样的脆弱，会加速我生命的列车的速度，我必须挺直腰板，当然了，在我挺直腰板的每一分钟里，我都很疲倦，但我要大家看到我挺直的腰板。

12月25日晚，在星海公园附近，我与大成将车停在到路旁，刚才我们一起去了我们的原领导张国安家里，上世纪80年代，我与大成曾经在一家工厂里工作。

看着他们谈论许多事情，我在旁听，以往，总是我讲述自己的观点，其中许多观点，也都是我的综合，

这是我第一次倾听，也许，以后很难再倾听他们的谈话了。

当我们离开领导家后，我让大成等我一下，我坐在他的车里，平静地告诉了他我患有了癌症的事实，大成惊愕了，连续问我会不会是误诊？我劝他要把健康放在第一位，我还对他说如果我需要请你一定给予我经济的支持，他回答没有问题，然后，我推开车门，微笑挥挥手，他知道我的微笑是装出来的，当我回头看他时，就看到他也推开车门，从车里走了下来，他从口袋里掏

出一支烟来，夜色里，我看不清的他的表情，但我相信与我一样都很沉重，他说：

“太震撼了。”

“你要多珍惜自己。”我说。

“我知道了。你先走吧。让我一个人静一会。”

我们一起去过许多地方，无数的往事构成了我们友谊的主题，我特意告诉他就是要让他从今日起，放弃许多不好的生活习惯。

我的未来，已经无法预测了，但过去却渐渐清晰起来，许多朋友、许多美好的记忆日益回忆起来。

领导送我一箱苹果，多少次领导都要送我许多东西，我都委婉谢绝了。这次我没有谢绝，因为我必须开始节俭了，预备现金治疗，我又想起妈妈的话，以往妈妈的话，我总当耳旁风，现在，后悔已经晚矣。这箱苹果，不只是苹果，而是我曾经的人生履历，看到这箱像苹果，就想起当年的往事。

眼前闪现出记忆中的街道，有些模糊了。

这几年，每个城市都大兴土木，现代化不是指建筑，可惜的是建筑现代化已经成为城市现代化的代名词。

过几个十字路口时，我的手有些抖，汽车偏向左边，压在双黄线上。我的生命已经逼近这个双黄线，前面是红灯，我缓慢将车速降了下来，耐心等待。

我还在等待北京的消息，那个双黄线，就横在我生命尽头处，来不及让我悲伤与哭泣，不请自来啊！

我有些失落地等待着绿灯，尽管，这样的失落很短暂，也就是一个瞬间，瞬间的失落也是失落。

最难得的是我身边，还有吴亚卓的存在，我们刚刚相识不到两年，两年的时间太短暂，但突然间，她长大了，她成为我激发潜能重要的推手。

我幸福生活在友情与友谊之中。

家人，被我屏蔽在病情之外，他们的心没有乱，我的心就会更加平静。

许多病人正好与我相反，先让家人先知道了，朋友们后得知，朋友们无法在第一时间内与你共享，无法与你互动，家人的表情与神态无论怎么掩饰与伪装，都逃脱不了病人的眼睛，加剧了病人的恐惧，病人希望早日知道病情，而家人怕经受不了这绝症的的打击，事实上，病人已经猜测出自己的绝症，大家都保持沉默，这样的沉默，直接影响了双方的情绪与生活，双方在沉默中都列出了一个生命倒计时。

生命，只能用生命来唤醒。

生命，只能用激情来呼唤。

生命，只能与生命对话与共舞。

假如，不是第一时间内得知并采取综合的解决方案，病人与家人就失去了知情权，当病人被医生与医护人员按照常规程序治疗时，病人就失去了与病魔最后博弈的机会，而这样的机会对于我们来说意味着生命即将终结。

我之所以能成功打败病魔，就在于我时刻处于主动地位，我掌控着我生命列车的方向与速度，没有旁观者，也没有司乘人员，列车满载着过去与未来的希望，我一个人驾驶着，目光紧盯正前方，我要把下一个车站从癌症终点站改为生命中的中转站，并全力去实现我的当下第一个目标：一个月内康复。

这不是幻想。

这不是臆想。

这不是纸上谈兵。

这是基于你对所采取方案的真正认同，只有你认同了这个方案，才能不断地解决执行这个方案过程中的一个又一个难题。

必须立即干净利落彻底地改变自己的生活方式，一分钟都不要迟疑。

我快速列出了自己的生活方式不健康的菜单，对照这个菜单，逐项检查，全部立即改变，这些习惯或方式，有的已经25年了，不能自我原谅，自我迁就，你再迁就，生命真的会离你远去。

晒太阳，成为我生活中最重要的内容，尽量减少与外界的沟通与来往，吃新鲜的蔬菜，喝干净的水，欣赏轻松的音乐。

以前，我喜欢听摇滚，也暂时放弃了。佛乐，排在第一位。

让自己的心静，远离世俗社会。

不为其他担忧，连父母与子女也暂时遗忘，因为他们比你现在的状况好，你已没有能力去关爱他们了，你不给他们添麻烦就是爱他们。

与几个知己沟通，讲述你的病情，提醒他们从即日起关爱自己，别再忽略身体上出现的细节。

我开始关心天气预报。

节俭每一分钱，以备万一。

对他人，我都是灿烂的微笑。

昨晚与朋友见面，当他们谈买大房子、做许多项目时，犹如风从窗前吹过。

中午，要让吴亚卓炒鸡蛋、白米饭，如果平时，我还会去饭店吃饭的。

回妈妈家找出几件旧衣服，也开始吃我最不愿意吃的菜包子。

我一个人安静地在阳光里午睡，睡的很踏实，不再抱有过多的奢侈的幻想，只静下心来，面对即将来临的挑战，我不想按照医生的建议进行膀胱切除，切除简单，但我的后半辈子就成为另外的一个人，尽管，我现在已经成为癌症俱乐部的一员，但我依然相信自己会成为一个例外，一个奇迹的创造者，而不是反复接受后期的治疗，我要彻底地解决我的问题，哪怕生命列车即将停靠在最后的站台，也要努力拼搏一次，而绝不妥协，更不放弃。

我去洗汽车了，看见一只流浪猫。猫，曾经是我最惧怕的小动物。2007年，吴亚卓养了一只猫，我严厉训斥了她一顿，限她半小时内作出决定：猫走，还是你走?

北京电视台著名主持人宫昊曾严厉批评我太残酷了，但那时的我就是这样处理与吴亚卓的关系的。

我与吴亚卓相识的过程非常戏剧化，北京电视台曾经做过两期共计70分钟的采访，那时，吴亚卓对我来说就是从天而降的一个“80后”。

2008年5月，吴亚卓再次提出养一只猫时，我就同意了，我们去北京传媒大学附近将刚出生的一只黑色的猫带回家，那只猫一天天长大了，后来，那只猫可以站在我的肩膀上，他总用讨好的眼神凝视着我。

今天，再次看到这只流浪猫，我想起我家那只暂时寄养朋友家的布小黑。

2008年12月26日下午，我又去了妈妈家，把大成送给老爸的一箱白酒捎给老爸。

我把这天当作新生命的起点，汽车擦的非常干净，我又打开了汽车音响，然后，我们一起沿着滨海路缓行。

突然，听见许巍的歌声，我停下车来，把光盘拿出来一看是《漫步》，我连续播放，直到记住这些文字。

很多事来不及思考
就这样自然发生了
在丰富多彩的路上
注定经历风雨

让它自然地来吧
让它悄然地去吧
就这样微笑地看着自己
漫步在这人生里

yeah
当往事悄然而走远
只留下清澈的心
yeah
让我们相互温暖
漫步在这阳光里

2008年12月27日，早晨，尿的颜色又浑浊了，与茶水差不多，我仔细观察这杯尿，挺悲伤的，耳旁，又响起医生的声音：阶段性尿血。

难道我这是阶段性尿血?

一周过去了，刚刚树立起来的坚强堡垒，有些晃动。

吴亚卓跑了过来，她说：

“没事的，我的尿也这样的。”

她特意尿了一点尿出来，果然，与我的尿颜色一样，我嘴上没有再说生命，内心世界还是很害怕的，可是，我不能表现出来我的害怕。如果我不害怕，我就不会昨晚打电话给朱老师了。

只有临近生命危机时刻的人，才知道生命是什么，才懂得每一分钟每一天，对绝症病人来说意味着再往死亡车站迈了一步。尽管，我拼命使出所有力量，要暂缓这个脚步，或者缩小这个脚步，事实上，我也知道我在绝症面前是渺小的，生命中的任何力量都很强大，我们都不可蔑视。

我打开计算机，看到了云南地震的消息，以往，我会很悲伤，但现在，我不敢悲伤了。我的身心经受不了这样的悲伤，但从另外一个角度看生命无常确实是真理，地震中死去的人们肯定有健康的人们，但在大自然的威风面前，只能无辜地离开这个世界，他们与我不同的是我有了对未来死亡的思考，而他们还未来得及思考，就撒手离开了这个世界。

“轻轻的松开你的手”

“不带走一片云彩”

我脑海里浮现许多关于生命的诗歌，却跑题千里，将这两句捏合在一起，我又按时喝药，一会去医院检查，我拿起放在桌子上的镜子，仔细看了看自己的面容，与平时差不多，但这是表面的脸色，而我内心深处，我与大家却渐行渐远了，我眼角里充盈着泪水，却只能强制地控制着，我不想当着大家面前哭泣。

我还年轻，这是我唯一的遗憾。

别无选择，我必须坚强，我必须相信我会打败病魔，从绝症中大逆转，绝对不能松懈自己的精神斗志，如果松懈了，真的就彻底地走向了死亡。

“我坚信任何疾病都会被人的主观意志打败！无非，有的人没有机会扭住病魔的喉咙，而我有机会有能力有信心打败病魔！”

这是我12月28日，回复朋友的短信。

我把胡子刮得干干净净，推门而出，启动汽车，穿过正在兴建的维多利亚港。以前，这是大连海港，现在成为维多利亚港，这是这座城市的标志与血脉，而吴亚卓及朋友们的鼓励与帮助也是我坚信自己会成功的血脉。

我又在自我激励自己！

我习惯性握紧拳头，连续轻点几下油门，汽车速度就上来了……

拐过大连著名的港湾广场，就上了疏港路，我向西驶去，在接近侯二小区时对面过来一个结婚车队，我不禁地紧盯这个结婚车队，还未等我来得及感慨，从身后又有超过我来了一个结婚车队，清一色的奔驰，黑色的奔驰，格外耀眼，我放慢了速度，后面的汽车又超过了我。

2008 12

日	一	二	三	四	五	六
	1 初四	2 初五	3 初六	4 初七	5 初八	6 初九
7 大雪	8 十一	9 十二	10 十三	11 十四	12 十五	13 十六
14 十七	15 十八	16 十九	17 二十	18 廿一	19 廿二	20 廿三
21 冬至	22 廿五	23 廿六	24 廿七	25 廿八	26 廿九	27 腊月
28 初二	29 初三	30 初四	31 初五			

阳光的味道

现在，只要我停车，我就将车停在有阳光的地方，然后，仔细地把方向盘上的灰尘擦去，再把仪表盘上的灰尘也擦去，打开音响听一会音乐，多晒一会太阳。

以往，我的汽车很少擦洗。现在，我也将房间略微收拾利落些，从12月21日起，我格外地热爱生活，看见谁都是一脸灿烂的微笑，我喜欢站在窗前晒太阳。

以前，从来没有觉得阳光是有味道的。

记得，每年一到春天后，我北京的房子里，从六米高的屋顶就飘进了灿烂的阳光，而我总是躲着阳光，拉上了窗帘。

现在，凡有阳光的地方，我就尽量站在阳光下，闭上眼睛晒太阳，脑海里也尽量回忆岁月中愉悦的事情。

许多人都说我的脸色与精神头很好，比大家都好。我知道这是大家对我的安慰，而我需要这样的安慰。

阳光，也是一种安慰，大海，也是一种安慰，蓝天，也是一种安慰，激活我与疾病博弈的能量，愉快与乐观有助于我们克服困难。

我从小到大，就格外的坚强。

坚强不是说出来的，而是在关键的时刻，自己的言行中充满自信，并勇敢行为。

其实，大家都有自己的困难，每一个困难，都需要我们锲而不舍地坚持着。

昨晚，穿过繁华的中山路，满街灯火，2009年即将到了，而我要迎接新的挑战与考验。我相信自己会在这场生死决战中赢得胜利。当然了，要赢得这场胜利，确实不容易，正因为不容易，才值得这样做，我要从绝境中走出来，依靠自信、友谊与正确的方法，来完成这次大逆转。

在此，感谢朋友们的鼓励与支持，鞠躬致谢。

2008 12

日	一	二	三	四	五	六
	1 初四	2 初五	3 初六	4 初七	5 初八	6 初九
7 大雪	8 十一	9 十二	10 十三	11 十四	12 十五	13 十六
14 十七	15 十八	16 十九	17 二十	18 廿一	19 廿二	20 廿三
21 冬至	22 廿五	23 廿六	24 廿七	25 廿八	26 廿九	27 腊月
28 初二	29 初三	30 初四	31 初五			

我更喜欢列宁格勒保卫战

《命运交响曲》，我听过无数次，但我觉得自己还是喜欢听《列宁格勒保卫战》。

也许，这就是预兆。三个月前，我看到过一篇文章介绍这支《列宁格勒保卫战》交响曲，便找来欣赏，第一次欣赏中途我就放弃了，觉得不够壮怀激烈，没有贝多芬《命运交响曲》熟悉。

有一天，我从梦里醒来，太阳还未出来，我一个人静静坐在桌前，不知何故，我又欣赏了这个《列宁格勒保卫战》交响曲，这次，我进入了意境，加之以前阅读过无数关于列宁格勒保卫战的背景资料，我感觉到从绝境中奋斗的精神，我便把这支曲子作为我常听的曲目。

我现在喜欢一个人静静在坐在窗前，在阳光里微闭双眼，有时回忆自己走过的人生片段，更多的时候，什么也不去想，却在这时，我好像与太阳对话，我这么多年完全忽略了阳光的价值，忽略阳光的价值，实际上就对生命的不尊重，长久的对生命的不尊重，必然导致生命渐渐离开我们，而这个时候才发现生命之树常青的比喻是有前提的，而我们大多数人想当然认为生命之树不需要我们浇水、精心照顾就会自然常青。

切换到《列宁格勒交响曲》。

我的心情瞬间就开朗了，我是一个士兵，正在走向战场，我的任务是要彻底地打败我的敌人。现在我的敌人只有一个，企图剥夺我生命的病魔，对于我来说这场战争事关全局，意义远大，我的身后站着我的家人、朋友们，他们在第一时间内给予我强大的精神力量，我与他们的利益一直信念相同，在生死之战中，我必须要赢得这场胜利，别无选择。

我是一个天生的乐观主义者，我继承了我母亲的基因，越是在绝境中我越能将自己的潜在本能发挥到极致。

现在，我已经准备好了，我知道我必须首先是一名战士，然后才能从战场中凯旋而归，而不是中途倒下……

2008 12

日	一	二	三	四	五	六
	1 初四	2 初五	3 初六	4 初七	5 初八	6 初九
7 大雪	8 十一	9 十二	10 十三	11 十四	12 十五	13 十六
14 十七	15 十八	16 十九	17 二十	18 廿一	19 廿二	20 廿三
21 冬至	22 廿五	23 廿六	24 廿七	25 廿八	26 廿九	27 腊月
28 初二	29 初三	30 初四	31 初五			

生命在呼吸之间

今天，岁尾的最后一天，再过十几个小时，新的一年就到来了，我进入了49岁这个年龄，这是以前想不到的遥远年龄。

躺在窗前的床上，晒了三个小时的太阳，不时眺望一下天空，蓝色天空，白云集结着，犹如草原的马群走过；不足400米外的大海上，不时有一条巨轮缓缓驶过。这些船舶穿越了太平洋，即将停靠在码头上。200米外，这座城市最具特色的有轨电车，不时发出清脆的铃声，咣当咣当，从我的视线里来回穿梭；我脑海里，也不时浮现出许多久远的记忆，往事渐渐像电视剧一样一集接着一集播放，我知道在这个岁尾年初之际，大家又都有许多新的理想，我也是。

我也曾理想远大，近日，才落实到最基本的要求上，就是要健康活着；我也曾经雄心百倍，试图推进自我制定的人生蓝图，其中许多理想已经呈现出轮廓；我也曾与家人朋友在这个时候，举杯相互祝福；我也曾兴高采烈后，漫步在繁华的街头，不时吟诵自己写的，或朋友写的，或古今中外的诗歌，抒发对新的一年到来的激情与愿景。

我也忧伤过，或因为个人情感，或因为事业不如他人，这些忧伤来的快去的也快，不会殃及我的生命，但今天，我却再也不能像以往那样，我在做一切准备，等待我的是一场艰难的硬仗，而我必须要胜利。

何谓生命?

天空中白云，犹如草原上的马群奔跑着；

蓝色的海洋，很平静，很友好地迎接每一艘船舶，海洋上的船舶，犹如苍鹰缓缓滑过蓝色的天空；

无数的鸟儿，振动翅膀，从空中飞过，尽管，鸟儿知道从天空飞过后没有任何痕迹，但还是拼命振动翅膀飞翔；

有轨电车，也在不停地驶过，发出他存在的轰鸣。

在这个世界上，最美好的就是生命，而生命在呼吸之间。

在新的一年即将开始的时候，我真诚地希望大家都快快乐乐，平安健康。

生命需要成功、需要财富、需要名利、需要他人认可，但成功、财富、名利与他人的认可，不是生命的主体，他们是生命中可有可无的身外之物，只有身临其境的人才能感悟到生命的价值：

生命在呼吸之间!

2009 1

日	一	二	三	四	五	六
				1 初六	2 初七	3 初八
4 初九	5 小寒	6 十一	7 十二	8 十三	9 十四	10 十五
11 十六	12 十七	13 十八	14 十九	15 二十	16 廿一	17 廿二
18 廿三	19 廿四	20 大寒	21 廿六	22 廿七	23 廿八	24 廿九
25 三十	26 正月	27 初二	28 初三	29 初四	30 初五	31 初六

我要去远方旅行

元月五日，我将去远方旅行，规划好日期七天，我一个人去不远不近的地方。在我的身后，还有许多朋友在关注，有我的长辈，也有我的晚辈，这次旅行来的突然，但我都准备好，带上心灵的吉他，边走边唱。

山，再巍峨，也远不如人伟大，

海，再宽阔，也有船驶过，

天，再浩渺，也会被人类的足迹掠过。

我很渴望这次旅行。当然了，有些孤单，但我不孤独，我憧憬的未来，正在呈现，我多少次暗下决心，握紧拳头，踏上旅程。

我一个人去远方，那个地方，实际并不遥远，心，才是最遥远的地方。

我身后，有许多朋友关注，朋友的关注，时刻给予我力量。

我要去远方旅行，我会为朋友们祈福，2009年，大家一起赢！

备注：这是我“断食七天”疗法前写给朋友们的一篇短文，许多朋友就是看了这篇短文，猜测到我可能遇到了极其危险的事情，纷纷来电话安慰。

2009 1

日	一	二	三	四	五	六
				1 初六	2 初七	3 初八
4 初九	5 小寒	6 十一	7 十二	8 十三	9 十四	10 十五
11 十六	12 十七	13 十八	14 十九	15 二十	16 廿一	17 廿二
18 廿三	19 廿四	20 大寒	21 廿六	22 廿七	23 廿八	24 廿九
25 三十	26 正月	27 初二	28 初三	29 初四	30 初五	31 初六

2008年最后一场雪

2008年12月21日，晚。

一架飞机，在大连周水子机场上空转了几圈后，又飞走了，由于天气的原因，不能降落。

此时，在星海广场“大连之夜”剧场，董萍大姐的企业原定千人参加的20周年庆典，由于这天大雪，来了不到800人，会场内外，两个世界：会场内，喜喜洋洋，会场外，大雪后刮起了呼啸的北风，会议主持人被迫宣告了飞机无法降落，场内一片嘘声，原来那架飞走的飞机里有一个嘉宾，他就是著名影星黄日华先生，他原定要参加今晚的20周年庆典会议，突如其来的消息，让会议主人与主持人手忙脚乱，临时安排其他节目救场。

这一天，我早晨去医院做血尿检查，3个小时后，再在大雪中，缓慢地驾驶汽车从医院归来。

一路上，道很滑，行人稀少。

晚上，我的电话响了起来，董萍大姐问我为何未去“大连之夜”？这是她的企业20周年庆典，我本该参加却没有参加，但我知道会议的主题，她的儿子将走马上任了。

我没有告诉董萍大姐尿血这件事情，推说自己有事情去不了。

这场大雪，是这座城市2008年最后的一场雪。前一天，我还去了艺术品交易市场，看看了家乡艺术市场的状况。前三天，也就12月18日，我写了许多日记。

其实，现在的东北人，更喜欢大雪，大雪，却不愿意降落在这片黑土地上，现在城市里最流行的就是滑雪，而滑雪对我来说那是小时候的游戏。

一朝天子一朝臣。

好像，天气也如此?

越不希望什么，意味就怕什么，可它偏偏来。

元旦前，接到一封短信，罗列了2008年中国发生的一系列灾难，我们中国人就是坚强，从南方雪灾到最近的金融危机，在集结号下，一起挑战中国人的勇气与胆量，每一个灾难都是史无前例的。

果然，元旦家乡没有下大雪。许多人记不得了12月21日这场雪，是2008年最后的一场雪，但我能记得……

最后总与最先连在一起，好像他们是亲兄弟，循环着，世界就继续运转。

2009 1

日	一	二	三	四	五	六
				1 初六	2 初七	3 初八
4 初九	5 小寒	6 十一	7 十二	8 十三	9 十四	10 十五
11 十六	12 十七	13 十八	14 十九	15 二十	16 廿一	17 廿二
18 廿三	19 廿四	20 大寒	21 廿六	22 廿七	23 廿八	24 廿九
25 三十	26 正月	27 初二	28 初三	29 初四	30 初五	31 初六

“断食疗法”七天日记（1）

再过一个小时，就是元月五日，节气“小寒”。我将采取“断食七天疗法”，未见到朱老先生前，我仔细提出30个问题，嘴上说不怕，还是略有些胆虚。七天断食，以前听过，这次自己真的实施了，却想了许多困难，这个时候不想不现实，平时会说不怕这不怕那，当生命真的处于危机时刻，都怕。不然，萨达姆，就不会钻进地下，哈马斯领导人，用不上四处躲藏。

听说过格式化硬盘吗?

那么，断食疗法，类似的原理，七天，也是极限。

每天喝1.5公斤菌类物质，如果实在坚持不下去，可以吃一个苹果、两个香蕉，如果还挺不过来，可以喝点红糖水。

为了让我静心，朱老先生还给我一个微型的佛经播放机。

我不知道自己在这七日里，有什么真实的想法，更不知道我的身体会有那些变化，但我坚信这个疗法会把我的身体重新格式化一次。这样，我就将恢复原来的我，或者，比以前更健康。

七天，就是168个小时，我对自己说一定要坚持下来，别无选择，如中途退出，结局更加残酷。

2009 1

日	一	二	三	四	五	六
				1 初六	2 初七	3 初八
4 初九	5 小寒	6 十一	7 十二	8 十三	9 十四	10 十五
11 十六	12 十七	13 十八	14 十九	15 二十	16 廿一	17 廿二
18 廿三	19 廿四	20 大寒	21 廿六	22 廿七	23 廿八	24 廿九
25 三十	26 正月	27 初二	28 初三	29 初四	30 初五	31 初六

“断食疗法”七天日记（2）

现在，是下午十三时，我已喝下1公斤药液，就像当年我喝啤酒那样直接往嘴里倒，我的肚子明显瘪下去了，精神头很好。

每天1.5公斤，今天的任务还剩下0.5公斤，我一切正常。

早晨，立人就来看望，张国安大哥的电话就过来，邵大哥等三人还特意看望，他们不放心。

张际，从美国传信息来，我很感谢她的帮助。

我还与燕冰谈了她的企业与我的未来规划，我坚信我能战胜自己，不会被吓倒！

今天，是吴亚卓的生日，遗憾的是不能做什么了，凝视她忙碌的背影，阳光洒在地板上，我知道这是一场硬仗！

日	一	二	三	四	五	六
				1 初六	2 初七	3 初八
4 初九	5 小寒	6 十一	7 十二	8 十三	9 十四	10 十五
11 十六	12 十七	13 十八	14 十九	15 二十	16 廿一	17 廿二
18 廿三	19 廿四	20 大寒	21 廿六	22 廿七	23 廿八	24 廿九
25 三十	26 正月	27 初二	28 初三	29 初四	30 初五	31 初六

“断食疗法”七天日记（3）

我坚信这场博弈，我会胜利。人们总是把困难想象的很强大，但生命的能量更强大，两个强者的对话，必将快速决定出胜负，指日可待!

写下这段话后，我就去董萍大姐的门诊，往膀胱里注射益生菌活化剂。

“疼吗？”吴亚卓问。

“疼，是正常，证明我还活着。”我答。

这些疼，平时不可以忍受，但现在可以忍受，或者说更愿意忍受，我相信忍受能带来新的机会，如果不能忍受，就没有机会，而机会现在对我来说就是生命依然可以继续，而不是没有病前的可有可无的“下一次”。

在我的人生字典里，已经没有了“下一次”，只有这一次。

对生命的渴望，使我坚决不会放开双手，其他，我都可以松开手，微笑挥挥手与其告别，我要健康活下去，还有许多理想，许多朋友，许多事业，在等待我。

我又打开了音响，特意选了《请把我的悲伤留给我自己》这首歌曲。

也怪了，每当听这首歌时，心就能静下来，静下来。

心静，世界的旋转，就缓慢许多，留给我更多思考与欣赏生命的时间，我存在在这个世界很多年了，但却没有静下心来欣赏这个世界，匆匆忙忙掠过，只看到美丽的风景，而没有看到生命的美丽，生命的美丽在于她的存在。现在，我就要存在，生命的存在，而不是财富等其他的存在，我宁愿舍出生命之外的一切，换取生命的存在。

2009 1

日	一	二	三	四	五	六
				1 初六	2 初七	3 初八
4 初九	5 小寒	6 十一	7 十二	8 十三	9 十四	10 十五
11 十六	12 十七	13 十八	14 十九	15 二十	16 廿一	17 廿二
18 廿三	19 廿四	20 大寒	21 廿六	22 廿七	23 廿八	24 廿九
25 三十	26 正月	27 初二	28 初三	29 初四	30 初五	31 初六

“断食疗法”七天日记（4）

第二天（2009年1月6日），我起的比较早，洗了几件衣服，欣赏歌曲时出现麻烦，以前喜欢听的都觉得苍白了，一时还找不到能够贴近我心情的歌曲。

坐在桌前，望着窗外灰色的天空，又把500ML药液，喝下去，这次喝前，喝了点红糖水，暖和一下胃口。

我坚信这个疗法。昨晚，与发明者朱老师通电话，他仔细问我许多反应，我对他说：我要干净、利落、彻底地将病症从我的生活与生命中驱逐出去，一个月就战胜这突如其来的病症。

他说：没有问题。

现在，我的皮肤确实变细腻了，有了光泽，尿、血、便三项指标经过化验后，数据与正常人一样，还剩下一个肿瘤，就等消灭了这个肿瘤，我的病就好了，而“断食七天疗法”就是为了围剿这个肿瘤，预计需要一个月的时间。

我想要《怒放的生命》，去年八月后，我很喜欢汪峰演唱的这首歌曲，买了许多盘送给朋友。

我想要怒放的生命，谁都想要怒放的生命！

2009 1

日	一	二	三	四	五	六
				1 初六	2 初七	3 初八
4 初九	5 小寒	6 十一	7 十二	8 十三	9 十四	10 十五
11 十六	12 十七	13 十八	14 十九	15 二十	16 廿一	17 廿二
18 廿三	19 廿四	20 大寒	21 廿六	22 廿七	23 廿八	24 廿九
25 三十	26 正月	27 初二	28 初三	29 初四	30 初五	31 初六

“断食疗法”七天日记（5）

今天（1月7日），是第三天，脚后跟酸疼，脸色挺好。昨天，还外出三个小时，自己驾车穿过繁华大街，却没心情欣赏喜气洋洋临近春节的景象。

脑海里，也经常浮现许多景象，一会儿就消失了，专注于自己的疾病，反复提醒自己要坚信会打败疾病的，这是自我暗示，精神力量很强大。

与平时没有什么差异，只是断食。

今天，阳光又穿过落地窗。

暖暖的，一地金色。

2009 1

日	一	二	三	四	五	六
				1 初六	2 初七	3 初八
4 初九	5 小寒	6 十一	7 十二	8 十三	9 十四	10 十五
11 十六	12 十七	13 十八	14 十九	15 二十	16 廿一	17 廿二
18 廿三	19 廿四	20 大寒	21 廿六	22 廿七	23 廿八	24 廿九
25 三十	26 正月	27 初二	28 初三	29 初四	30 初五	31 初六

献给爱丽丝

胃口，很酸疼，每天1.5公斤的药液，不再进食其他东西，又赶上“小寒”季节，很难受，可一想总比化疗强吧，只能咬牙坚持，我每次都倒进嘴里，咕咚咕咚咽下去了。

好在，别无选择，我只能自我激励，要坚持下去。

窗外，灰蒙蒙的，有些压抑。

最近几天，总晒太阳，当看不到太阳时，才发现太阳与我们的心情与生活那么密切。

断食七天疗法的第三天，还有四天。

现在的每一天，都太漫长了，才知度日如年的滋味。

只好听钢琴曲《献给爱丽丝》，昨日再现，岁月如歌。

记不得曾经多少次听过这支曲子。今天听是为了让自己紧绷的神经松弛下来，转移自己的注意力。

还需要再坚持四天，我都怕坚持不下来啊！

2009 1

日	一	二	三	四	五	六
				1 初六	2 初七	3 初八
4 初九	5 小寒	6 十一	7 十二	8 十三	9 十四	10 十五
11 十六	12 十七	13 十八	14 十九	15 二十	16 廿一	17 廿二
18 廿三	19 廿四	20 大寒	21 廿六	22 廿七	23 廿八	24 廿九
25 三十	26 正月	27 初二	28 初三	29 初四	30 初五	31 初六

“断食疗法”七天日记（6）

今天（1月8日），是第四天。

等了很久，阳光，才穿透厚厚的云层，没有外出，前三天都到外边去了。

还是不到八点就起来了，喝了500ML药液，吃了半个苹果，然后，就听张际从美国传来的佛乐，静心听了两个多小时。

断食进行一半，比原来想象的能够忍受。

实际上，人们总是夸大困难，当困难不期而遇时，就能激发打败困难的潜能，犹如战场的士兵们一样，唯一的选择就是打败敌人，不然，就被敌人打败，而这个结局早在走上战场前就已经注定了。

好像身轻如燕了？

也不知这是好是坏？

2009 1

日	一	二	三	四	五	六
				1 初六	2 初七	3 初八
4 初九	5 小寒	6 十一	7 十二	8 十三	9 十四	10 十五
11 十六	12 十七	13 十八	14 十九	15 二十	16 廿一	17 廿二
18 廿三	19 廿四	20 大寒	21 廿六	22 廿七	23 廿八	24 廿九
25 三十	26 正月	27 初二	28 初三	29 初四	30 初五	31 初六

“断食疗法”七天日记（7）

1月8日下午，“断食疗法”后的第四天，亚卓给我拍摄了一些图片。

我充满着自信，当然了，自信的前提要有一个治疗的方法。现在，治病的方法很多，治病的地方，也很多，许多人都成功地治愈了。

我选择了保守的方法。

从2008年12月24日，开始服用一种独家研制的“益生菌中药活化剂”。

2009年1月5日，开始“断食七天”疗法，现在已经进入第四天，身体与过去比，没有什么大的差异，皮肤比以前细腻了，没有出现疲惫现象，只是由于不进食，胃部在喝药液时，略有疼痛，几分钟后就好了，睡眠也很好。

前三天，我都驾车外出，逛街溜达，今天没有，躺在床上听好朋友张际推荐的佛乐。

“身轻如燕。”

亚卓问我感觉怎么样？我这样回答，然后，就拍了几张图片。

2009 1

日	一	二	三	四	五	六
				1 初六	2 初七	3 初八
4 初九	5 小寒	6 十一	7 十二	8 十三	9 十四	10 十五
11 十六	12 十七	13 十八	14 十九	15 二十	16 廿一	17 廿二
18 廿三	19 廿四	20 大寒	21 廿六	22 廿七	23 廿八	24 廿九
25 三十	26 正月	27 初二	28 初三	29 初四	30 初五	31 初六

“断食疗法”七天日记（8）

看新闻后，留言二则：

“时光，终于接近了第五天，各个关节都酸疼，照常起来的早，看一下新闻。北京，又有了禽流感了，可怕的禽流感。”

“大环境坏了，人与自然之间的和谐被人为的破坏了，能不得病吗？假如动物都不得消停，我们人类能单独过得好吗？”

其实，我这样的感慨，无数人都发出过，但不能解决问题，人的欲望越来越强大，谁也无法抑制住欲望的膨胀，只有绝症来临的时候，不得不放下，此时的放下，基本都是一种无奈的被迫的选择，其实这样的选择，已经晚了。

2009 1

日	一	二	三	四	五	六
				1 初六	2 初七	3 初八
4 初九	5 小寒	6 十一	7 十二	8 十三	9 十四	10 十五
11 十六	12 十七	13 十八	14 十九	15 二十	16 廿一	17 廿二
18 廿三	19 廿四	20 大寒	21 廿六	22 廿七	23 廿八	24 廿九
25 三十	26 正月	27 初二	28 初三	29 初四	30 初五	31 初六

我的真诚致谢

2009.1

朋友们：你们好！

2008年12月23日，我到医院进行膀胱镜诊断，一小时后结论：我患有膀胱癌。之前，奥运期间曾有一次血尿，被我忽视了，12月20日，再次血尿，21日–23日，经过反复检查，得到了确认。

2008年，我的本命年，48岁的我必须面对这个残酷的事实，好在，我第一时间里获悉了这个病情，在五个小时内就恢复了平静的心态。

这个病，现在属于常见病，手术是各个医院采取的重要治疗手段，每家医院都具有丰富的手术经验的外科医生，而我的病情属于中晚期，可以进行切除手术，然后，通过化疗等手段巩固手术效果。

以前，很少接触癌症患者，感觉到我的生活与生命中离癌症很遥远，当自己有了这个病后，才发现身旁到处都有曾经身患绝症的人们。我与这些人交流过，我见过一个已手术20年的长者，他告诉我没什么可怕的，手术可以解决这个问题。

对于西医，我历来推崇，28岁时，就进行了胃大部分切除手术。

我计算过每隔10年，我就会得一次重大疾病。

现在，我采取的是一种“断食七天”的保守疗法。这个保守疗法，如果有效果，就坚持，如果无效果，就再次走向手术台。

这个月，可以说很漫长，我的人生价值观受到严厉谴责，我列出了自己的不健康生活方式的菜单，过些天，贴出来，提示大家注意一下，我还写了五万字的感受，每一行字，都与过去不同。

“断食七天”疗法已经第五天了，1月11日晚正式结束。

在这七天里，我好像生活在另外的一个空间里，不是自闭，也没有抑郁，很开朗正视即将面临的所有。

在此，真诚感谢朋友们的关心。

2009 1

日	一	二	三	四	五	六
				1 初六	2 初七	3 初八
4 初九	5 小寒	6 十一	7 十二	8 十三	9 十四	10 十五
11 十六	12 十七	13 十八	14 十九	15 二十	16 廿一	17 廿二
18 廿三	19 廿四	20 大寒	21 廿六	22 廿七	23 廿八	24 廿九
25 三十	26 正月	27 初二	28 初三	29 初四	30 初五	31 初六

断食七天及经过

按照服用益生菌活化剂的要求，我必须“断食七天”，在“断食七天”内，每日喝1.5公斤益生菌活化剂，万不得已情况下，可以吃一根香蕉与一个苹果。

2008年1月5日，我开始了“断食七天”疗法。断食七天，是生命的极限，许多人都不敢尝试。当时，我也担心，为此还写了遗嘱。那七天，是我感觉到最漫长的时间了。

这七天，喝下去的东西，也是便出的东西。

肚子里，时而，如雷声隆隆，时而，嘀咕嘀咕鸣叫，在灿烂的阳光下，我抱着一个热水袋还觉得浑身发冷。

“断食七天”前，很有些犹豫，但七天还是坚持下来了，这是对生命的渴望，对未来生活的原动力在支撑着我熬过了这艰难的七天，共喝下10.5公斤药液，仅吃了三根香蕉、5个苹果，再未进食任何食物。

至少去卫生间上百次，每去一次，都等缓几分钟才能挺直腰板。

后四天，没有出过门，只在房间走动。

听了许多音乐，从佛乐、交响曲、流行歌曲，到评剧唱段。

这七天，晒太阳的时间总数，大概是我前半生的总量。

平时的七天，与“断食”的七天，绝对不是同一个时间长度，尽管，我知道这是同一个168个小时，但在生命与生活中却不是……

2009 1

日	一	二	三	四	五	六
				1 初六	2 初七	3 初八
4 初九	5 小寒	6 十一	7 十二	8 十三	9 十四	10 十五
11 十六	12 十七	13 十八	14 十九	15 二十	16 廿一	17 廿二
18 廿三	19 廿四	20 大寒	21 廿六	22 廿七	23 廿八	24 廿九
25 三十	26 正月	27 初二	28 初三	29 初四	30 初五	31 初六

断食结束前，接到洪尘的短信

2009年1月11日，七天“断食疗法”最后一天，恶心，要吐，双腿无力，轻飘飘的感觉，好像踏在云絮里，不敢弯腰，又来了几个朋友看望，我弟弟在帮助收拾房间卫生，我很疲倦，几乎没有写文字，就在这时，接到洪尘的电话，他让我回北京，他说他能救我。

我在陆续给朋友们回朋友短信。

其中有这样一封写给洪尘的：

洪尘：

你好！

请放心，我会全力打败疾病的，我现在的精神很好，身体1月24日去复查，看最近的治疗效果。

现在看，我提前与绝症面对面了，但我相信精神的力量。

你也要多保重。

老布　09-1-11 09:44

半个小时后，洪尘回信了：

在我的心目中，你是个不可战胜的英雄！

这是上帝对一个强者的又一次考验，相信你——一定能够战胜疾病！凯旋而归！

祝福！

洪尘 09-1-11 10:11

2009 1

日	一	二	三	四	五	六
				1 初六	2 初七	3 初八
4 初九	5 小寒	6 十一	7 十二	8 十三	9 十四	10 十五
11 十六	12 十七	13 十八	14 十九	15 二十	16 廿一	17 廿二
18 廿三	19 廿四	20 大寒	21 廿六	22 廿七	23 廿八	24 廿九
25 三十	26 正月	27 初二	28 初三	29 初四	30 初五	31 初六

小米粥，真香啊！

2009年1月12日，早六时，我就起来了，迫不及待坐等着要喝“断食七天”后的第一口流食了。

今天起，就开始更新自己的健康菜单了，不再吃猪肉、鸡肉等陆地上的动物肉类了，除新鲜的绿色蔬菜外，要吃目前还无法成功养殖的海里鱼类，我最爱吃的大米饭被淘汰出局了，要吃杂粮。酒精类的饮料、咖啡及各种灌装的饮料，也被淘汰出局了，要喝蔬菜汤、糙米茶。

端起一小碗小米粥，我喝下第一口时，那个香啊，我都情不自禁喊了出来，再喝下半碗香菇熬成的汤，很清淡，这是我168个小时后第一次进食热乎乎的食物，喝到胃里，暖暖的，能够听见滑进胃里的轻微声音。

小米粥真香，但不能多喝，“断食七天”，需要一个适应过程。

因为这场大病，我提前进入了回归健康生活序列了，这实在出乎我的想象!

2006年底，我去看何铁生的姥爷，那年姥爷89岁，坐在窗前的椅子上，他在晒太阳。我问他中午吃什么?他说:“小米粥、豆腐。”

“小米粥，真香啊。”姥爷又特意补充了一句。

那时，我无法理解。

现在，我也说“小米粥，真香啊!”。

一个月前，我依然会吃我爱吃的大米饭，而且要吃精米。

最近，浏览了众多的资料，才发现我每天吃的都是不健康的东西，而这些东西基本又都是我花费很多钱买回来的。其中许多东西，生产者都不敢吃，而我却将其作为每天必吃的东西。

我在吃“毒食品”，而这些“毒食品”，不仅伤害我一个人吧?

无非，我发现的早，才幡然醒悟，断然抛弃原来的生活方式，开始新的生活，朋友们，也希望你们少吃那些“毒食品”，健康，才是生命的第一!

2009

1

日	一	二	三	四	五	六
				1 初六	2 初七	3 初八
4 初九	5 小寒	6 十一	7 十二	8 十三	9 十四	10 十五
11 十六	12 十七	13 十八	14 十九	15 二十	16 廿一	17 廿二
18 廿三	19 廿四	20 大寒	21 廿六	22 廿七	23 廿八	24 廿九
25 三十	26 正月	27 初二	28 初三	29 初四	30 初五	31 初六

健康的晚饭菜单

2009.1

1月12日，傍晚，我去菜市场买菜，来到鱼档前，我问：

“哪些鱼不是养殖的？”

她指了案前的一排鱼，

于是，我就买了一条渤海带鱼。

我又走到卖肉的店铺，接着问：

“有牛尾吗？”

“有。”

“质量有保证吗？”

那个人认真地看了我一眼，说：

“棒槌岛牌的，很少有人买，也就韩国人吃。”

“为什么？”

“谁舍得吃这个？比肉贵多了！”

我买了两个牛尾，顺便买了几个西红柿、一块豆腐，我还是仔细问了豆腐的出处。以前，我可以不在乎食品的安全问题，现在，我不得不小心啊，我的身体经受不了。

回家后，做了如下晚餐：

刀鱼炖娃娃菜

凉拌豆腐

西红柿牛尾汤

凉拌海带丝（鲍鱼肚村特产）

杂粮粥

以前，做饭那个不情愿啊，现在好了，亲自动手，吃下去才放心。

我彻底放弃了原有的生活方式，从每日三餐开始！

吃自然的食物

继续与一个癌症患者相爱，我总觉得对不起她，而她却坚信我会彻底打败癌症。我并不是一个自私的人，我只是无法成功地说服吴亚卓，她有自己的人生价值观与坐标，她有自己的独立人格与精神世界，她有自己的未来与思考，她的所作所为，不像是一个“80后”应该有的心理与感受，好像那些恪守传统道德清朝以前的女人，而这样的女人早被时代所淘汰了，而今，吴亚卓却成为这样的一个女人。

2009年，就这样来临了，提笔写下这段文字，真诚地表达我诚挚的情感。

2009 1

日	一	二	三	四	五	六
				1 初六	2 初七	3 初八
4 初九	5 小寒	6 十一	7 十二	8 十三	9 十四	10 十五
11 十六	12 十七	13 十八	14 十九	15 二十	16 廿一	17 廿二
18 廿三	19 廿四	20 大寒	21 廿六	22 廿七	23 廿八	24 廿九
25 三十	26 正月	27 初二	28 初三	29 初四	30 初五	31 初六

乘胜追击，再接再厉

从2008年12月24日，开始进行治疗，到今天2009年1月24日，正好一个月，这一个月，对我来说太漫长了，每一天，都好像一年。如果，当初我去医院进行膀胱肿瘤外科手术，现在就可以出院了，然后，进行各种维护治疗，尤其化疗必须是定期的。

我很幸运，在我准备回北京住院的前一天，由董萍大姐推荐认识了一个七旬老人，他发明了一套治疗癌症的方法，据说已经医治好了2000多人。他阐述了他的治疗理论，我认同他的理论，他归纳为“益生菌活经剂”自然疗法，其中一项就是“断食七天”。

2009年1月5日至12日，我“断食七天”。

2009年1月19日，去医院检查，肿瘤缩小0.7厘米。

2009年1月23日，去医院做了癌胚抗原检查，结果：1.64 单位ng/ml，参考值0–3.4 单位 ng/ml。

这张化验单，对大家来说，很正常，但对我来说就意味着初步胜利，它表明：我体内的癌细胞，在参考值内，也就是说经过一个月的治疗，控制住了病情，并开始向好的方向发展。我电话里告诉了他。

他说："这算不上胜利，在预期之中。下一步，我们从正月初十开始，进行巩固期疗法。"

乘胜追击，再接再厉，我要打败我身上的癌症，干净彻底地将癌症消灭掉。

一个月，恍如一个世纪，众多朋友们给予我极大的鼓励与支持，在此，我再次鞠躬致谢！

我愿意将我与疾病抗争的体会、方法，与大家分享，如果谁需要，请告诉我，我会尽力提供详情。

提前给大家拜年了。

祝大家牛年，吉祥如意！

2009 1

日	一	二	三	四	五	六
				1 初六	2 初七	3 初八
4 初九	5 小寒	6 十一	7 十二	8 十三	9 十四	10 十五
11 十六	12 十七	13 十八	14 十九	15 二十	16 廿一	17 廿二
18 廿三	19 廿四	20 大寒	21 廿六	22 廿七	23 廿八	24 廿九
25 三十	26 正月	27 初二	28 初三	29 初四	30 初五	31 初六

我要凯旋回到北京

大年三十，从网上下载了几首蒙古长调，眼前浮现出许多当年曾经在草原时的往事，确切地说，喝酒是我这次癌症的原因之一，我就是在草原学会喝酒的，但我不后悔。人生，尽管不可能再来一次，但青春季节，就应该做一些青年人应该做的事情，哪怕这些事情，有些违背传统道德观念与不利于身心健康。但这是人生的痕迹，是人生的记忆，是人生的课程与内容。

人活着，不是按照书本上的理论活着！人活着，就应该活出精彩，而是否精彩，没有谁是我们的老师。

只有我们自己是自己的榜样，而不是伟人或著名人士。其实，他们与我们没有多大区别，如果说有，也是后人演绎的细节。

理论，是理论，真实，是成长。

成长过程，没有一个标准。

老虎，就是老虎，老鼠，就是老鼠，老虎与老鼠之间，没有王者与臣仆之分。

快乐，比财富重要，在阳光与快乐面前，每个人都是顽皮的孩子。

从初十开始，我就进入治疗的巩固期，三月初，当树枝泛绿，我就该回北京了，北京啊，北京！北京，是大家的北京！

我的家园，我的生活，我的梦想，都在北京！

我的2009，一定要精彩，打败癌症，我要凯旋回到北京。

2009 1

日	一	二	三	四	五	六
				1 初六	2 初七	3 初八
4 初九	5 小寒	6 十一	7 十二	8 十三	9 十四	10 十五
11 十六	12 十七	13 十八	14 十九	15 二十	16 廿一	17 廿二
18 廿三	19 廿四	20 大寒	21 廿六	22 廿七	23 廿八	24 廿九
25 三十	26 正月	27 初二	28 初三	29 初四	30 初五	31 初六

我的抗癌经验

可以负责任地说：经过一个月的治疗，膀胱癌，正在离开我的身体，检查结果表明，肿瘤正在缩小。

我没有采取大多数患者的外科手术，然后，再通过放化疗方式根除癌细胞的生长，我采取的是益生菌活化剂治疗方案，除了治疗方案百分百执行外，生活方式上，我也进行了颠覆性的改变，一个月来，我彻底变成了不是我自己，而是另外的一个人，

比如：

吃我以前不吃的：蔬菜、杂粮；

喝我以前不喝的：白开水；

穿我以前不穿的：棉质衣服、唐装；

做我以前不做的：晒太阳、做饭、料理家务；

听我以前不听的：佛经、佛乐、交响乐、民谣；

看我以前不看的：养生书籍、动漫电影、各种幽默视频短片；

玩我以前不玩的：玩游戏、散步、逛街；

抛弃以前我喜欢的：顶级咖啡、麦当劳、大鱼大肉、各种应酬聚会；

喜欢以前我厌恶的：小鱼、小虾、五谷杂粮；

蔑视以前我尊重的：不运动、自我为中心、不在乎生命；

尊重以前我蔑视的：健康、运动、有秩序的生活；

羡慕以前我轻视的：家庭团圆、与孩子交流、婚姻完整；

放弃以前我重视的：远大理想、个人利益、各种幻想。

2009.1

老布回京后开始全新的生活，从室内环境开始，亲手拆除了工作室的地毯

2009 2

日	一	二	三	四	五	六
1 初七	2 初八	3 初九	4 立春	5 十一	6 十二	7 十三
8 十四	9 十五	10 十六	11 十七	12 十八	13 十九	14 二十
15 廿一	16 廿二	17 廿三	18 雨水	19 廿五	20 廿六	21 廿七
22 廿八	23 廿九	24 三十	25 正月	26 初二	27 初三	28 初四

我永远不会做手术的

你好！

非常感谢你的帮助。

无论，结果如何，我是不准备手术的。

1987年3月，我胃出血，进行了手术，打开后一看，我的胃只有两个出血点。医生问我妻子，是补修一下还是切除？我妻子是医生，她说既然打开了，就切了吧。我的胃被切除2/3。

1997年6月，我酒后驾车出了车祸。车速太快，我的头把前风挡玻璃撞碎，四年后，我突然脖子直不起来了。看了许多医生，各种建议都有，后来，朋友带我去看一个退休的正骨医生，他大概用不到十次的正骨手法，其实就是一双手，将我的脖子治好了。

1999年，我的左乳房突然长出桃子大小的硬块，也是看了许多医生，从涂抹各种中药，到切除乳头硬块，医生提出各种方案，还是朋友推荐一个医生，给我开了一瓶激素，一周后，乳房硬块消失了。

我家亲属中至少有十人以上是医生。

我对当下的医院与医生抱有成见，来自我的体验。

现在，我的膀胱癌，如果采用医生的方案，我开始在放化疗。但放化疗能解决我的问题吗？不能。

癌症，不可怕，可怕的是大家对癌症的形成不了解，好像每个人对癌症都有些了解，事实上，那些常识，都是滞后的信息与知识。

我在尝试应用我阅读的知识，解决我的癌症。我知道我的家人与朋友都得会遇到癌症这个问题。我目前的方案，是喝一种液体，由于没有通过国家的认可，如药准字号，就称为口服液。你也看了，我从2008年12月24日开始服用，2009年1月5日–12日，断食七天疗法。

我主要体会，就是放弃自己原来的生活方式与饮食习惯，借鉴日本与台湾人写的养生食疗方法，最为关键的改变自己的本性。

你对癌症有了解，本不应该问，但我非常好奇，你也是医生？

祝好！

2009 2

日	一	二	三	四	五	六
1 初七	2 初八	3 初九	4 立春	5 十一	6 十二	7 十三
8 十四	9 十五	10 十六	11 十七	12 十八	13 十九	14 二十
15 廿一	16 廿二	17 廿三	18 雨水	19 廿五	20 廿六	21 廿七
22 廿八	23 廿九	24 三十	25 正月	26 初二	27 初三	28 初四

我是癌症患者

2009年2月2日，晚上七时，我应邀参加一个聚会，其中有两个北京来的朋友，大家举起酒杯，我也举杯，大家谴责我，为何要喝白开水，我答：我是癌症患者。

大家哈哈大笑，唯有我没有笑。我很严肃的神态，让大家正视了我的回答，他们仔细问了我的情况，我详细解释了采取益生菌活化剂治疗方案。

六个小时前，朱老先生才离开大连，他从北京来大连就是看一下我的治疗的情况。

我在2008年12月23日下午三时，与他相识，也就是那时我才知道益生菌的。

临分手的时候，我从汽车后车厢里拿出一本《益生菌是最好的药》送给了好朋友徐立成，中山广场灯火辉煌。

达拉斯博士（《前列腺奇迹，反脂肪营养》的作者）认为：

“所有物质都是经过胃肠道进出身体的，而不是通过肺或其他部位进出身体。这样说来，益生菌和其他补给品将直接影响胃肠道的健康，对整个身体的长期健康有重要的作用。营养的吸收很大程度上受胃肠内微生物数量的影响，这种影响还会扩展到对钙等矿物质的吸收，但是通常情况下我们意识不到这些益生菌的作用。”

2009 2

日	一	二	三	四	五	六
1 初七	2 初八	3 初九	4 立春	5 十一	6 十二	7 十三
8 十四	9 十五	10 十六	11 十七	12 十八	13 十九	14 二十
15 廿一	16 廿二	17 廿三	18 雨水	19 廿五	20 廿六	21 廿七
22 廿八	23 廿九	24 三十	25 二月	26 初二	27 初三	28 初四

我要飞翔

看到蓝天，就羡慕鸟儿，看见大海，就羡慕波涛，看见笑脸，就想起自己的童年，看见自己渐渐消瘦的脸庞，就想起曾经的岁月，即使在身患绝症的时刻，我还是坚强地与疾病博弈，我不放弃，就像鸟儿的志向在蓝天上，我要飞翔！

我要飞翔，我只是按照自己的能力，谨慎地驾驶生命的航天器，在低空航线上，稳妥飞行，飞翔在自己的天空中。

我要飞翔，在幻想的国度里，有鲜花与音乐、有喝彩的掌声，还有许多朋友在现场。

我要飞翔，紧跟朋友们身后，与你们一起去实现理想的目标，也许，我一时跟不上你们的速度，但我知道你们在不远处耐心等待我，而我也会很快就跟上你们。

我要飞翔，分享着你们的爱，也愿意把我的爱与你们分享，我们可以娓娓道来儿时的趣事，还可以在不同的时空里聚会，你们手中的美酒，与我此时手中的白开水，一同举起干杯。

我要飞翔，凡我生命中曾经拥有过的美好生活，我绝对不会舍弃。当然，我知道，我实际上还是每一天都在舍弃原来的生活，尽管这些具体的生活内容曾经是我渴望半生的追求，尽管这些习惯，构成了我与他人不同的人生，但在生命是否要延续的关键时刻，我选择了生命，而不是生活的形式与形式中的生活，即使我付出了我所有，我还是要生命而不是其他，我从小受过的那么多关于荣誉与崇高含义的教育，此时都变成一地碎片。荣誉与崇高，那是舞台戏剧的台词，那是英雄们的行为，而我此时就是一个乡村老汉，或闲云野鹤，但我要生命的自由，要自然地活着，要恢复到原来的自我轨道上，自由自然而自己！

2009.2

在路上，青海湖

2009 2

日	一	二	三	四	五	六
1 初七	2 初八	3 初九	4 立春	5 十一	6 十二	7 十三
8 十四	9 十五	10 十六	11 十七	12 十八	13 十九	14 二十
15 廿一	16 廿二	17 廿三	18 雨水	19 廿五	20 廿六	21 廿七
22 廿八	23 廿九	24 三十	25 二月	26 初二	27 初三	28 初四

过了这一天，新的一年就开始了

不足半个小时的鞭炮竞赛，渐渐变成了不知从东南西北具体哪个方位冒出的不连续零星声响，今天是正月十五，新旧两年的接力棒，就在这弥漫呛人的硝烟味道中传递过来。

不知他人如何，反正我没有留意今年春节细节，一直在忙于治疗疾病，阅读大量书籍或咨询过许多医生及患者，越来越糊涂了，即使一本书中的章节，也是前后矛盾，国内外的著作者，基本都站在旁观者的立场撰写了书籍，解释自己的主张，尤其，许多癌症患者使用的菜谱，更是离奇的荒唐，比如白萝卜，说好者，它就是癌症克星，排斥者，就说它是毒药，真好像我们生活中几个人相处在一个单位，不时引发出许多争论、分歧、帮派，闹个天翻地覆……

自有病后，才发现癌症患者，到处都是！

我与这些癌症者，无非，先他人一步，福祸都在这一步，生死的十字路口，我先驻足停留，在寻找方向。无非，我的这一步，迈的快一点，但也觉悟的早一些，对于患病这事情，我没有任何懊悔，相反，我还感谢这场疾病，让我猛然觉悟，彻底放弃超负荷的压力，正视未来的人生，检讨自己过去与现在的人生的方向与内容，有何不妥之处。

过了这一天，新的一年就开始了。

我很感谢众多朋友们的关怀与帮助，我也脱胎换骨为另外一个新人，开始新的生活与工作，愿我们在新的一年里，都平安快乐！

2009.2

2009 2

日	一	二	三	四	五	六
1 初七	2 初八	3 初九	4 立春	5 十一	6 十二	7 十三
8 十四	9 十五	10 十六	11 十七	12 十八	13 十九	14 二十
15 廿一	16 廿二	17 廿三	18 雨水	19 廿五	20 廿六	21 廿七
22 廿八	23 廿九	24 三十	25 二月	26 初二	27 初三	28 初四

我身边的因果轮回

我母亲，天生素食，结婚后，我父亲就遭了罪，母亲从不给我们做荤菜，后来，母亲终于做出一些让步了，戴着口罩烧荤菜，家里的锅与其他器皿都是两套。爸爸，那时也年轻，就只好去买商店里现成的荤菜，受爸爸影响，我与弟弟、妹妹都喜欢吃猪下水。

我有了儿子，母亲帮助照看，儿子受母亲影响，也喜欢素食，我还是与爸爸一样喜欢猪下水。

父亲年轻的时候，总是经常患病，在我记忆中至少有三次以上被误诊为癌症。为了活着，父亲的烟戒掉了，酒也减量了，从不去饭店大吃大喝，生活很有规律与自律。父亲总担心活不过五十，五十平安过去了，活不过六十，六十也顺利过去了，活不过七十，七十也转眼就过去，现在身体与精神都好，但还是小心翼翼地照看自己的身体。

我从来不珍惜生命，不像母亲那样素食，也不像父亲那样谨慎，生活没有规律，暴饮暴食，酗酒、咖啡发烧友，很少在家吃饭，大吃大喝，结果：28岁胃切除了，38岁车祸颈椎错位了，48

岁得膀胱癌了。

父亲，还是那样小心，母亲，还是那样乐观，儿子，依然像奶奶那样素食主义，而我得知自己癌症后，彻底颠覆了原来的生活方式与饮食习惯，也开始过有规律的生活，几乎素食了，现在我的身体开始了好转。

如果我早一点像我母亲，我估计不会48岁就得癌症，但我没有这样的觉悟，即使我现在开始放弃原来的生活方式与饮食习惯，也不是出于觉悟。

如果我早一点像我父亲，哪怕被动改变自己，癌症也不会这么早光临到我身上！我现在才明白父亲，其实也没有多高的觉悟，但父亲早年多次被误诊，被医生与疾病吓怕了，将自己囚在母亲身边，生活与岁月，将父亲塑造成一个谨慎的人。

而我天生喜欢冒险，现在，再也不敢了。

再说一下吴亚卓，母亲生她时27岁，母亲28岁就得癌症了，千方百计去医治，几年后，又生了一个儿子，50岁就去世了，留下了吴亚卓与弟弟，还有一个正当年的丈夫，丈夫后来又找了一个年轻的阿姨，吴亚卓与弟弟就开始各自的社会闯荡生涯。

吴亚卓的父亲清华大学毕业，母亲，西安医科大学毕业，而吴亚卓大学未毕业，弟弟好不容易在一个一流的中专毕业了。

吴亚卓在28岁时，男朋友患癌症了，与她母亲当年患有癌症的年龄相同。吴亚卓的男朋友大她20岁，如今又患有了癌症，她父亲得知后保持沉默，能保持沉默源于他受过的良好的清华大学教育，他知道自己的孩子是社会的孩子，而不仅仅是自己的孩子！

吴亚卓28岁时与母亲同年龄，她们28岁一个轮回，在不同的时空中体会癌症的绝望与无奈。

我48岁时开始了轮回，开始继承了母亲的素食主义，又继承了我爸爸对生命的谨慎与小心翼翼。

如果有谁与我说“轮回”，我还有许多疑问，但今天，我身边的因果轮回再次教育了我，我不得不正视镜中的我，大声问：

“我是谁？”

“为何要这样轮回？”

2009 2

日	一	二	三	四	五	六
1 初七	2 初八	3 初九	4 立春	5 十一	6 十二	7 十三
8 十四	9 十五	10 十六	11 十七	12 十八	13 十九	14 二十
15 廿一	16 廿二	17 廿三	18 雨水	19 廿五	20 廿六	21 廿七
22 廿八	23 廿九	24 三十	25 正月	26 初二	27 初三	28 初四

陌生人，夫妻的最佳关系

2009.2

夫妻，不需要更多的了解，相互了解越多，越没有神秘感，吸引力越弱。

夫妻，最好不是同行，更要注意尽量不在一个单位。

夫妻，要有自己的私属空间，这个空间的钥匙只有几把，但配偶之间不能互有，喜怒哀乐，要有一个分享的渠道，知己与朋友的渠道最畅通。

夫妻，要经常闹些别扭，别扭后，才会仔细审视对方的新需求。

导致夫妻关系僵硬与恶化的原因，在于相互之间太了解，正因为了解，才站在排斥、谴责的立场上，轻视或漠视对方的能力与胸怀。

最后导致夫妻爆发战争的导火索，总是生活中最小的事情，但这样的小事情，经常发生，相互之间特意从小事情上找到攻击对方的理由，故意忽略大原则，其实，大家都知道大原则是根源，但不能挑明，一旦挑明，战争就升级了，后果就很可怕了。

陌生人，夫妻的最佳关系。

因为陌生，就要尊重对方，因为陌生，就会萌生好奇与诱惑的力量，因为陌生，就会有下一步走进的愿望，犹如当年的初恋，双方都是陌生人，开始了不懈的追求……

2009 2

日	一	二	三	四	五	六
1 初七	2 初八	3 初九	4 立春	5 十一	6 十二	7 十三
8 十四	9 十五	10 十六	11 十七	12 十八	13 十九	14 二十
15 廿一	16 廿二	17 廿三	18 雨水	19 廿五	20 廿六	21 廿七
22 廿八	23 廿九	24 三十	25 二月	26 初二	27 初三	28 初四

初春夜里，有轨电车站

2009年2月19日，为我治病的朱老先生来到大连，彩凤大姐，也是这次“断食七天”疗法患者之一，钟燕冰夫妇也应朱老先生之邀，由他们做东，我们相聚在一家酒店里。

彩凤大姐，2年前患有癌症，发现的早，她到北京做了手术，术后采取了当下中国医院里所有的高科技治疗手段，但癌细胞还是转移五处，与我同时采用朱老先生的方法，两个月后癌细胞指数降为正常人指标。

我是一刀未动，一片药未吃，保持身体的原生态。

亚卓为我们拍照。

初春夜里，我散步回家，在有轨电车站驻留，特意拍照几张。

向东，就是大连最美的海之韵广场，向西们就是繁华的城区，这个车站就是二七广场，临近大连港码头。

夜风，拂面，略有寒意。

我四处张望，很亲切地凝望这夜色，看匆匆忙忙从身边走过的行人。

两月前的这一天，随着尿液的一点鲜血，改变了我未来的生命方向。当我知道这个听说了半辈子的癌症，突然在我身体里生长到危及我的生命的时候，我刚刚48岁，我才知道我生命的列车下一个停车站，就是死亡。

幸运的是我没有采取彩凤大姐那样的手术、放化疗等方法，与死神打了照面，扭头便走，没有经过医院与医生的医治，才使我身体没有受过任何伤害，就如在这个夜晚，站在这个车站，向东还是向西，方向与结果大为不同……

2009

3

日	一	二	三	四	五	六
1 初五	2 初六	3 初七	4 初八	5 惊蛰	6 初十	7 十一
8 十二	9 十三	10 十四	11 十五	12 十六	13 十七	14 十八
15 十九	16 二十	17 廿一	18 廿二	19 廿三	20 春分	21 廿五
22 廿六	23 廿七	24 廿八	25 廿九	26 三十	27 三月	28 初二
29 初三	30 初四	31 初五				

看相师如是说

2005年5月，我的好朋友高海森先生告诉我：“48岁，你就达到人生顶点，然后，就往下出溜。”

这位敢以“相师”自称的朋友，自然，知识渊博，不过，我对他的预言一笑了之。

2008年，我正好48岁，我的事业达到了我的预期。

我居住在北京国际艺术营四年了。这里的艺术家，有结婚的，有离婚的，有生孩子的，还有一些二婚、三婚的，至于在一起居住者更多了，时常换异性朋友者，几乎每年都发生。

2008年7月，我对院里的几个朋友说：

“我们的院子要出大事了。”

“什么大事？”朋友好奇地问。

“你看我们的院子里，有结婚的，有离婚的，有再婚的，有赚钱的，有赔钱的，有婴儿出生，每个人都在成长，就差死人了。”

“你说谁会死？都这么年轻？胡说。”

我辩解后，也觉得胡说，就权当是一句戏言。

2008年12月18日，我还说：

“高老师的预言，也不准啊。”

2008年12月19日，夜里，无数的梦，连儿时的邻居都梦到了，醒来后，还是梦，直到最近结识的朋友，都在眼前浮现，很亲切与清晰。

2008年12月20日，早晨，随着我的尿液流出的一滴鲜血，改变了我的命运，还剩10天，我就49岁，就在48岁的最后10天里，我患有癌症了，癌症，意味着我开始面对死亡。

原来，我是院子里第一个要死去的人。

至此，我才明白高老师当年的预言灵验了，我成为自己预言的实践者，我拼命与疾病做顽强搏斗，但我还是站在死亡线上。

我经常想起高老师的那句预言，也想起我曾经对院子里的预言。

这两个预言都发生在我的身上，是巧合还是必然？我不得而知！

2009年3月1日，高海森老师从北京来大连看望我，我便讲起他当年的预言，他说：

“你的生命线很长，你没事情的，这只是一个插曲，祸福相连，你正处于黎明前的黑暗，天，很快就亮了，你的大福已经来了。”

我问：“在哪里？”

“在你自己言行中，你是一个真正的老爷们，大男人。”

他又解释：“如果换了一个人，是逃不过这场劫难的！也就是你，能够彻底抛弃原有的本性，顽强地渴望活下去，这才是你打败癌症的关键，是你的精神与意志，而不仅仅是药，再好的药，如果没有精神的配合，谁都救不了你的命。”

对高老师的这个解释，我比较认同。

我对许多朋友说：我与死神打个照面，然后，我扭头就走了。

不过，我现在是相信高老师的预言了，我也相信了我的直觉。

2009.3

2009 3

日	一	二	三	四	五	六
1 初五	2 初六	3 初七	4 初八	5 惊蛰	6 初十	7 十一
8 十二	9 十三	10 十四	11 十五	12 十六	13 十七	14 十八
15 十九	16 二十	17 廿一	18 廿二	19 廿三	20 春分	21 廿五
22 廿六	23 廿七	24 廿八	25 廿九	26 三十	27 三月	28 初二
29 初三	30 初四	31 初五				

值得一读的《中国健康调查报告》

作者简介：

T·柯林·坎贝尔博士，康奈尔大学终身教授，被誉为“世界营养学界的爱因斯坦”，40年来，他一直身处营养科学研究的最前沿。他还是“二恶英”发现工作的主要参加者之一。1982年6月，他为美国国家科学院撰写的报告——《膳食、营养与癌症》发表后，震惊了全美国。接着，他又组织参加了长达20多年的膳食与疾病发病率的大规模调查研究。这次有史以来规模最大的营养健康调查研究，被《纽约时报》称为“世界流行病学研究的巅峰之作”，几乎不可能再重复。

主要观点摘要：

● 环境以及食品中的合成化学品尽管有害，但并不是造成癌症的罪魁祸首。

● 你是否成为十大死因之一的牺牲品，父母遗传给你的基因并不是最重要的决定因素。

● 希望基因研究最终会带给我们包治百病的新药，这使我们忽略了可以利用的更有效的解决办法。

- 过分讲究控制某种营养素的摄入，如碳水化合物、脂肪、胆固醇或Ω-3脂肪酸，不会造就长期健康。
- 维生素和营养补充剂不能给予你长期的疾病抵抗力。
- 药物和手术不能治疗那些让千千万万人丧命的疾病。
- 医生很可能不知道你怎样才能保持最健康的状况。

有些研究成果发表在最知名的科学刊物中，这些发现证明：

- 膳食结构的改变能够使糖尿病病人摆脱对药物的依赖。
- 调整膳食结构能够逆转心脏疾病的发生和恶化。
- 乳腺癌与体内雌性荷尔蒙的水平之间存在关联性，而雌性荷尔蒙的水平是由膳食所决定的。
- 摄食奶制品会增加患前列腺癌的危险。
- 水果和蔬菜中的抗氧化剂可以显著地改善老年人的精神健康状况。
- 平衡健康的膳食可以预防肾结石的发生。
- Ⅰ型糖尿病是当前对儿童威胁最大的一种疾病，有证据证明该病的发生与婴儿时期的喂养方式显著相关。

2009 3

日	一	二	三	四	五	六
1 初五	2 初六	3 初七	4 初八	5 惊蛰	6 初十	7 十一
8 十二	9 十三	10 十四	**11 十五**	12 十六	13 十七	14 十八
15 十九	16 二十	17 廿一	18 廿二	19 廿三	20 春分	21 廿五
22 廿六	23 廿七	24 廿八	25 廿九	26 三十	27 三月	28 初二
29 初三	30 初四	31 初五				

燕冰：你好！

不知道你如何与高老师谈的，现在，他没心思治疗，我们都是为他好。但他也着急，他来大连快半个月了，一直没有收入。以前，他在北京是有固定收入的。我建议你们谈一下，有可能就继续下去，或者，在这个疗程结束后，让高老师先回去。

以上建议，仅供你参考！

方向确定后，就要执着坚持，就像你经营福耀玻璃那样，急不得。

我拟定的“315工程”，主要考虑先解决你日常经营的现金流问题。

我估计，吴欢很快就要来了，“吴氏三代艺术展”与新凤霞纪念馆，是他的命根子，也是吉渼霖女子会所的一面旗帜。

你要多保重！

快要熬出头了。

祝好！

2009.3

备注：燕冰，是我的好朋友，在家乡经营一个最大的女子会所，恰巧在筹备期间，她怀孕了，便将女子会所交给一个应聘而来的经理打理，一年后，她才发现女子会所偏离了她的理想与方向，便不断地进行调整，由于女子会所规模太大，需要时间，这时又赶上了金融危机。许多人早预言她无法经营下去，但她自信会能够坚持到底。这是昨天，我写给她的一封信。

2009 3

日	一	二	三	四	五	六
1 初五	2 初六	3 初七	4 初八	5 惊蛰	6 初十	7 十一
8 十二	9 十三	10 十四	11 十五	12 十六	13 十七	14 十八
15 十九	16 二十	17 廿一	18 廿二	19 廿三	20 春分	21 廿五
22 廿六	23 廿七	24 廿八	25 廿九	26 三十	27 三月	28 初二
29 初三	30 初四	31 初五				

关于癌症问题的观点

最近几天，太忙碌了，对于癌症患者，我尽己所能，这个患者也不相信医院与医生。中午，我与几个朋友聚会，一个前中国驻外国大使提议让一个台湾气功大师为我医治，据说，这个大师很厉害，享誉世界，我委婉谢绝了。我还是按照自己归纳的方法，“以神养生”，这个“神”就是自己。

癌症从何而来？再从那里研究如何解决，这是一个被众人忽略的问题。

生命，是一个整体而不是局部。

大家还是要多注意饮食问题，尽量不在外边吃东西。

饭店里的菜品中，调料、油与味素或鸡精等化学物质太多，这些东西对身体影响很大。

2009 3

日	一	二	三	四	五	六
1 初五	2 初六	3 初七	4 初八	5 惊蛰	6 初十	7 十一
8 十二	9 十三	10 十四	11 十五	12 十六	13 十七	14 十八
15 十九	16 二十	17 廿一	18 廿二	19 廿三	20 春分	21 廿五
22 廿六	23 廿七	24 廿八	25 廿九	26 三十	27 三月	28 初二
29 初三	30 初四	31 初五				

我的声明

2009.3

我是布里亚特，男性，1960年出生。2008年12月23日确诊膀胱癌。

更多的我的东西，请看我的博客：

http://blueart.blog.artron.net

最初，患病时，其中许多日志由女友代发代写。

癌症的形成机制，尽管不确定，但基本都是那些原因构成的。比如，这个女患者，在家具城里卖家具十几年。

我是膀胱癌，很少喝水，吃方便面、麦当劳等垃圾食品20年，喝咖啡10年，每天10杯，酗酒而不是喝酒，脾气暴躁。

膀胱癌与其他癌症，对生命的威胁都的一样的，不存在肝癌与其他癌症轻重之说。

你们说一下，直径4厘米的膀胱癌是几期?

我没有倡导大家按照我的方式进行治疗，是许多人按照我的方式取得了成功。

时间问题，不应该是大家关注的问题。

奥运前，我就血尿了，但我没当回事情，年底再次血尿，我才去检查。从这个时间序列上看，当你不知道患有癌症时，你的生命依然很旺盛。为何一获悉了患有癌症，精气神与身体立即出现了大问题？大家可以反思一下自己，获悉病情前后的你自己是否是同一个人。我与大家的唯一区别，就是我还是同一个人。

癌症可怕吗？医生对我说过：如果你不手术，你活不过春节（2009年的春节）。奥运前血尿，我没治，为何活到年底？

医生夸大了癌症的威胁，医生的目的很清楚。

相关的书看多了以后，对生命有了新的认识，当然了，看了这么多的书籍，也就五本左右有价值，其他均为抄袭之作。

生命，不属于我们。

这是我的理解。以前，我认为生命属于我自己。

日	一	二	三	四	五	六
1 初五	2 初六	3 初七	4 初八	5 惊蛰	6 初十	7 十一
8 十二	9 十三	10 十四	11 十五	12 十六	13 十七	14 十八
15 十九	16 二十	17 廿一	18 廿二	19 廿三	20 春分	21 廿五
22 廿六	23 廿七	24 廿八	25 廿九	26 三十	27 三月	28 初二
29 初三	30 初四	31 初五				

写给弟弟的一封信

李奇：你好！

你们都不要来。我觉得挺好的，也不想检查了，短期内那个肿瘤不可能消失，即使检查了，也就是看一下肿瘤是否小了。我已经想开了，就权当不知道有这个肿瘤的存在。

你们都要放心，我会珍惜自己的生命，你们也要多注意饮食。

何时回北京，现在还未定。

祝好！

老布

2009 3

日	一	二	三	四	五	六
1 初五	2 初六	3 初七	4 初八	5 惊蛰	6 初十	7 十一
8 十二	9 十三	10 十四	11 十五	12 十六	13 十七	14 十八
15 十九	16 二十	17 廿一	18 廿二	19 廿三	20 春分	21 廿五
22 廿六	23 廿七	24 廿八	25 廿九	26 三十	27 三月	28 初二
29 初三	30 初四	31 初五				

以神养生

下午二点，去友谊医院检查，照例对医生解释为何不做手术，医生也对我进行爱护生命的启蒙。

回到家，又接到几个电话，都问我喝的东西是药吗？我回答不是药。

“那你真信啊？” 他们又问。

“我相信。”

“因为你做不了手术吗？”

“可以手术，但我不相信这些医生的治疗方法。”我答。

“你不相信医生，那相信谁？”

“相信朱老师的益生菌理论体系，相信我服用后的自我感觉，相信我自己！”

把五次的检查结果都找出来，一一对照，我认为效果很明显。

其中，在同一家医院，同一台检查仪器，进行三次检查，膀胱肿瘤开始缩小了。

2009年1月3日，3.4cm*1.8cm

2009年1月19日，2.7cm*1.6cm

2009年3月12日，2.0cm*1.4cm

这期间，我没吃过一片药，没打过一针，没住过医院，只喝益生菌活化剂，肿瘤在缩小，右肾的结石，消失了。

任何理论都是灰色的，生命之树长青，任何治疗方法都有一定效果，但要选择适合自己的治疗方案，医生与医院并不是唯一的途径与选择。

经常有人问我："你怎么打败癌症的？"

我总这样回答："以神养生。"

我说的"神"，就是相信朱老师，他是一个"神人"；

相信益生菌，它是神奇的东西；

要有自己的"精、气、神"；

把自己的生命看作"神"赋予的，不轻易放弃，要相信自己，自己做主，自己解救自己，自己相信自己，自己激励自己，自己保卫自己，不左右摇摆，不放弃，不服输，就能打败癌症。

2009 3

日	一	二	三	四	五	六
1 初五	2 初六	3 初七	4 初八	5 惊蛰	6 初十	7 十一
8 十二	9 十三	10 十四	11 十五	12 十六	13 十七	14 十八
15 十九	16 二十	17 廿一	18 廿二	19 廿三	20 春分	21 廿五
22 廿六	23 廿七	24 廿八	25 廿九	26 三十	27 三月	28 初二
29 初三	30 初四	31 初五				

怎样才能不被他人“忽悠”？

早上接到电话，给我治病的朱老师来大连了。

据说，还有一些癌症患者的家属，也随其来到大连。他们要亲自与朱老师交流，并看一下大连地区几个用益生菌活化剂方案治疗患者的效果，我自然成为了一个例子。

从内蒙古包头来了一个26岁的男孩子，父亲患病了，听说我的治疗经过，便赶到大连。

现在，癌症患者越来越多，我接触到年龄最小的14岁女孩，也是内蒙古的，前不久去北京治疗，已经转移了，被推出医院，那真是惨。女孩爸爸，也曾经问过我的治疗方案，但他不相信啊！

景德镇，来了一个经营瓷器的朋友，她说参加大连双年展，邀请我去看看。

大连的双年展，好像去过一次，像赶大集那样！

艺术品，怎么沦为这样的销售模式？有些荒唐了。

是艺术家的问题？

还是经销商的问题？

或者，是出租展览中心的商人借艺术的名义，“忽悠”艺术家与艺术家的经纪人？

现在，“忽悠”成为经济发展的模式与趋势，金融海啸，许多官员与专家却说中国没有受到影响，多么荒唐的“忽悠”啊！也就是说中国“不差钱！”

去家乐福看一下，就知道多少企业已经黄了，一个不绣钢保温杯只卖9元钱？够电费吗？到处都是下岗的人群啊！

房价那么高，还说不是暴利？

大学毕业了，与农民工抢岗位？全世界都未见过的现象，却成为我们必须面对的事实。

还有中国的医疗体制，根本就不是为了了病人，而是公开抢夺病人家里的钱财，医院进口许多器械，让患者不断的检查。其实，许多检查都没有用处。

我只做过一次膀胱镜，五次“彩超”，我有主见，凡是医生推荐的检查，我说明天再来，今天我没带钱。

怎样才能不被他人“忽悠”？

我个人的体会：如果不被他人“忽悠”，必须有主见，而主见源于你的视野与见识。

2009.3

2009 3

日	一	二	三	四	五	六
1 初五	2 初六	3 初七	4 初八	5 惊蛰	6 初十	7 十一
8 十二	9 十三	10 十四	11 十五	12 十六	13 十七	14 十八
15 十九	**16 二十**	17 廿一	18 廿二	19 廿三	20 春分	21 廿五
22 廿六	23 廿七	24 廿八	25 廿九	26 三十	27 二月	28 初二
29 初三	30 初四	31 初五				

去拜访一位专家

上午去见了一个已经退休的外科专家，他的夫人患有了癌症，手术后，在第二次化疗后，他坚决反对继续放化疗，他查阅了大量的资料，为夫人进行医治。

在这个过程中，他逐渐形成了自己的医治癌症的理论体系。马上五年，就过去了，如今，他的夫人比正常人都健康。

他问我为何不做手术？我把自己的见解对他说了，获得了他的肯定，这是我第一次从医生口中获得了肯定。

我的主要观点如下：

癌症是慢性病；

癌细胞是杀不完的；

要从饮食上进行调整；

精神力量很强大，要乐观；

放化疗，是将癌症患者提前送进坟墓的手段；

要选择一种适合自己的医治方案；

医院现有的治疗体系，不人性化；
误诊与错误治疗，是经常发生的；
癌症患者，能活过五年就幸运了。

2009 3

日	一	二	三	四	五	六
1 初五	2 初六	3 初七	4 初八	5 惊蛰	6 初十	7 十一
8 十二	9 十三	10 十四	11 十五	12 十六	13 十七	14 十八
15 十九	16 二十	17 廿一	18 廿二	19 廿三	20 春分	21 廿五
22 廿六	23 廿七	24 廿八	25 廿九	26 三十	27 三月	28 初二
29 初三	30 初四	31 初五				

游走在医院与医生之外

夜里，董萍大姐来电话问我："有没有去看医生？"

"今天去交车辆保险去了，而没有去看医生。" 我答。

董萍大姐，最近认识一个名医，便与名医约好给我看一下。我一听说这个名医是外科医生出身，据说其妻子也患有癌症，被他医治好了，计算机中还存有许多其他病愈者的资料，我就知道我还得挨批评。因为在外科医生眼中手术是最安全的，而我却屡次不听医生劝告，至今，还在医院外游走，能不挨批评吗？

其实，我从12岁时就与医院和医生打交道。

等年龄再大些，初恋，对方学中医的，结婚时，妻子学西医的，我亲朋好友中有许多医生，我早就知道医生只能治病，不能救命。生命是由不同的器官构成的，无法像汽车那样换零件的，无论，怎样治疗，都只能延缓或略微减轻疼痛。

我看到的癌症患者，活过五年的只有一个，听到过许多癌症患者快乐的生活情节。

尽管，我恰好在48岁时与癌症相遇，但骨子里我并没有把自己当作癌症病人。

我对生命有一种信仰，生命是神赋予的，自我意识与控制生命进程的力量是维系生命的关键，其他的都可以改变。

今天，我特意从早晨就出去了，到晚上九时才回来，就是要检验自己的精神与体力，驾驶汽车大约200公里，没有疲倦的感觉。

2009 3

日	一	二	三	四	五	六
1 初五	2 初六	3 初七	4 初八	5 惊蛰	6 初十	7 十一
8 十二	9 十三	10 十四	11 十五	12 十六	13 十七	14 十八
15 十九	16 二十	17 廿一	18 廿二	19 廿三	20 春分	21 廿五
22 廿六	23 廿七	24 廿八	25 廿九	26 三十	27 三月	28 初二
29 初三	30 初四	31 初五				

三个月后的独白

2008年12月23日，经过确诊，我患有膀胱癌，而且这癌症来得突然，来得凶猛，尽管，我在片刻后恢复了平静，但依然没有摆脱对即将到来的死亡的恐惧。

好在我平时结交了众多朋友，在我人生的关键时刻，我再次得到了朋友们的大力支持与帮助，在确诊后的三小时内，我就做出了关系到我生命的决定，选择了一种安全的治疗方案。选择是痛苦的，尤其在几种选择中做出最后的抉择，不瞒大家，在那个瞬间，我也曾经拿起笔来，在一张不大的纸上，写下我的最后留言……

艰难的生命保卫战打响了，三个月过去了，在冬天最寒冷的季节，我与吴亚卓两个人度日如年，众多朋友们给予我帮助与鼓励。

本想驾车回北京，怕太疲倦，改为飞回北京，当购买完3月23日的飞机票后，才发现3月23日，是我确诊后的第三个月，欣喜的是我现在身体与心理都健康，承受癌症的忍耐力与持续性更加顽强，把要带回北京的物品，分类打包，再过72个小时，我又回到了北京的家，应该说这次能够返回北京，确实是一个胜利，期待与众多朋友相聚。

日	一	二	三	四	五	六
1 初五	2 初六	3 初七	4 初八	5 惊蛰	6 初十	7 十一
8 十二	9 十三	10 十四	11 十五	12 十六	13 十七	14 十八
15 十九	16 二十	17 廿一	18 廿二	19 廿三	20 春分	21 廿五
22 廿六	23 廿七	24 廿八	25 廿九	26 三十	27 三月	28 初二
29 初三	30 初四	31 初五				

燕冰、立人：

眼前的主要工作不是研究问题，吉渼霖要想好，就必须“活起来”，“活起来”的关键是，你们要尽快实施经过论证可行的方案，“活起来”的途径，就是把价格降下来，待立人熟悉了情况后，再一一研究其他方案。

价格，必须要诱惑人，拿出一个单项的诱惑人的价格，以此吸引人，与其空置，不如聚人气，价格降下来，要通过媒体广告，把吉渼霖的优势宣传出去，临海、阳光、宽敞空间，待客人进来后，再渗透健康的观念、文化的品味、艺术的高雅。

一定要把一个单项价格降到底。

我曾经实践过几次，均取得显著效果。

如：1998年《哭泣的螃蟹》，1999年《一百元俩》（脑白金），2001年《献给妈妈的礼物》（爱迪尔珠宝）。

这三次策划，均通过媒体发布一个让人吃惊的价格，引起大家好奇心与亲自体验，进而推广了企业与产品的品牌，还有《撕开邓刚的脸》的广告，也是采用这个套路。你们如有时间可到图书馆查阅当年的报纸，均是我的杰作。后来，我在三寰房地产经营二手房，也用这个方法。

在经营企业方面，没有谁可以成为你们的导师，他人都是旁观者，均不了解企业领导者的理想、志向与胸怀，尤其，你们不要听所谓“策划大师”的方案，大多都是纸上谈兵，复制或克隆其他企业的经验，大多无实施的价值，而且还花费许多。

吉渼霖是你们创建的，自然，你们最清楚吉渼霖的底牌与薄弱环节，但你们一定记住：不要让更多的人洞悉你们的底线与经营状况，要防备他人乘机浪费你们的钱财与精力。

要多用年轻人，年轻人有理想，他们为了实现自己的理想肯付出。

要对企业内员工贪钱行为，杀一儆百，要树立立人的权威。

要少对你们过去的朋友谈吉渼霖的现状，要坚信自己能战胜眼前的困难，要充满自信，要有打掉牙咽到肚子里的精神，要有一个三到五人的班子，形成核心队伍，各负其责。

暂时写到这里！

老布

2009 3

日	一	二	三	四	五	六
1 初五	2 初六	3 初七	4 初八	5 惊蛰	6 初十	7 十一
8 十二	9 十三	10 十四	11 十五	12 十六	13 十七	14 十八
15 十九	16 二十	17 廿一	18 廿二	19 廿三	20 春分	21 廿五
22 廿六	23 廿七	24 廿八	25 廿九	26 三十	27 三月	28 初二
29 初三	30 初四	31 初五				

花钱是一种能力

傍晚，回父母家吃饭。

沙发上，爸爸、弟弟与我坐在一起，好像记忆中从来就没有过这样的镜头。

妈妈，在厨房收拾东西。

吴亚卓，也靠在沙发上，连说几句：“这里像家。”

我反问：“北京不是家吗？”

“不是。”

“现在住的地方不是家吗？”

她还答：“不是。”

我妈妈一再提醒她：老布，太能花钱了！

她说：“花钱是一种能力！”

妈妈，愣在那，半晌没有言语……

2009 3

日	一	二	三	四	五	六
1 初五	2 初六	3 初七	4 初八	5 惊蛰	6 初十	7 十一
8 十二	9 十三	10 十四	11 十五	12 十六	13 十七	14 十八
15 十九	16 二十	17 廿一	18 廿二	19 廿三	20 春分	21 廿五
22 廿六	23 廿七	24 廿八	25 廿九	26 三十	27 三月	28 初二
29 初三	30 初四	31 初五				

关于咖啡馆构想的一封信

王晶：

你好！23日晚，我飞回北京。

关于咖啡馆的项目，我酝酿十几年了。

单纯卖咖啡，那是谁都会的买卖，而我倡议的以咖啡馆为媒介，经营品尝咖啡后的生意，那就是浪漫与幻想，而最浪漫与幻想的除了爱情外，就是艺术品。

基于这个独特的认识，一间咖啡馆，就是一个舞台，跳出咖啡之外，经营艺术品，以艺术品的价值作为咖啡馆的经营核心与附加值，这就是我对你阐述的主要观点。

现在，大街上的咖啡馆，仅仅停留在具体的咖啡上。

星巴克咖啡馆，以提供一个文化氛围的场所来获取利润，但现在也放下她高贵的头颅，就是因为星巴克咖啡附加值低，无法完成她的经营预期。

200平方米的空间，一个有格调的女经理，空间内到处都渗透着高贵与优雅的气息，每一张桌子与椅子，都能与客人对话，每一幅艺术作品，都可以舒展客人的想象翅膀，音乐与穿透玻璃窗的阳光，或夜晚的霓虹灯，不断地诱发出客人关于童年、现在与未来的记忆。当这些记忆被激活时，也许，他们的目光就会凝视咖啡馆的背景，也许，是一幅作品，或一张老照片，也许，是一首伤感的音乐，亦或亭亭玉立的身影浮现在眼前，他们的心灵被打开了，这时，你的这间咖啡馆，就成为他们心灵的驿站，他们需要你的咖啡馆，需要你的笑容，需要你这里咖啡的味道，需要与你沟通，至此，你的咖啡馆，就是他们生活与生命中的一个重要的场所，你是他们的知己……

2009 3

日	一	二	三	四	五	六
1 初五	2 初六	3 初七	4 初八	5 惊蛰	6 初十	7 十一
8 十二	9 十三	10 十四	11 十五	12 十六	13 十七	14 十八
15 十九	16 二十	17 廿一	18 廿二	19 廿三	20 春分	21 廿五
22 廿六	23 廿七	24 廿八	25 廿九	26 三十	27 三月	28 初二
29 初三	30 初四	31 初五				

张平，北京欢迎你

20多年前，我就认识了张平，当时，他随手还给我画了一张速写，20多年后，我再次去他家，他找出这张速写送给了我。

去年，张平来索家村两次，今年，我力邀他来索家村玩。

友谊，人生独特的财富。

伴随人生不同阶段，有不同的朋友，如果，还有一些，哪怕几个持久的朋友，便是人生一大收获。不知道别人是什么情况我有许多结识很久的朋友，张平就是其一。

在我这次患病期间，朋友们纷纷伸出援助的双手，鼓励我帮助我战胜癌症。

张平，北京欢迎你！

2009 3

日	一	二	三	四	五	六
1 初五	2 初六	3 初七	4 初八	5 惊蛰	6 初十	7 十一
8 十二	9 十三	10 十四	11 十五	12 十六	13 十七	14 十八
15 十九	16 二十	17 廿一	18 廿二	19 廿三	20 春分	21 廿五
22 廿六	23 廿七	24 廿八	25 廿九	26 三十	27 三月	28 初二
29 初三	30 初四	31 初五				

永远的遗憾

春节前，我要回家乡，我对何铁生说要去看一下他姥爷张英会先生，铁生说等你春节后回来时再看也不迟。姥爷去年6月就住院了，今年93岁。春节前，我患病了，在家乡治疗，一直延迟到3月23日晚，才从家乡回来，25日铁生来看我，我才知道姥爷已经病危了。

3月27日晚，铁生来索家村，他明天特意邀请几个好朋友来看我。

3月28日，一大早，铁生就带来薛老师、张老师等人来了，还未等到中午，铁生就接到电话告之姥爷的病情，他急忙往医院赶。这些朋友并不知道姥爷的真实病情，当我接到铁生的电话，我立即傻呆了，六神无主地坐在椅子上，我怕众朋友知道姥爷详情，便不时进进出出……

何铁生姥爷的去世，我很悲伤，早就想听他讲述民国事情的北平旧事，现在，也实现不了了。

老布与艺术家

最让我遗憾的是我没有再看到他，记得去年夏天，我曾去同仁医院看他……

我真的太悲伤了，姥爷对我说小米粥好喝！眼前，一直浮现那个午后的阳光，2007年春节前，我与杨总与姥爷谈天……

张英会先生本身就是当代新中国的一个缩影：资本家、红色资本家、“臭”资本家、爱国人士。这些标签，每一次变化都折射出国家政策的巨大变化，遥想当年，张英会等爱国资本家把自家财产献给国家，也就我们这等年纪啊！

铁生姥爷走了，随他一起走的还有许多我们这代人永远不知道的北平旧事，姥爷，是一个品德高尚的人，荣华富贵对他而言，早就是身外之物了。

2009

3

日	一	二	三	四	五	六
1 初五	2 初六	3 初七	4 初八	5 惊蛰	6 初十	7 十一
8 十二	9 十三	10 十四	11 十五	12 十六	13 十七	14 十八
15 十九	16 二十	17 廿一	18 廿二	19 廿三	20 春分	21 廿五
22 廿六	23 廿七	24 廿八	25 廿九	26 三十	27 三月	28 初二
29 初三	30 初四	31 初五				

北京国际艺术营的痕迹

2009.3

北京。

北五环外。

索家村。

索家村，以前叫索家坟村，后省略一个“坟”字。

2004年底，湖北黄姓的一个商人，将租赁的土地围起来，盖了简陋仓库式的房子，经高人指点，自称为“北京国际艺术营”。艺术家闻讯后聚集在此，著名艺术家尚扬、隋建国等人都曾在此创作，或亲授弟子，一时红透中国。后因与乡政府城管部分发生争议，被法院判决拆除。

2005年11月18日，法院与城管部门动用了法警、警察与民工拆除了E排，艺术家纷纷落荒而逃，当时，我也在现场。

半年后，被拆除的部分又恢复了，许多艺术家又涌了进来。

这次以“80后”艺术青年为主力，各自占有地盘，索家村艺术营里篝火晚会与烧烤的膻味，混杂在一起，然而还未到10月，又传来拆除的消息，众多艺术家，再次潜逃他乡。

因这两次拆除风波的影响，凡是留下的艺术家均免交部分房租，对我而言，总共免交18个月的房租。

2007年，索家村艺术营实在太火了，工作室无一间闲置，来自全国各地的艺术家，在798看到自己的未来，北京到处都在建艺术区、艺术城、艺术院子，大到亚洲最大的一号地，小到一个原先的垃圾场收拾一下，也挂上一个"艺术部落"的牌子。

2008年下半年开始，院子里开始冷清，到了年底，陆续有许多艺术家撤离。

展览，越来越少，前几天，艺术家林海东告诉我在罗马湖附近又建了一个艺术家的院子，每天每平方米2角。

我是走不了，我的房子装修得不错，即使有人愿意接手，我也舍不得，每年不到3万元的房租，让我在这么大的空间里游荡。如果我愿意，可以在房子里打篮球，但我的邻居还是走了一些，前脚走后脚又来了一些，空置的房子明显多了起来。

2009年3月24日晚，我从家乡回来，发现老九工作室二楼阳台上有一个雕塑，我爬上了曾经的老九家阳台上，在朋友们的帮助下，将老九的这件作品搬了下来。

老九，当年风风火火从美国跑回来，那个架势足以镇住院子里的所有艺术家，雇佣了一个班子创作、生产、复制，如同一个作坊流程那样。

转眼，我来索家村第四年了，来去众多艺术家，经常想起索家村里发生的琐碎细节，许多当下活跃的艺术家都曾在索家村生活过，每一个艺术家，无论来时或离去都在自己的生命中留下了记忆，而作为一个整体的北京国际艺术营，也因为艺术家的进驻与撤退，留下许多生活与创作的痕迹……

2009 3

日	一	二	三	四	五	六
1 初五	2 初六	3 初七	4 初八	5 惊蛰	6 初十	7 十一
8 十二	9 十三	10 十四	11 十五	12 十六	13 十七	14 十八
15 十九	16 二十	17 廿一	18 廿二	19 廿三	20 春分	21 廿五
22 廿六	23 廿七	24 廿八	25 廿九	26 三十	27 三月	28 初二
29 初三	30 初四	31 初五				

假若明天来临

最近，许多朋友来看我，大凡谈起曾经的岁月，自然，也从各自的健康角度关切饮食问题。

记得，我小的时候，听到癌症，一座小城中，也是稀少的。如今，在一座小城不得癌症，变成了稀罕事情了。医院越建越多，医生，越来分工越细，而疑难病却越来越多，大凡癌症患者耗尽了所有财产后，只剩下最后一条道不得不走，假若最初的时候，知道会是这个结果，还会有谁将自己的生命与财产押宝在医院与医生身上?

我恰好在中年黄金年段上得了癌症，后来才知道这是男人的“49岁现象”，有许多杰出的男人在这个年龄段上舍弃一切，不管不顾地走了，还会许多人未知自己的健康真实情况，还在拼命工作。

2008年7月，我血尿了，我没有当一回事，12月20日，再次血尿，才去检查，而这宝贵的半年，就被我耽误了，我还五次驾车远行，每次都在2000公里以上，我还在喝咖啡、吃垃圾食品，如今，我倒是觉悟了，可惜，已经太晚了。

健康时，不认为健康是财富，就如同当爱情来临时还向往他人的爱情。

假若明天来临，每个人都懂这句话的涵义，却很少有人对此有理性的认识与行动。

2009 3

日	一	二	三	四	五	六
1 初五	2 初六	3 初七	4 初八	5 惊蛰	6 初十	7 十一
8 十二	9 十三	10 十四	11 十五	12 十六	13 十七	14 十八
15 十九	16 二十	17 廿一	18 廿二	19 廿三	20 春分	21 廿五
22 廿六	23 廿七	24 廿八	25 廿九	26 三十	27 三月	28 初二
29 初三	30 初四	31 初五				

从伙计到随从

北京，是一座梦想的城市。

张桂如，是我的朋友，2005年我带他来北京，他去著名艺术家薛林兴工作室工作过一段日子，后来去资深影星张金玲女士公司工作过，再后来，在望京社区韩国人开的一家店里工作。在工作中结识了一些客人，与其中一位客人合伙开了一个新店，因此与著名导演张纪中先生结识，并成为张大导演的随从。

如果，张桂如不来北京，别说张纪中了，就是大连话剧团的演员，他也无法结识。

如果，张桂如不来北京，他的技术肯定不如现在。

北京，就是一个大舞台，为有所准备的人提供机会。

如果，张桂如遇到困难，就退出北京，也许，他过的比现在好，但他还是会怀念北京。

看一下张桂如近日与明星的合影，就知道北京是一个梦想的城市，每个人大都可以在北京找到梦想，实现梦想。

如果，你要想实现梦想，就来北京吧！

如果，你还想有更大的梦想，就来北京吧！

如果，你还想继续你的梦想，就来北京吧！

北京，大家的北京，北京，梦想的北京，所有人梦想的北京！

2009 3

日	一	二	三	四	五	六
1 初五	2 初六	3 初七	4 初八	5 惊蛰	6 初十	7 十一
8 十二	9 十三	10 十四	11 十五	12 十六	13 十七	14 十八
15 十九	16 二十	17 廿一	18 廿二	19 廿三	20 春分	21 廿五
22 廿六	23 廿七	24 廿八	25 廿九	26 三十	27 二月	28 初二
29 初三	30 初四	31 初五				

我的琐碎的生活

3月31日，早八点，我骑着自行车去菜市场买菜，九点钟，准时喝完益生菌活化剂后，在我家的大门外晒一会太阳，大约在十点左右，我便把胡萝卜、土豆、南瓜削皮切块，抓一把秋天野生的黑木耳，再将旅顺口鲍鱼肚村盐渍的海带丝切断，又把四个茄子和紫皮洋葱洗干净，我在准备午饭。在这间装修好近两年的厨房里，第一次当一回厨师，四个菜，被亚卓与晓春一扫而光！

现在，我过着简约的生活，饮食近似于道士与和尚，尽量减少交际与工作，安心养病，这样的生活，我从未设想过。当我不得不这样的时候，我才发现自己的适应能力多么强。原本规划好了许多事情，现在都得放弃或暂缓，实际上，我知道所谓的暂缓就是彻底的放弃，无非，自己不情愿承认这个残酷的现实。

现在，才知道本钱是什么。

比如说，喝酒，也需要本钱，这个本钱就是健康的身体。

谈及艺术，从事艺术，也需要本钱，这个最大的本钱，也是健康的身体，而正是健康的身体经常被我们透支与忽略了，而一时把许多有形的物质利益当作财富，使足力气去追求快速发展的速度。

我也膨胀过、虚荣过、不切实际过，也经常描绘自己的未来，也为许多朋友描绘未来，把未来描绘的好像与我们只差半步，事实上，这半步乃是月球上的半步，而不是现实生活中的半步。

以前透支的，现在需要补充回来，以前忽略的，现在需要重视，以前骄傲的生活方式，现在必须彻底放弃，以前的远大理想，也调整到只求生存这个基本点上了，让自己的生活慢下来，让自己的生命再回归到可以持续轨道上，让自己的胸怀再宽敞些，多想着大家对自己的关怀与友爱而憧憬未来。

2009

日	一	二	三	四	五	六
			1 初六	2 初七	3 初八	4 清明
5 初十	6 十一	7 十二	8 十三	9 十四	10 十五	11 十六
12 十七	13 十八	14 十九	15 二十	16 廿一	17 廿二	18 廿三
19 廿四	20 谷雨	21 廿六	22 廿七	23 廿八	24 廿九	25 四月
26 初二	27 初三	28 初四	29 初五	30 初六		

4

午后的心情如叫春的猫

午饭后，坐在大门外的椅子上迷糊了片刻，好像有许多人蜂拥而至，睁眼一看，空荡荡的院子里，一只白猫懒洋洋地伸着肥胖的腰，我揉了揉眼睛，再咬下嘴唇，略微疼痛，才知那是一只猫，而不是一个女人……

2009 4

日	一	二	三	四	五	六
			1 初六	2 初七	3 初八	4 清明
5 初十	6 十一	7 十二	8 十三	9 十四	10 十五	11 十六
12 十七	13 十八	14 十九	15 二十	16 廿一	17 廿二	18 廿三
19 廿四	20 谷雨	21 廿六	22 廿七	23 廿八	24 廿九	25 四月
26 初二	27 初三	28 初四	29 初五	30 初六		

有一种爱叫做放手

昨晚，与洪尘、晓春等人谈及婚姻与爱情，我的观点就是：

随缘随心，爱随心一起走，不要强留，也别刻意挽留，爱既不是设计出来的，也无法预测最后的结果，该放手时就放手，然后，再希望并努力着，下一次爱情，还会再来。

婚姻与爱情，不是一回事情。

婚姻可以设计、刻意挽留、委屈自己。

婚姻中的利益关系，值得许多人舍不得放弃既得的利益。

其实，这些所谓的利益，都是一些生活与生命中可有可无的东西，比如：一些现金、不好不坏的房子与车子、一些存款，这些东西，有它，不足以幸福一生，无它，也悲惨不到哪里去。

有一种爱叫做放手。

谁放得下手，谁就有新的机遇。

舍不得放手，就被旧爱与情感纠缠。

2009

4

日	一	二	三	四	五	六
			1 初六	2 初七	3 初八	4 清明
5 初十	6 十一	7 十二	8 十三	9 十四	10 十五	11 十六
12 十七	13 十八	14 十九	15 二十	16 廿一	17 廿二	18 廿三
19 廿四	20 谷雨	21 廿六	22 廿七	23 廿八	24 廿九	25 四月
26 初二	27 初三	28 初四	29 初五	30 初六		

当爱已成往事

2009.4

我曾多次临近死亡边缘，最近的这次被确诊为癌症是有清醒的记忆与理性的，以前的几次都在没有记忆与理性的状态下，自然不知道死亡的恐惧，只是事后想起，权当一段故事。

我曾多次与异性相爱与分手，最近的一次是在未知的状态下听到了期待已久的消息，自然也悲伤，但悲伤的是自己而不是这段情感，情感有共性，情感有雷同的情节与往事。

遗憾的是，我至今也未听到过我曾经热爱过的女人对我的思念，哪怕是只言片语，或者他人的转述……

我大多听到的是她们生活的多么好多么好的音讯，而我知道这些音讯对我来说犹风过耳，或夜晚的风，轻轻吹过玻璃窗，略微有些声响，好像叫春的猫从阳台上走过。

她们自然知道这些音讯会传到我的耳旁，我便爽朗一笑，企图忘记自己而把她们拽住，哪怕几秒钟，让她们看看没有她们的我，还是那样自信与微笑……

何铁生姥爷去世了。

在清明节前夕，我看到熟悉的一个朋友的博客，她这样写到：

“可是知道了一个老人离开的消息，心里很酸，颇为不忍。无法接受人老体衰以后无法控制生命的尴尬；无法接受心中明白生命将尽、却不敢和子女说“舍不得离开你们”的无奈；无法接受深爱的亲人即将离开、却拉不住他们又不知如何安慰的矛盾。我相信离开的人其实一直都在看着我们。”

这就是曾经的爱，当爱已成往事，还有记忆，还有情感，还有怀念，还有惦念，这就是曾经的相爱与分别的遗产，都是彼此生命中的一段缘分。

当爱已成往事，但愿所有的人都能这样……

2009 4

日	一	二	三	四	五	六
			1 初六	2 初七	3 初八	4 清明
5 初十	6 十一	7 十二	8 十三	9 十四	10 十五	11 十六
12 十七	13 十八	14 十九	15 二十	16 廿一	17 廿二	18 廿三
19 廿四	20 谷雨	21 廿六	22 廿七	23 廿八	24 廿九	25 四月
26 初二	27 初三	28 初四	29 初五	30 初六		

牟其中为何不愿意保外就医?

铁生推荐我看一篇文章:

《牟其中狱中岁月》

http://finance.sina.com.cn/20090402/14526058374.shtml

其中有一段这样写:“唐万新之外,一些当下的成功人士,亦慕名前来洪山监狱探访牟其中。近年来有王石、冯仑、兰世立以及IT界两位知名的企业家等。”

这些人,都曾受到过牟其中的启蒙与恩惠,尽管,现在他们赚钱比老牟当年多,知名度也不差,但影响力与地位无法与老牟比,这就是机遇。

我倒是欣赏牟其中这个人的。

牟其中,一定要一个法律上的说法,不然,他走出监狱,也无法实现自己的宏伟蓝图,他至今还认为满洲里开发区属于南德的资产,如果不清不白的离开监狱,这些资产怎么处置?

当然，牟其中明白这些资产早就不属于他了，他要的是名义上的或虚拟的资产，只要他身体能坚持，他认为自己就会赢得胜利，他要的胜利不是具体的财富，而是他的曾经地位与影响力，哪怕是江湖上的地位！

2009 4

日	一	二	三	四	五	六
			1 初六	2 初七	3 初八	4 清明
5 初十	6 十一	7 十二	8 十三	9 十四	10 十五	11 十六
12 十七	13 十八	14 十九	15 二十	16 廿一	17 廿二	18 廿三
19 廿四	20 谷雨	21 廿六	22 廿七	23 廿八	24 廿九	25 四月
26 初二	27 初三	28 初四	29 初五	30 初六		

你是我的女人

梦由心生，夜有所想，对异性的好奇与崇拜，是人的天性与本质上的个性化行为，至于，把谁放在心灵深处？把谁作为偶像崇拜？将谁定格为未来的爱人或理想化的伴侣？这些均属于每个人的情感世界里玄而又玄的秘密，旁观者可以透过其言行洞悉其情感发展的轨迹。

有的人，将家人作为图腾；

有的人，将娘家姐妹崇拜；

有的人，将女儿视为情人；

有的人，随波逐流，将影视明星们看做为一生一世的娶妻或相爱的标准；

更多的人，随时随地，都能掠夺到性感的女人身影，仔细欣赏。

这些不同时期的女人们，构成男人情感世界的女人图像，也会经常情不自禁地说：你是我的女人。

那些美丽女人的性感，释放了男性对异性、财富的幻想，放大了自己能力的想象，让我们欣赏一下几个艺术家梦中的女人，就会发现女人的风景，就是男人的视觉与行为的动力……

2009 4

日	一	二	三	四	五	六
			1 初六	2 初七	3 初八	4 清明
5 初十	6 十一	7 十二	8 十三	9 十四	10 十五	11 十六
12 十七	13 十八	14 十九	15 二十	16 廿一	17 廿二	18 廿三
19 廿四	20 谷雨	21 廿六	22 廿七	23 廿八	24 廿九	25 四月
26 初二	27 初三	28 初四	29 初五	30 初六		

张爱玲，何许人也?

张爱玲，何许人也？几乎人人皆知。

“英雄走的路，日常平地皆绝顶”。

这是话出自胡兰成。

胡兰成何方神仙，我估计知者甚少。

胡兰成说：“英雄美人并不想着自己要做英雄美人的，他甚至是要去迎合世俗---只是迎合不上。”

怎么没人写胡兰成对张爱玲的影响?

像胡兰成与张爱玲当年的配偶，很久都没有再出现了。

现在，是美女找金钱与靠山，或帅哥找“大姐大”，也求一个背景资源。

2009 4

日	一	二	三	四	五	六
			1 初六	2 初七	3 初八	4 清明
5 初十	6 十一	7 十二	8 十三	9 十四	10 十五	11 十六
12 十七	13 十八	14 十九	15 二十	16 廿一	17 廿二	18 廿三
19 廿四	20 谷雨	21 廿六	22 廿七	23 廿八	24 廿九	25 四月
26 初二	27 初三	28 初四	29 初五	30 初六		

留守女人会越来越多

一直不明白，大家对中医了解甚少，但遇到问题时，每个人都能谈出许多概念化的常识。其实，许多人并没有细读过中医方面的典籍，但中医常识性的知识无处不在，历经千百年的渗透，成为中国人生活与生命中的重要组成部分。

近日，回北京后，几个朋友都再三提醒：房事问题。

每遇到这个问题，我就想笑，癌症患者早就将房事这个开关关闭了，当他知道自己距离死亡不远时，这个开关就自动关闭了。

房事，对癌症患者来说，没有任何娱乐与兴奋的感觉。癌症患者，将如何打败癌症在第一位要务。

凡是癌症患者家庭，自然会有一个留守女人，留守女人会越来越多。

性爱，与爱情，或者与婚姻不靠边的事情，却被整合为一体。越没有性爱的人，把性爱描述的越过于夸张，将自己幻想的缺憾淋漓尽致地展现在作品里，诱惑其他阅读者，阅读者便这一生中试图体验与寻找这样的感觉与情节。

2009 4

日	一	二	三	四	五	六
			1 初六	2 初七	3 初八	4 清明
5 初十	6 十一	7 十二	8 十三	9 十四	10 十五	11 十六
12 十七	13 十八	14 十九	15 二十	16 廿一	17 廿二	18 廿三
19 廿四	20 谷雨	21 廿六	22 廿七	23 廿八	24 廿九	25 四月
26 初二	27 初三	28 初四	29 初五	30 初六		

婚姻就是一件原创艺术品

在北京郁金香公园摩锐水世界里，与几个朋友聊天，旁边的一个女性也参加了，我这里称她为H女士。1964年出生的H女士，很年轻的模样，最让我们羡慕的是她生了三个女儿，不大一会，一个男人回来了，我们一看就知道这个男人是她的丈夫，果然，是H女士的丈夫。 2009.4

H女士的丈夫躺在玉石小火炕上，倒下就入睡了。

不知何故，我们谈起了男人对妻子的背叛，H女士说他是三个孩子的父亲，但已不是她的丈夫了，曾经是，现在不是，他与另外一个年轻女子结婚了，又生了一个儿子。现在，他的身体不好了，想把儿子交给H女士照看。

这就是男人的思维逻辑，可以将自己的一些财富交给新结识的女性，即使与这个女性有了婚姻，还是要把与前妻无任何血缘关系的孩子交给前妻照看，因为男人知道前妻才是可以托付的女人。

这个男人真是不容易啊，年轻妻子也许早就暗度陈仓，他自然清楚的，他唯一的担心是这个儿子。

我建议她帮助前夫照看这个儿子，再怎么说这个儿子与三个女儿同一个爸爸，无论，她将来与谁结婚，或共同生活在一起而不结婚，都会有第四个孩子出现，但那是两个妈妈与爸爸的共同体。

这一下午，就在听这个女人的故事，她说离婚后，也找了一个男人，比她小八岁，他们很开心，相处三年了，我自称为婚姻专家，她问我未来，我劝她放开手，与小八岁的男人是没有未来的。

现在，许多男女双方都愿意找比自己年轻的，也有一些人共同走向了婚姻，但结局大都不如原来的预期好。

婚姻，就是一件原创艺术品，或者说更像一件元青花。

婚姻，更多的在于想象而不是真实面对，千万别套用他人的婚姻来衡量自己的婚姻，每一个人爱情与婚姻都是唯一性的，而正是这唯一性才构成了大千世界。

2009

4

日	一	二	三	四	五	六
			1 初六	2 初七	3 初八	4 清明
5 初十	6 十一	7 十二	8 十三	9 十四	10 十五	11 十六
12 十七	13 十八	14 十九	15 二十	16 廿一	17 廿二	18 廿三
19 廿四	20 谷雨	21 廿六	22 廿七	23 廿八	24 廿九	25 四月
26 初二	27 初三	28 初四	29 初五	30 初六		

幸福，就像猪那样的生活

谈及幸福，我现在有了许多感悟，只有当你临近死亡时候，才能豁达，而这样的豁达，不是理论上，或阅读中火花闪现就有的。当然，世界上有几个大师预言并阐述了人生的许多哲理，但他们的论述与预言，对阅读者是启蒙，对自己是折磨，而正是这样的折磨，才将他们推上启蒙大众的神坛，而芸芸众生，依旧像动物一样生活。

曾有人问我，何谓幸福？我略微迟疑片刻，没有一个满意的回答，便微微一笑，后又被问你认为哪种生活方式叫幸福？我脱口而出：

“幸福，就像猪那样的生活。”

假如，人生可以重新开始，让我做出一种选择，我一定选择像猪那样的生活方式。

猪，知道必然走向屠宰场，而我们却不知。

我们一直在幻想可以延年益寿，幻想万岁；当死亡即将来临时，猪知道后，并不悲伤，猪，也从来不考虑上了谁家的餐桌。而我们却计较活着时候的房子，死后的墓地。

而猪只在意当下，在乎此时。

我们比的是虚荣，比的是虚拟的，比的是过去与未来，而忽略了当下，轻视了我们自己的真实感受与对精神的向往。

2009

4

日	一	二	三	四	五	六
			1 初六	2 初七	3 初八	4 清明
5 初十	6 十一	7 十二	8 十三	9 十四	10 十五	11 十六
12 十七	13 十八	14 十九	15 二十	16 廿一	17 廿二	18 廿三
19 廿四	20 谷雨	21 廿六	22 廿七	23 廿八	24 廿九	25 四月
26 初二	27 初三	28 初四	29 初五	30 初六		

从吃街头拉面到吃私房小厨

2009.4

吴亚卓的母亲是当年延安的北京知青，父亲祖籍重庆。父亲在清华读书期间与这个北京知青谈恋爱，婚后，父亲随母亲去了陕西，在户县落户，生下吴亚卓，几年后，又生了一个弟弟。后来，国家有了政策，知青可以返城，母亲因为父亲的户籍回不了北京，就把北京户籍给了吴亚卓，那一年，吴亚卓12岁，今年吴亚卓29岁。

2007年4月，吴亚卓在天津工作，晚上九点回到住处前，先在村口陕西面馆吃一碗面，她总是选墙上价格最低的那碗面，每碗3.5元，然后，骑着自行车，沿着坎坷不平的村里小道回到住处，推开大门，里面是另外一个世界，而这个宽敞的空间，就是她这一生的梦想，那时，她个人积蓄5万元。

半年后，她辞职了，她第一件事情，就把5万元花掉了，买了摄像机、电脑、手机。手机是当时最流行的，她买了两个手机，另外一部送给她的男朋友，这个以前花10元都算计的女孩，突然开悟了，她知道无论她多么努力，也买不了房子，她也没做股票发财的梦想，就是把这点钱买了她需要的器械，自娱自乐。

她不工作了，也想当艺术家。

她的梦想，也越来越大，越来越不切实际了。

两年一晃就过去了。

如今，她口袋又有了5万元，这是她做设计赚来的钱，她已不是原来的那个女孩。前天，她去超市买东西，受她朋友的影响，竟然买回来“私房小厨”品牌的食品，有滋有味的享受着。

这就是北京，北京改变了你，而你却不知。

2009 4

日	一	二	三	四	五	六
			1 初六	2 初七	3 初八	4 清明
5 初十	6 十一	7 十二	8 十三	9 十四	10 十五	11 十六
12 十七	13 十八	14 十九	15 二十	16 廿一	17 廿二	18 廿三
19 廿四	20 谷雨	21 廿六	22 廿七	23 廿八	24 廿九	25 四月
26 初二	27 初三	28 初四	29 初五	30 初六		

我还是我吗？

我确实在与癌症做顽强的博弈，并取得了一定的胜利，但这样的博弈使我付出巨大的代价，我必须改变自己的本性与性格。其实，这样的生存对我来说没有什么意义，当然了，大家不这样认为，但我认为我48岁人生最美好的那一段，渐渐被目前的状况所吞噬，我当下只是为了让我的生命得到延缓，为了这个目的，我彻底地改变了我自己。

我每天做两顿饭，这对我来说没有任何愉悦，但我必须要做。

自由，好像离我越来越远，我越来越失去我自己，与其说我在坚强地寻求生存之道，不如说我已经“死去”，现在的我不是原来的我，更不是我憧憬或叙述的那个我，简直就是一个“四不像”，行尸走肉而已。

我还是我吗？

肯定不是我！

但我的外形与活着的肉体是我，我曾经的孤傲与桀骜不驯，统统被扔到爪哇国里去，我曾经向往的生活方式，这一辈子都不可能再现，假如我还想活在这个世界上！

我不是我，那我是谁？

现在，我还不知道。我只看到了与癌症进行博弈的真实生活细节。这样的细节，对于我来说就是慢性自杀。

实际上，现在我才知道自杀是一种高贵与高雅的选择。

选择自杀的人，比大多数人都珍惜自己的灵魂。

灵魂丢失了，生命就结束了，这就是为什么那么多人选择了自杀，这些人不愿意看到自己狼狈不堪的衰老而死，在理智还在的情况下，选择了生命的结局。

也许，我永远不知道自己是谁了。

其实，即使我知道我也很无奈，我没有了选择，我也不可能去选择，我只好苟且偷生地活着，并将生命的延续作为一种胜利，在星空下，时而长吁短叹，时而闭目沉思，时而麻木地望着窗外，心，很静，心，也很空荡……

2009 4

日	一	二	三	四	五	六
			1 初六	2 初七	3 初八	4 清明
5 初十	6 十一	7 十二	8 十三	9 十四	10 十五	11 十六
12 十七	13 十八	14 十九	15 二十	16 廿一	17 廿二	18 廿三
19 廿四	20 谷雨	21 廿六	22 廿七	23 廿八	24 廿九	25 四月
26 初二	27 初三	28 初四	29 初五	30 初六		

这样吃最健康

推荐大家阅读一下这本书《这样吃最健康》。

“压力，也就是不自在！”刚阅读这本书中的一句话，破解了我许多困惑。所谓的“自在”就是自己做得了主，自己可以做自己的主人。

作者姜淑惠，1956年生，“中国医药学院”中医系、医学研究所硕士班毕业。“中央研究院”生物医学研究所细胞免疫学，及预防医学研究所中药免疫功能研究。拥有中、西医执照资格，并广泛涉猎欧洲、印度及中国西藏医学，学识背景扎实丰富。

作者：归纳了现代疾病形成的三个原因：

1.“酸质化”。

2.“缺乏症”

3.压力。

真正的健康之道，就是全方位提升生命的能量

最好的健康模式：自然清净的饮食+良好的生活态度+丰沛的

生命关怀

食物的钻石组合＋三宝（小麦胚芽、大豆卵磷脂、酵母）

开启健康三个原则：舍肉食、取素食；增加生食；酌量断食。

过去一般人都知道食物分为五大类，作者把食物重新归纳为四大类：

第一类食物：悦性食物、变性食物、惰性食物；

第二类食物：酸性食物、碱性食物；

第三类食物：高压力性食物、低压力性食物；

第四类食物：阴性食物、阳性食物

这本书彻底改变了台湾人的饮食观！

殇君安静 @布里亚特：一种巨大的疏离感，几乎快把我撕裂。到处是陌生的嘲讽和低笑，像暗涌一样把我从现实里挤压出来。我坐在空阔的操场中间，一切都是那么不真实。

殇君安静 @布里亚特：我觉得自己快枯竭了。现实不断地将青春和激情从我身体里抽走，梦想掷地有声，碎片找不到形状。很多年之前我说我愿为之付出一切。

布里亚特 @殇君安静：生命的意义，不在于思考，而在于存在，并努力去尝试，哪怕跌倒再来，当你战胜一个又一个目标，回头凝视自己走过的路，你就会发现原来生活、生存与生命各是各的内容，没有一点雷同之处。

殇君安静 @布里亚特：但是，当我回望我走过的路，却发现它漏洞白出，千疮百孔。

布里亚特 @殇君安静：每个漏洞，都是你生命的记录，没有一个人是不破金身的，能够凝视，或者敢于正视，就是勇敢者。

2009

日	一	二	三	四	五	六
			1 初六	2 初七	3 初八	4 清明
5 初十	6 十一	7 十二	8 十三	9 十四	10 十五	11 十六
12 十七	13 十八	14 十九	15 二十	16 廿一	17 廿二	18 廿三
19 廿四	20 谷雨	21 廿六	22 廿七	23 廿八	24 廿九	25 四月
26 初二	27 初三	28 初四	29 初五	30 初六		

4

实际上，能把生与死想开了，也就没有期待，人生就缺少许多意义。期待与希望，构成了我们对未来的向往。我还是觉得未知才具有诱惑力与驱动力。

2009.4

2009 4

日	一	二	三	四	五	六
			1 初六	2 初七	3 初八	4 清明
5 初十	6 十一	7 十二	8 十三	9 十四	10 十五	11 十六
12 十七	13 十八	14 十九	15 二十	16 廿一	17 廿二	18 廿三
19 廿四	20 谷雨	21 廿六	22 廿七	23 廿八	24 廿九	25 四月
26 初二	27 初三	28 初四	29 初五	30 初六		

来世，我要做一只猫

去年底，因为我们要回家乡，便将我家的布小黑（猫）拜托朋友代养，后来因为我被确诊为膀胱癌，便延迟了回北京的日期，这布小黑也就送给朋友了。

回北京后，有一天，朋友把布小黑带来让我们看一下，好家伙，一只肥硕的大猫，走路懒洋洋的，见到我就像不认识似的，扭头就走了，等见到吴亚卓，猫就走了过去，即使旁人在场，猫也假装与吴亚卓亲近。

猫不如狗忠诚，这是大家的共识。

后来得知，布小黑临去朋友家时，还带去了一只四个月的花子（小猫），现在，花子怀孕在身，与此同时，布小黑又将另外一只更小的菠菜（猫）弄成了妈妈。尽管，菠菜比花子妖媚，据说布小黑还是喜欢花子。

吴亚卓问我：

“布小黑知道辈份吗？”

“应该知道吧？”我含糊其辞地答。

“如果不知道咋办啊？”

是啊，布小黑知道辈份吗？

由于菠菜、花子均有孕在身，但布小黑还在追逐他们，朋友怕布小黑控制不了自己的欲望，将菠菜与花子弄成流产，便将布小黑临时送回我家。

朋友的妈妈格外喜欢这三只猫，不时来看布小黑。

布小黑，太会讨主人宠爱了，每次吴亚卓在场就对她显示出友好的神态，如果吴亚卓不在场，就对朋友与朋友的妈妈友好，如果他们都不在场就跑到我的身旁，假装与我友好。

布小黑回到院子里，这回他可威风了，到处追逐女性的猫，看见一个就使出他的本事，吓的大家都把自家的小猫锁在家里，生怕怀孕。

布小黑回来的第一天晚上，就没回家，我们到处找他，均不见其身影，还有邻居的猫也不见了。

24个小时后的夜里，布小黑打开我家二楼的窗户，回来了，他就像一个成年人那样伸展自己的四肢，躺在沙发上，睡着了，他很疲倦。

清晨，布小黑又顺着窗户走了。

一连多日，布小黑神出鬼没，只在家吃住，其余时间就跑到外边去了。

据说，布小黑去寻找他的那两只即将临产的爱人去了。

花子，前几日生了四个孩子，菠菜也快生了，布小黑知道这个信息吗？我问过许多养过猫的朋友，均没有一个满意的结论。

现在，布小黑周边聚集四五个猫，有男有女，好像他也要结帮成伙，耀武扬威地扩大他的地盘，说来也怪，布小黑的地盘真的扩大了。他可以到处溜达，即使他回家休息，那几只猫只好在我家阳台外等待，我原认为这是布小黑的能耐，便不时夸他几句，布小黑也许明白我在家的地位，也不时地讨好我，故意弄出许多动作等待我的夸奖，由于我不熟悉猫的性情，也不敢为其梳理皮毛，他就不理不睬地走了，很委屈的样子。

狗是忠诚，但狗不如猫那样世故。也许，正因为猫的世故，才使其成为宠物。猫只有两种选择，要么学会世故，成为宠物，那么不世故，浪迹天涯。其实，我们何尝不如此啊，只不过我们的选择多一些，在选择的同时，还有道德的约束，布小黑没有道德的约束，他就快乐地行走在江湖上。

假如有来世，我也要学会世故，做一只猫，而不是狗。当然了，我知道狗的忠诚是一种品德，但我还是会选择猫而不是狗，忠诚必须要成为欣赏者的价值标准，忠诚才会有人欣赏，不然，忠诚也毫无价值。

昨夜，梦中，又有许多朋友出现，栩栩如生，对话也精彩……醒来，窗外的阳台上，还是那几只猫在徘徊，布小黑早就出去玩去了，而他们不知，我很惊愕这样的细节，便随手在键盘上敲出这篇短文，以此纪念。

2009

4

日	一	二	三	四	五	六
			1 初六	2 初七	3 初八	4 清明
5 初十	6 十一	7 十二	8 十三	9 十四	10 十五	11 十六
12 十七	13 十八	14 十九	15 二十	16 廿一	17 廿二	18 廿三
19 廿四	20 谷雨	21 廿六	22 廿七	23 廿八	24 廿九	25 四月
26 初二	27 初三	28 初四	29 初五	30 初六		

2009.4

@一哲：阴谋就是策略，只是以成败为标准。

2009 4

日	一	二	三	四	五	六
			1 初六	2 初七	3 初八	4 清明
5 初十	6 十一	7 十二	8 十三	9 十四	10 十五	11 十六
12 十七	13 十八	14 十九	15 二十	16 廿一	17 廿二	18 廿三
19 廿四	20 谷雨	21 廿六	22 廿七	23 廿八	24 廿九	25 四月
26 初二	27 初三	28 初四	29 初五	30 初六		

恍惚中我爱上了你

在北京国际艺术营里生活四年了，早就有写一本关于院子里艺术家趣事的书。去年，还真将一些涂鸦的文章设计好，也到了印刷公司，后来还是改变了主意，没有出，拟定的书名为《我的索家村生活》。

昨天，艺术家李建章到家里来了，他也在这个院子里生活了很长时间，他说他采访了50多人，也要采访我，还特意以三个题目为主线：

索家村被拆！

你的索家村生活。

你怎么看待艺术？

据说尚扬、隋建国等人都接受了采访。

索家村被拆是一个轰动性的新闻事件，那天我正好在现场，大约有三四人近距离观看了被拆的经过。法警当时就在我家里喝茶，拆的是我家对面的工作室，因为尚扬先生在那一排，就选择了拆尚扬先生住的那一排，那一排便成为了“冤大头”，尚扬先生也因此而骄傲与自豪，与法警博弈片刻，而这片刻的行为就演绎出流传甚广的许多种悲壮的文本，不妨当作尚扬先生的行为艺术。

对艺术与艺术家，我还真是从入住索家村艺术营后，才有深刻的理解与认识的。

以前，只是在媒体上，或在黄永玉、范曾、陈丹青、陈逸飞、吴冠中等人著作中看到关于艺术与艺术家的生活与创作，再往前说，大约在上世纪70年代，我便在新华书店里买了许多画的印刷品，挂在墙上，那时，我也就十来岁。

其实，我是把工作室当作房子住的，由于与艺术家生活在一个院子里，结识许多艺术家，我对艺术有了新的认识，比如：

先欣赏这个艺术家，再欣赏他的作品。

先吃饱饭，再当艺术家。

卖艺术品，比抢银行都难。

我在恍惚中爱上了艺术，却很执着，如今，仔细想来艺术家与常人确实不同。

艺术家很敏感，胆子也不大，但艺术家对社会与自然有独特的理解，而常人是芸芸众生。

艺术家，有自己的信仰与偶像，常人几乎没有信仰与偶像。

艺术家，爱自己，尤其爱自己的生活方式与习惯，而常人是不爱自己的，他们爱他人，百变，随机随性模仿。

艺术家，爱他人，爱的是那个人的本质而不是外表，而常人爱的是那个人的附属价值。

艺术家，兼具猫、老鼠与狗的特性，而常人要么就是猫，要么就是狗，要么就是老鼠。

艺术家，注重私属空间，却经常有知己者敲开门，几个人畅谈，大多是艺术、文化或国家等事情，而常人却敞开家门而没有贵客，即使谈论，也是老婆、孩子、油盐柴米，比的是他人的房子、他人的老婆、他人的私事，而艺术家谈的是历史中的艺术家，或当下艺术家的趣事。

艺术家与常人都擅长演绎，艺术家演绎的是自己的过去与现在，常人演绎的自己的未来。

2009

4

日	一	二	三	四	五	六
			1 初六	2 初七	3 初八	4 清明
5 初十	6 十一	7 十二	8 十三	9 十四	10 十五	11 十六
12 十七	13 十八	14 十九	15 二十	16 廿一	17 廿二	18 廿三
19 廿四	20 谷雨	21 廿六	22 廿七	23 廿八	24 廿九	25 四月
26 初二	27 初三	28 初四	29 初五	30 初六		

我幸福生活在友情与友谊之中

洪尘夫妇、晓春、张平在我家，各忙各的，张平要将我的二道门也用屏风装饰一下，手工凿出几个槽，以便门可以推开。洪尘给我做经络按摩，晓春与洪尘妻子去奥运村那边泡木桶药浴去了，亚卓与布小黑在家。窗外，风呼啸着，吹得屋顶的阳光板嘎嘎响，四月也将溜走了，临走前要些威风而已……

家人，被我屏蔽在病情之外，他们的心没有乱，我的心就会更加平静。

许多病人正好与我相反，而是家人先知道了，朋友们后得知，朋友们无法在第一时间内与你共享，无法与你互动，家人的表情与神态无论怎么掩饰与伪装，都逃脱不了病人的眼睛，加剧了病人的恐惧，病人希望早日知道病情，而家人怕经受不了这绝症的的打击，事实上，病人已经猜测出自己的绝症，大家都保持沉默，这样的沉默，直接影响了双方的情绪与生活，双方在沉默中都列出了一个生命倒计时。

生命，只能用生命来唤醒

生命，只能用激情来呼唤

生命，只能与生命对话与共舞

假如，不是第一时间内得知并采取综合的解决方案，病人与家人就失去了知情权，当病人被医生与医护人员按照常规治疗时，病人就失去了与病魔最后博弈的机会，而这样的机会对于我们来说意味的生命即将终结。

我之所以能成功打败病魔，就在于我时刻处于主动地位，我掌控着我生命列车的方向与速度，没有旁观者，也没有司乘人员，列车满载着过去与未来的希望，我一个人驾驶着，目光紧盯正前方，我要把下一个车站从癌症终点站改为生命中的中转站，并全力去实现我的当下第一个目标：一个月内康复。

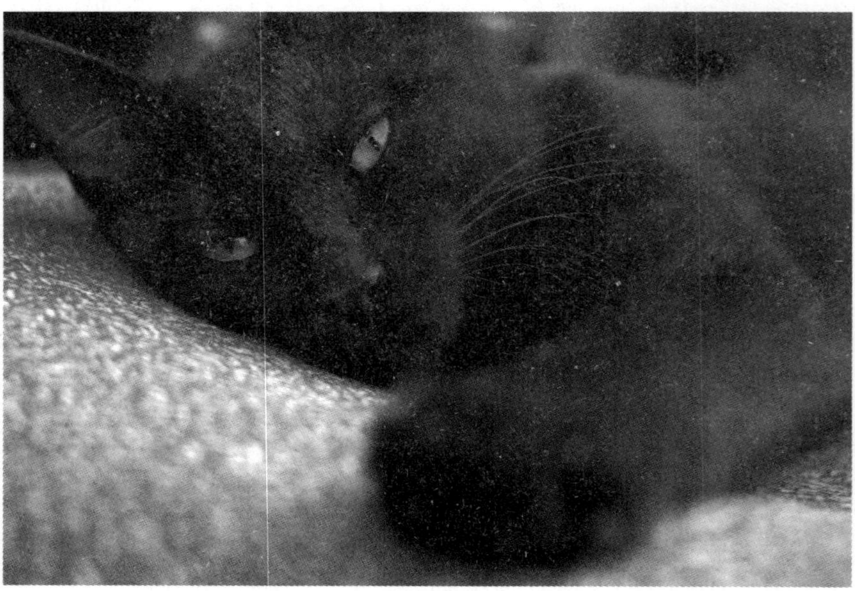

这不是幻想

这不是臆想

这不是纸上谈兵

这是基于你对采取方案的真正认同，只有你认同了这个方案，才能不断地解决执行这个方案过程中的一个又一个难题。

2009.4

2009 4

日	一	二	三	四	五	六
			1 初六	2 初七	3 初八	4 清明
5 初十	6 十一	7 十二	8 十三	9 十四	10 十五	11 十六
12 十七	13 十八	14 十九	15 二十	16 廿一	17 廿二	18 廿三
19 廿四	20 谷雨	21 廿六	22 廿七	23 廿八	24 廿九	25 四月
26 初二	27 初三	28 初四	29 初五	30 初六		

对遥远的未来畅想

昨天，铁生说他在英国的父亲看了我的博客，觉得我最近情绪低落。最近，我的情绪是低落，但我能控制住，如果仔细分析或预测一下，情绪低落是正常的，我必须按照程序生活，而这样的生活，是我以前无法忍受或不能坚持的。

准时起来后，搬两个画框到张平工作室，他要创作了，这些画框还是去年做的，看了他的草图，其中有一张以《苹果树下》为题，我还谈了自己的想法，其实，我知道自己的想法很外行，但我却依然如故说了。

打开电脑后，第一件事情听朋友唐糖送的佛乐。

以前听佛经，但佛经很高深，唐糖送的佛乐容易理解。六首佛乐后，我听马友友的大提琴曲等曲目。

我真能装，一个字都不识，还假装能欣赏马友友的大提琴，其实，马友友的这些曲目我很早就听过，后来，才知这个演奏家叫马友友，就像阅读一本书，不时为书中的情节喝彩，却不记得作者是谁一样。.

这个过程大约一个小时，这个间隙，正好是我预备喝益生菌活化剂的标准时间。

每天标准化的细节，固定的机械动作，远离了美味佳肴、美酒咖啡、生猛海鲜、大鱼大肉、还有一个接着一个的饭局，我在院子里走到，或徒步去看大街匆匆忙忙的行人，每听阅读几个章节的书籍，大都谈人生哲理的。

我也是患病后才认识到：人生由活着、生活与生命构成。

我曾经越过"活着"初级阶段，直接享受了"生活"与"生命"中高级阶段的内容。如今，我再反哺归来，再把"活着"这一课补上，曾经越来越大的理想，回归到"活着"这一个具体的内容上，我不得不设想我的未来……

如果将来有条件了，我要在一个远离繁华的社区，开一个健康餐厅的小店，将我尝试过的健康食品作为推荐的项目，再将自己战胜疾病的体会与大家分享，小店的墙壁上不时更换我收藏的艺术品，在夕阳西下时，我缓缓地转过身，寻找我生命的轨迹。

或者，像我看过一本书中的主人公那样，开一个咖啡小店，夫妻俩终生只经营这个不到20平方米的咖啡馆，几十年不变的咖啡味道，几十年不改变的墙壁背景，几十年循环播放的民谣，到处都是老朋友的留言，还有涂鸦在桌子上、墙壁上的心灵独白，固定的位置上，岁月在朋友们的脸上划下道道沧桑的皱纹。

或者，我必须小心翼翼地躺在床上，我已经七八十岁了，只能看窗外的天空。也不知那时的天空，是什么颜色的？但我记忆中的天空是湛蓝湛蓝的，但我相信我会经常想起我曾经的生活与生命中每一个阶段刻骨铭心的内容，因为那时的我与朋友们都已过生命最旺盛的顶峰，心静、志远、胸怀天下，那是我曾经吟诵的诗句，祈求生命再延长一年，那时的一年是很难熬过的，但我必须熬过。

2009 4

日	一	二	三	四	五	六
			1 初六	2 初七	3 初八	4 清明
5 初十	6 十一	7 十二	8 十三	9 十四	10 十五	11 十六
12 十七	13 十八	14 十九	15 二十	16 廿一	17 廿二	18 廿三
19 廿四	20 谷雨	21 廿六	22 廿七	23 廿八	24 廿九	25 四月
26 初二	27 初三	28 初四	29 初五	30 初六		

延缓生命的代价

以前，不知道生命的真正含义，也曾经无数次说过不惧怕生死，也曾经几次面临危机，甚至，有过生命进入“倒计时”的突发事件，但这都是在失去了记忆与理性的情况下发生的，醒来，只看到医院里的白墙，看见护士面带微笑的脸庞，看到自己还活着，就满足了。

这次不同，这次是在极为清醒的情况下，理性地分析与判断自己的生命还有多久，加之医生与医院的恐吓，我的理智与理性都经受了巨大的挑战，说句心里话，无论再经历多少痛苦，我还是希望自己活着，哪怕，多延缓几天或更长。

今天，我还必须购买这些用品，在家自用。

导尿管：60根

尿八项试纸：1筒

PH试纸：1本

手套：60副

老人接尿器：一个

20毫升的注射器：60个

这些外用的东西，是两个月的用量。未来，也许总会这样使用这些用品。如果我想延缓我的生命，我必须如此，这是我必须接受的残酷现实，容不得我选择。

我诚恳提醒朋友们平时多注意身体，千万别像我啊。

每天一根导尿管，插进你的膀胱里，注射药液，无论你多么坚强，也会浑身发颤的。

精神上的摧残，足以让我事后难以相信：我又一次战胜了我自己。

与那些走上手术台，接受化疗的患者比，我还算是幸运的。

延缓生命的代价多大，大到生命承受不起的时候，生命就停止了。

2009 4

日	一	二	三	四	五	六
			1 初六	2 初七	3 初八	4 清明
5 初十	6 十一	7 十二	8 十三	9 十四	10 十五	11 十六
12 十七	13 十八	14 十九	15 二十	16 廿一	17 廿二	18 廿三
19 廿四	20 谷雨	21 廿六	22 廿七	23 廿八	24 廿九	25 四月
26 初二	27 初三	28 初四	29 初五	30 初六		

我们都需要改变

忙碌了两天，家又变了模样。

这次，家里不太像家了，好像一个公共场所。那6扇3米高的大屏风太酷了。如果再有6扇，12扇合围成一面墙，那就超级酷。

不知道是否有这个缘分？

屏风上，还有许多旧报纸，根据细节判断这是山东省某县一个生产队的东西，当然了，这些东西曾经是那个地方地主家里的。

估计，这些东西至少在百年以上。

家与国家一样，都需要改变，哪怕是临时变动一下家具的摆设，也颇有新意。

看到这6扇屏风，我琢磨了很长时间，假如这家主人的后裔还在，他们会有何感想呢？

留得青山在，不愁没柴烧，也许，人家早就忘记了；或者，他们当年都以富有为耻，冒着生命的危险奔赴延安，再过几十年，他们的子孙中说不好是谁，因为贪图钱财而锒铛入狱，更多的人的后代继承了家族的勤奋与聪慧，而贡献卓著。

大家都需要改变，改变，就有新的机会……

2009 4

日	一	二	三	四	五	六
			1 初六	2 初七	3 初八	4 清明
5 初十	6 十一	7 十二	8 十三	9 十四	10 十五	11 十六
12 十七	13 十八	14 十九	15 二十	16 廿一	17 廿二	18 廿三
19 廿四	20 谷雨	21 廿六	22 廿七	23 廿八	24 廿九	25 四月
26 初二	27 初三	28 初四	29 初五	30 初六		

再过20年，我们来相会

醒来，就开始接受拷问，我又愤怒了。事实上，我根本没有想到过自己会患有癌症，而且如此年轻。

许多事，来不及想；

许多启动的事情，立即刹车；

许多与朋友合作的项目，也停止了；

个人的情感与爱恋，都临时封存了……

每天，我只想一件事情，如何延长自己的生命。

生命，由生活构成的。

生活，又是几个人组成的。

站在不同的立场，同一件事情，就有不同的看法，比如：

我这次患病了，何时好？能否好？万一不好，怎么办？

这些问题，如果用理性思考与分析，就很绝望；不用理性思考与分析，显然，不切合实际。

青春时，我们常说再过20年我们来相会。

等过了40岁，却突然发现20年是一个很漫长的岁月，许多人无法参加聚会，中途倒下了。

现在，我就面临途中退场的险情。

尽管，我很乐观，但我的生命不听我的控制，我只能尽力与疾病博弈，而不能左右生命的进程与方向。

再过20年，我们来相会。

以前，我认为这应该不是难事。现在，我觉得再过20年，我未满70岁，生命还在鼎盛时期，但这20年，可真不敢设想啊。

今天，《新京报》刊登北京抗癌乐园几个抗癌明星的事迹，文中说：为成功生存5年的癌症患者，每满5年举办一个生日会，一个女同志已经举办3次。

这意味着我很难活过20年。

对未来不敢设想，但不能气馁，或消极的活着，还要乐观，要坚强，要寄予希望。

再过20年，我们来相会！

这是理想，是希望，也是动力！

2009 4

日	一	二	三	四	五	六
			1 初六	2 初七	3 初八	4 清明
5 初十	6 十一	7 十二	8 十三	9 十四	10 十五	11 十六
12 十七	13 十八	14 十九	15 二十	16 廿一	17 廿二	18 廿三
19 廿四	20 谷雨	21 廿六	**22 廿七**	23 廿八	24 廿九	25 四月
26 初二	27 初三	28 初四	29 初五	30 初六		

改变的力量

近日，与许多朋友见过面，大家都说根本看不出我的病情。

别说大家看不出我的病情，医生与医院的检查结果证实除了肿瘤还在外，我身体其他器官与指数都很正常，这超出了所有人对癌症的理解与认识。我知道这就是改变的神奇力量，一切都源于我的彻底改变，不是逐步的改变，而是彻底地抛弃了原来的我，所有的生活方式与饮食习惯，还有人生的价值观。

早六点起床，听佛乐、阅览网络新闻，煮五行蔬菜汤、糙米茶，随手把大桌子擦干净，走到大门外，习惯性地轻轻地抬起头看天空，好像在寻找什么，其实，我并没有寻找，只是觉得内心里很平静，而这样的平静，我知道是多么的艰难与度日如年。

患病已是第四个月，回北京，也一个月了。

2008年12月22日，当我拿到膀胱癌最后的诊断确认时，都没有敢设想四月后的自己能站在院子里，看鸟儿在屋檐下自由

地毯拆除后的透气感

飞跃……

如今，我更换了生命的一个新程序，还不时再打个补丁，以维持我的生命不断地向健康方向发展，也可以这样说，这是我的生命升级版。

我除了反思自己的过去外，比如：信仰问题，健康意识，总有的贪婪心与不大不小的欲望；更积极重建自己新的精神世界，对居住的小环境进行调整，夯实生命新的基础，放弃自己原来认为是快乐与幸福的生活方式，过着简约、节俭、单一化的两点直线的生活，充分体验生命的乐趣，总会在每一时刻、每一件事情上自我安慰、自我鼓励、自我挑战，而对未来充满信心与希望。

改变自己，很难，改变后，就会有奇迹出现。

我们要相信改变的力量，改变自己，才能适应社会，才能有所发展，而这就是生命的价值。

2009 4

日	一	二	三	四	五	六
			1 初六	2 初七	3 初八	4 清明
5 初十	6 十一	7 十二	8 十三	9 十四	10 十五	11 十六
12 十七	13 十八	14 十九	15 二十	16 廿一	17 廿二	18 廿三
19 廿四	20 谷雨	21 廿六	22 廿七	23 廿八	24 廿九	25 四月
26 初二	27 初三	28 初四	29 初五	30 初六		

沉闷的早晨，阴天有雨

今天，老样子先倚门而望天空，回到房间后坐在电脑前，房间很宽敞，好像不是我的家，我走错了家门，在另外一个地方，有些不习惯了。

昨天，看着张平娴熟地将四扇老门组装好，我很敬佩他，这回家里焕然一新，我反复多次进进出出，寻找记忆中的生活，大概从未有过这么干净利落的空间。

下午，把铁生送的那幅对联挂在墙上：

冀他年子孝孙贤

愿此世夫和妇顺

仔细凝视这幅对联，我这辈子是无法同时实现这两句话了，哪怕一句，也难。

还缺一幅横批，让铁生措辞书写一幅。

布小黑（我家的猫），昨天又当爹了，半个月内，两只母猫生了八个小猫，一只黑猫，一只黑白猫，但却生了七只小黑猫，可见布小黑的基因力量。

摘下一组窗帘，将走廊分割成两个空间，其实，是为了将杂乱的局面掩饰起来。东西，好掩饰，精神世界却难遮挡住，即使戴着一个假面具，也无济于事。

日	一	二	三	四	五	六
			1 初六	2 初七	3 初八	4 清明
5 初十	6 十一	7 十二	8 十三	9 十四	10 十五	11 十六
12 十七	13 十八	14 十九	15 二十	16 廿一	17 廿二	18 廿三
19 廿四	20 谷雨	21 廿六	22 廿七	23 廿八	24 廿九	25 四月
26 初二	27 初三	**28 初四**	29 初五	30 初六		

我对癌症的认识与方法

从2009年1月5日起，开始益生菌活化剂治疗，首先，要将不良的饮食习惯彻底抛弃，以杂粮与素食为主。

1月19日起，配合了五行蔬菜汤、糙米茶。

3月24日起，又由知己著名艺术家洪尘四天做一次全身经络按摩。

昨晚，接到朱老师的电话，第五桶益生菌活化剂已到八王坟汽车站。

这是我即将服用的第50公斤益生菌活化剂。

五行蔬菜汤与糙米茶，大概服用了2000包。

已经往膀胱里注射了80次外用的益生菌活化剂，每一次注射，都难以忍受！

每当我看到那根细细硅胶处理后的导尿管，浑身就禁不住颤抖，大脑一片空白，25厘米的管子七扭八歪地进入我的膀胱。

为了活着，为了打败癌症，我一直充满信心，改变自己的本性，改变自己的生活方式。

为了能够像大家那样，再回到健康生活序列，我宁可让自己的身体与灵魂，每一天都经受非人的折磨，而没有推开医院的大门，走向手术台，大家都知道那个一直等待我的手术台，将彻底毁了我的全身免疫系统，将把我推入到放化疗的队列。

放化疗，是什么？癌症患者与家属都有深刻的体验。

为何我们中国的医院与医生那么热衷于外科手术与放化疗？

昨天，阅读时才知道癌细胞具有“记忆”能力，也就是说我们已知与未知的对付癌细胞的所有方法，远远不是癌细胞的对手，癌细胞可以被“唤醒”。

我们一定要记住癌细胞的“记忆”与“唤醒”的能力，这就是为什么手术后癌症能转移的原因！

我现在自称为自然疗法实践者。

我相信我生命内的能量，远远大于体内癌细胞的能力，生命具有修复自己的本事。

最近，我明显感觉到身体越来越好：

右侧的肾结石已经消失了，前列腺肥大与钙化灶，正在萎缩。

很久没有的尿尿的能力，也有了。

膀胱里的肿瘤已缩小了40%，我基本脱离了危险的边缘。

自在，就是自由，自由就是生命的价值。

不自在，就意味着生命的不自由。

自在与自由紧密联系在一起。

欣喜的是我再次踏上了自由之路，正迈开大步即将回归到正常人的序列……

2009 5

日	一	二	三	四	五	六
					1 初七	2 初八
3 初九	4 初十	5 立夏	6 十二	7 十三	8 十四	9 十五
10 十六	11 十七	12 十八	13 十九	14 二十	15 廿一	16 廿二
17 廿三	18 廿四	19 廿五	20 廿六	21 小满	22 廿八	23 廿九
24 五月 31 初八	25 初二	26 初三	27 初四	28 初五	29 初六	30 初七

对他人与历史的阅读与窥视

我喜欢看历史书，浏览了一下《蒙古通》，这书写的肯定很累，阅读起来，很轻松并不时有诱惑自己继续读下去的细节，仔细看了书中描述的关于布里亚特的段落，写的很详细，但这些资料，我都曾经阅读过，这书涉及到蒙古族形成、发展与壮大等众多领域，需要静下心来读，显然，不适合当下我的状态。

薛老师知识渊博，我便将此书送给了他。这书，如果没有很多历史修养，是读不出她的价值的。

如果，我要读懂，大概需要再读一个博士学位回来。

用半天时间，阅读完《月色撩人》，王安忆，老矣！

这个故事，是一面镜子，许多小女孩都这样开始了与青春告别的情节，借男人的肩膀登高远望。

朋友的侄女，今年18岁，来京闯荡，不足一个月再回去。我便决定把这本《月色撩人》送给她。看到她，就想起我的儿子，也该闯荡社会了，也会被退回家乡，而这就是成长的足迹。

又翻开《石羊里的西夏》一书，开篇，有些老套，但文字流畅，有编故事的技巧，据说作者党益民先生，曾获过鲁迅文学奖。

2009 5

日	一	二	三	四	五	六
					1 初七	2 初八
3 初九	4 初十	5 立夏	6 十二	7 十三	8 十四	9 十五
10 十六	11 十七	12 十八	13 十九	14 二十	15 廿一	16 廿二
17 廿三	18 廿四	19 廿五	20 廿六	21 小满	22 廿八	23 廿九
24 五月 31 初八	25 初二	26 初三	27 初四	28 初五	29 初六	30 初七

妈妈手中的硬币

2009.5

家乐福搞促销，每人限购卫生纸一大包，价格13.30元。我在结账时，排在我前面的是一位白发苍苍的老太太，推车里放了两包，大约过了七十岁。她对收银员说：我俩的。收银员答：各付各的。老太太对我微笑点点头，我便明白了。当我结账后，老太太忙把那包纸放进自己的车里，递给我准备好的13.30元，并把明细单让我看。我说不看，她不干啊，我只好浏览一下，“心相印”牌，价格13.30元。

我说：零钱不要了。

老太太答：拿着。

当我刚接过来，三枚一角硬币脱手而落，分三个方向滚动着，几个老人忙弯下腰，帮我拾起三枚一角硬币，就在一霎那，我遥想出他们当年意气风发的模样。难道，我老年时也如此？也许，我还不如他们啊！

我与这几个老人乘扶梯下去，我向东快步走去，他们驻足在汽车站牌下，每个人胸前都晃动着一张老年人证件，他们免费而来，再免费而去。

我扭过头凝视他们有些驼背的身影，我越走越远，本认为我会忘记他们，却没料到他们的脸孔越来越清晰，很像我的父母，我的父母也这样，而我却与父母相反。

那三枚一角硬币，亮晃晃地悬在我的眼前，我竟错走了方向，绕了一个大圈子才穿过北五环……

2009 5

日	一	二	三	四	五	六
					1 初七	2 初八
3 初九	4 初十	5 立夏	6 十二	7 十三	8 十四	9 十五
10 十六	11 十七	12 十八	13 十九	14 二十	15 廿一	16 廿二
17 廿三	18 廿四	19 廿五	20 廿六	21 小满	22 廿八	23 廿九
24 五月 31 初八	25 初二	26 初三	27 初四	28 初五	29 初六	30 初七

我与布小黑的夏天生活

我家郎猫布小黑，又一夜未归。

今天早晨回来，发现他后面还跟着一只母猫，一看这母猫，就是流浪猫。布小黑摇摇晃晃走进了房间，那只母猫，试图也要进来，被我们驱逐了。

九时，骑自行车去东辛店买菜，一拐出艺术营大门，到处都是出租车，横七竖八的，堵在狭窄的村道上。

阳光晃眼睛。

益生菌活化剂方案治疗120天了。

我的知己，艺术家洪尘，为我全身经络按摩第十次了，我明显感觉前列腺渐渐好了起来。男人，最怕前列腺出问题了。

我这个倒霉蛋!

布小黑倒在床上打起呼噜，睡的很香，那只流浪猫不见踪影，吴亚卓努力地练习她的肚皮舞，她说要做一个妖媚的女人。

我用一个半小时做好了午饭：

蒸红薯、马铃薯；豆腐皮海带丝拌莴笋；

六必居的大酱里，放点“独流”品牌醋与海鲜酱油，蘸着吃红水萝卜与小白菜，水萝卜樱子，也是好东西，再吃来自连云港黄海的黄花鱼干两条，主食25种豆类与杂粮混为一起的饭。我是无法形容出这清新可口的饭菜的味道，只能说爽口极致啊。

欲望渐起，夏天来了。

该去看大海了。

2009 5

日	一	二	三	四	五	六
					1 初七	2 初八
3 初九	4 初十	5 立夏	6 十二	7 十三	8 十四	9 十五
10 十六	11 十七	12 十八	13 十九	14 二十	15 廿一	16 廿二
17 廿三	18 廿四	19 廿五	20 廿六	21 小满	22 廿八	23 廿九
24 五月 31 初八	25 初二	26 初三	27 初四	28 初五	29 初六	30 初七

朋友，人生的最大财富

5月13日下午，去刘家窑附近看望海口来的朋友老严夫妇，我们在15年前相识，一直保持联系。老严夫妇依然在家乡务农，当年他们自己种地，现在，他们把地包给了外地人。这次，他们乘坐夕阳红列车，来到北京旅游，就想看一下我。 2009.5

眨眼，15年就过去了。

我们都老了，如果不是在约定的宾馆里，一定不能辨认出来。

我选了一家菜馆，我们一起聊天，这些年各自都有了许多变化，但往事历历在目，过去不像现在，结识朋友先看对方的资源，那时真的就是缘分。我与老严的相识就是几句话，他当年在我朋友的工厂里打短工，我喜欢走街串巷，就有老严领我四处游走，喝酒、逛夜总会、找女孩子陪看电影，那时的海口，站街女，是一大特色，夜幕下，几千女孩子站在大街上，各自风骚……

回家后，看到吴亚卓的留言，她这样写到：

“布里亚特，你要感谢那些钱捐给你治病的人们啊，没钱的捐了她们的情感，你用自己精神的光辉洗礼着那些精神匮乏对生活绝望的人们，她们不愿看到你消失，就好比怕精神的寄托像神明般瞬间化为乌有的打击那般严重，所以你的存在对于很多人来说都是精神与现实中的慰藉！你可真强大！”

眼前，众多朋友浮现，我非常感谢他们，我回复如下文字：

“吴亚卓，你说的对。我确实应该感谢这些帮助我的朋友，朋友们在物质上、精神上、情感上，还有友谊等方面给予了我极大的援助与鼓励，使我能够挺直腰板乐观、向上、自信地与疾病博弈，并取得了一定效果。”

朋友，人生的最大财富。

2009

5

日	一	二	三	四	五	六
					1 初七	2 初八
3 初九	4 初十	5 立夏	6 十二	7 十三	8 十四	9 十五
10 十六	11 十七	12 十八	13 十九	14 二十	15 廿一	16 廿二
17 廿三	18 廿四	19 廿五	20 廿六	21 小满	22 廿八	23 廿九
24 五月 / 31 初八	25 初二	26 初三	27 初四	28 初五	29 初六	30 初七

最好的医生是你自己

与癌症博弈已经五个月了，这是很艰难的日子。

今天，是我49岁的生日。

布小黑（猫）在门口等着我放他出去，报纸来的早，我去望京慈铭体检中心做了一次检查。

这次检查结果显示：膀胱肿瘤继续缩小。最可喜的就是三个月以来的“血流丰富”变为“点状血流”。这期间，只戒掉了每天食用一只海参。40天后，“血流丰富”变为“点状血流”，这是非常好的现象。

据说慈铭的创始者，就是癌症患者，抗击癌症成功后，创办了这个体检中心。慈铭体检在民间与大医院缝隙中寻找到了自己发展的空间，企业做的很大，同时，也说明如今患病的人太多，患了病，就得花大钱，于是独立的体检机构应运而生，治病，早也不行，全公费治疗，晚也不行，就失去了机遇。不早不晚，就需要智慧而不只是能力问题。

医生很惊讶我的检查结果，他们反复对照我上次的检查报告，他们困惑我的肿瘤为何又缩小了。

我现在自称“生命自然疗法的实践者”，形成了自己的“以神养生”方案。

“以神养生”方案中的这些方法，来自众多与癌症抗击成功者的经验与祖国传统医学的精髓。比如洪尘的经络按摩、素食、益生菌活化剂、牛蹄筋汤、五行蔬菜汤、糙米茶等。实行这套方案，效果很明显，许多医生很困惑，他们理解不了。

我采取非药物、非手术的方案进行治疗，控制住了恶性肿瘤的发展。

许多人问我：“为何不做手术？”

手术，只能局部切除肿瘤，但我同时还患有肾结石、前列腺增生与钙化，一刀下去，不可能解决这三个疾病。

依靠生命自然疗法的方案，五个月后，现在肾结石消失了，前列腺钙化与增生逐渐好转，令人恐惧的恶性肿瘤，正在有规律按比例逐渐缩小。

生命具有很强的修复能力，加之自己的积极向上态度，乐观、意志坚强、方法正确、适当调整饮食，就能与癌症继续博弈下去，直到赢得最后的胜利。

最好的医生，是你自己。

最好的药，也是你自己。

在此，友情提醒大家：肿瘤患者，不宜食用海参。这是我的体会。

2009 5

日	一	二	三	四	五	六
					1 初七	2 初八
3 初九	4 初十	5 立夏	6 十二	7 十三	8 十四	9 十五
10 十六	11 十七	12 十八	13 十九	14 二十	15 廿一	16 廿二
17 廿三	18 廿四	19 廿五	20 廿六	21 小满	22 廿八	23 廿九
24 五月 31 初八	25 初二	26 初三	27 初四	28 初五	29 初六	30 初七

打通经络，养生的第一神奇方法

2009.5

大约在十年前，全国第一轮足疗热刚开始，我有一个朋友尹延毅，他毕业于正规医学院，也开了一个店，但他比其他人聪慧，他没有打出足疗的旗号，而是以《归缘养生堂》为旗帜，他那时常来北京，还把自己的店作为“312经络”锻炼法的基地。他的店主打女人美容，我还为其撰写过文案。

那时，我的颈椎由于前几年车祸导致错位，许多医院与医生推荐了外科手术、牵引、中草药等方案，我也尝试了媒体上广告吹嘘的药物，颈椎却越来越严重，半个身子动弹不了，我还是陪尹延毅去了吉林梅河口，他拥有通化金马药业的股票，在回来的列车上，他建议我加盟他的事业，我对此不感兴趣，但还是帮他丰富了经络美容与养生的方案，他也回馈了我一个大礼，就是介绍我认识了一个正骨医生。尽管，我也在这座城市生活多年，我差不多千百次路过他家附近的五一广场，在一栋毫无特色的楼房里，这位老正骨医生，用他的一双手，大概十几次后，就将我的颈椎扶正了。

我也很感激他与那个正骨医生，也就是从那时起，我再也不相信医院了。

几年后，尹延毅赚了几千万，店开的越来越大，媒体广告上还是他的妻子，一个外貌与实际年龄相差遥远的女人，广告上的那个女人与实际生活里的女人相符，他妻子年龄已经很大了，但她真年轻，他妻子就是用他归纳的方案进行保养的，你说他的店能不火爆吗？但他还是比其他人聪慧，他从来没有站在前台，而是隐身于妻子后，他妻子成了这套方法的发明者。

去年底，我患病了。有一天，好朋友洪尘打来电话，他说他要帮助我打败癌症，让我回北京后去他工作室。2009年3月24日，我去找洪尘，他的手指很轻很轻，用了五个小时，将我的全身经络梳理一遍，但我还是难于忍受疼痛，几乎碰哪哪疼，疼的我呲牙咧嘴，常常嚎叫。

三天后，我做第二次。以后，就按这个间隔顺序，每四天做一次全身经络打通。

我没有服用任何药物、也没有采取器械理疗，一个月后，我的前列腺增生与钙化现象明显好转了，给我检查的医生非常惊讶，她非要追问我的秘密，我只好对她说了。当我说起经络时，她滔滔不绝，我一再反驳她已有的对经络的认识与方法，但我也说不出我采用经络方法的奥秘到底与她理解的经络有什么区别，只能说不是一样的方法，这个女医生更不相信我描绘的方法了，她提出一个新的建议，让我在下次经络打通时，她要在现场看一下。

昨天，我约这个女医生在费家村洪尘工作室门口等我，她很好奇地与我走进了洪尘的工作室，看到满屋子的艺术作品，她才相信我所说的就是在这个工作室里，打通我的经络，不再是一个演绎。洪尘边给我做的时候，边要回答这个医生的问题，她问的很仔细也很专业，这个1982年医学院毕业女医生，终于相信了她看到的经络打通与大家耳闻目睹的经络按摩不是相同的手法，也不是相同的理论，那些手法与理论仅仅是一知半解的克隆与复制，而且还走偏了。

现在，大家对经络早有所闻，也在许多场所体验过，众多的名义，比如：经络按摩、312经络锻炼法等等。

经络，现在成了比较泛滥的一个词，好像大家都知道些，却又没有多少确切的信息，似乎，每个人都实验过，但那与真实的打通经络相差太远，大都是以经络名义游走江湖者杜撰的推广自己的方案。

2009 5

日	一	二	三	四	五	六
					1 初七	2 初八
3 初九	4 初十	5 立夏	6 十二	7 十三	8 十四	9 十五
10 十六	11 十七	12 十八	13 十九	14 二十	15 廿一	16 廿二
17 廿三	18 廿四	19 廿五	20 廿六	21 小满	22 廿八	23 廿九
24 五月 / 31 初八	25 初二	26 初三	27 初四	**28 初五**	29 初六	30 初七

提醒一下富人们

最近，经常在媒体上看到一些城市又开始抓贪官了，其中的一个雷同细节，就是家里放了多少现金，有多少房产等等……

这些贪官，大都在当年符合党和国家政策下，逐步走向权力舞台的，他们也曾做过杰出的贡献，他们拥有权力，商人以金钱换取权力带来的利益，他们不是孤立的，也不可以傲骨正派，他们必须适应这个社会潜在的规则，不然，他们不是出局，就是无法达到权力舞台，中途就会被淘汰了。

这些年来，查处了一批接着一批，依然前仆后继者众，就是因为机制与政策导致的。

无论，谁拥有权力，谁都只能这样。

既然，现在主要查处贪官，接着就会查出涉案的商人。在此，提醒一下富人们，不要认为现金、房子、车、钻石等才是财富，这些财富都会因为涉案而被没收的，还有一些财富，值得注意，其中之一就是艺术品。

与其让大量的现金堆放在家里，或存在卡上，不如收藏几幅艺术品。1000万元现金，是很大的体积，但在艺术品面前，也许，就是古画几尺，或半幅好的油画价格。

再说了，这些艺术品，很容易移动、保存，即使寄放在他人家里，也很容易抹去与利益者的直接关系，回旋余地大的多，而不像房产，不可移动，银行账户里的钱，可以被锁定，存放家里的现金或存折，既要防小偷，还要怕家人粗心将其当废品卖了。

还是买几幅艺术品，留给子孙吧！

君不见，建国后历经那么多的运动，大陆上还是有许多人冒死将艺术品隐藏起来。财富，几辈子赚的，半辈子花掉者有之，也有半辈子赚的，够几辈子花的。可惜的是，许多官员确实拥有很多钱财，但日子过的忐忑不安，别人装富，很简单，他们装穷，很艰难，万一有一个闪失，比如讲话时掏出一盒烟，而下台者有之；老婆，将存放存折的“茶叶罐”当废品弃之者，亦有之；三五个情人打闹，为的是要几处房子、一些现金，如不满意，背后举报者比比皆是。

有了钱，如何使用与处置，这是一个很大的学问。

如何弄钱？也是一个很大的问题。

交易，总是会留下痕迹的。

不交易，就弄不到钱。

“原罪”完成后，就别再太贪了。

富人们，一定要关注艺术品这个东西，它是天使与魔鬼的化身……

2009 6

日	一	二	三	四	五	六
	1 初九	2 初十	3 十一	4 十二	5 芒种	6 十四
7 十五	8 十六	9 十七	10 十八	11 十九	12 二十	13 廿一
14 廿二	15 廿三	16 廿四	17 廿五	18 廿六	19 廿七	20 廿八
21 夏至	22 三十	23 五月	24 初二	25 初三	26 初四	27 初五
28 初六	29 初七	30 初八				

罗京，本不该死

罗京去世了。

罗京，著名的主持人，最好的医生与最好的医院给他医治。那么一个充满活力的人，被放化疗医治死了，没有谁追究其责任，大家习以为常了，因为癌症还是绝症，既然得了绝症，离开这个世界，就是自然的。加之，当前治疗癌症的信息不对称，患者在第一时间就将自己送到了放化疗序列中。

罗京后来知道这个方法肯定有些不对。据媒体报道：

罗京告诉记者，目前自己的治疗情况非常好，但回去工作还需要一段时间，并笑着表示，因为化疗的原因，他现在头发都掉光了，要等头发长好了才行，“头发长出来也需要很长时间嘛”。

那时，罗京还能笑着说这些话。

看一下2008年8月31日，罗京最后一次主持新闻联播，就知道了放化疗多么残酷。即使不治疗，罗京也不会在半年内离开的。

没有谁告诉罗京他为何得了癌症?

没有有谁告诉他怎么才能不再让癌细胞繁殖与扩散?

医生与医院没有对罗京进行癌症起因与形成的最常识的教育。

引媒体报道为证：

2008年底，罗京透露（在回答家乡媒体采访时说），其实，以往他每年都回来，不过今年情况特殊，可能就不回来了，但他非常想念重庆的火锅，“还好，现在北京有火锅店，在北京也能吃到”。说完，罗京在电话中哈哈地笑了起来。

辣椒，癌症患者绝对不能再吃了，但罗京不知道。

癌症患者，必须要彻底放弃原有的生活方式与饮食习惯，不能吃辣椒，火锅，更不能吃了，显然，罗京不清楚这些。

压力大，是形成癌症的一个主要原因，再一个就是生活方式。身居罗京的那个位置，罗京的饮食习惯与生活方式，都不会太健康。

据民间说法，癌症患者，越有权势与能力者，死的越快，原因就在于他们有能力与条件采用最好的放化疗药剂，这些药剂大都是进口，毒性也大，放化疗，彻底地破坏了罗京身体的免疫力，罗京如果采取民间的自然疗法，肯定不会在半年内离开的。

在癌症未确诊前，癌细胞至少在罗京身体内潜伏十年以上，十年都没有大的危险，半年就丢了性命，间接证明了罗京的治疗方案存在问题。

按罗京的治疗周期，罗京癌症确诊后，只活了半年。那么，我比罗京晚3个月确诊癌症，也就是说，如果我也按照医生与医院的方法来医治我的癌症，我的生命已经进入最后的3个月了。事实上，我没有经过任何医生的放化疗治疗，我认为我能活过来，而不会像罗京半年后就死去，我们之间的不同就在于采取的不同的治疗方法。

2009 6

日	一	二	三	四	五	六
	1 初九	2 初十	3 十一	4 十二	5 芒种	6 十四
7 十五	8 十六	9 十七	10 十八	11 十九	12 二十	13 廿一
14 廿二	15 廿三	16 廿四	17 廿五	18 廿六	19 廿七	20 廿八
21 夏至	22 三十	23 五月	24 初二	25 初三	26 初四	27 初五
28 初六	29 初七	30 初八				

洪尘：理想主义的守望者

洪尘毕业于河北师范大学，校友中有许多著名艺术家活跃在当下艺术各个领域，最为知名者就是岳敏君先生了。洪尘20年来，锲而不舍地坚持着自己的艺术创作原则。

他一直坚持自己的艺术观点。

他认为：艺术，首先要继承传统，艺术要给人美的教育或启迪，艺术从来都是传播知识与文化的工具，艺术作品必须体现时代的精神与内涵。

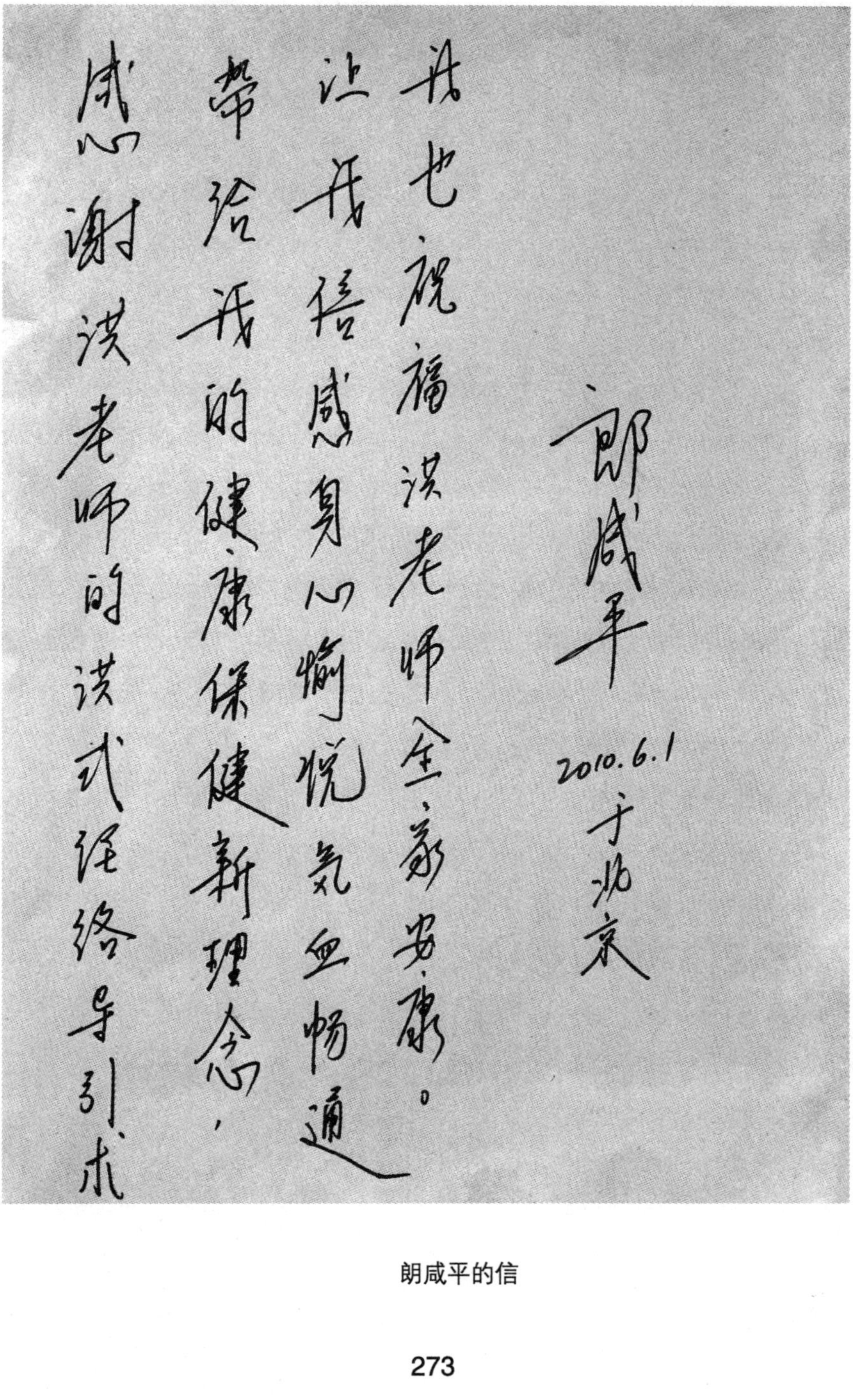

感谢洪老师的洪式经络导引术带给我的健康保健新理念，让我倍感身心愉悦气血畅通，我也祝福洪老师全家安康。

郎咸平

2010.6.1 于北京

2009.6

朗咸平的信

2009 6

日	一	二	三	四	五	六
	1 初九	2 初十	3 十一	4 十二	5 芒种	6 十四
7 十五	8 十六	9 十七	10 十八	11 十九	12 二十	13 廿一
14 廿二	15 廿三	16 廿四	17 廿五	18 廿六	19 廿七	20 廿八
21 夏至	22 三十	23 五月	24 初二	25 初三	26 初四	27 初五
28 初六	29 初七	30 初八				

反思罗京病逝，要汲取沉痛的教训

罗京患病后，由于他的影响力与地位，分别在国内三家著名的医院治疗，即北京肿瘤医院、北大医院与307医院，也就是说最少有几十名国内顶尖权威专家为其诊断，除沿用中国当前主流的放化疗外，罗京还进行了造血干细胞移植。

许多罗京的朋友，都反复说罗京未住院前，在足球场上体力充沛。不到一年的时间，罗京就离开了，罗京的头发掉光了，这是放化疗的必然结果。

假如，罗京是普通老百姓，现在，罗京还活着。

媒体现在说：罗京很乐观。

现在有一个疑问：为什么那么多的专家没有事先提示罗京及家人，罗京会因为“心衰”去世，罗京为何会“心衰”？这才是问题的关键。

当然了，他们永远不会公布罗京的诊治病历。

我们只能从罗京去世这件事情上反思。

我将媒体的相关报道摘要一下，就能发现罗京的治疗过程中，方案众多，也就是老百姓说的“有病乱投医”，不同的专家提出不同的诊断方案，进而将罗京推向了生命的倒计时。

以下是媒体的报道：

罗京爽快承认自己的确患病，并已向央视请假3个月进行治疗，语气非常轻松。他还表示希望通过媒体向关心他的观众表示感谢，并透露自己最快休息两个月，就会重返《新闻联播》，岂料这一离开，竟成永别。

不过，罗京发现病情较早，又积极接受治疗，病情曾经一度缓解，淋巴瘤细胞消失。去年9月他接受记者采访时，就曾透露自己已经出院在家休息，而且表示并没感到病情有多严重。

今年2月7日，罗京转移到了307医院，在相关专家参与会诊后，罗京于2月9日成功进行造血干细胞移植。1个月后，罗京在身体复查时发现，淋巴结淋巴瘤细胞消失，病情缓解。随后，罗京进行了口腔溃疡等并发症的治疗，病情相对稳定。

5月29日，罗京在医院度过了自己48岁的生日，当时他的精神状况还非常好，与在场的主治医生、家人和同事愉快地聊了1个小时。但是6月1日，他的综合并发症突然暴发。6月4日下午2点，全国专家对其进行会诊。下午4点左右，他出现心衰，虽然已进行了抢救，病情也逐渐平稳，但昨日早上仍不幸去世。在昨日的临时发布会上，郎永淳非常痛心地转述央视播音组组长的话，“罗京是一个能打硬仗的同志，只要有重活儿，他会在最快的时间赶到工作岗位。平常人一次两次容易，他一干就是25年。”在他的眼里，罗京在工作中的业务水平、态度、和人相处的能力等等，各方面都起到了表率作用。

病情回放

● 2008年奥运会前夕检查出淋巴肿瘤，随后在北京肿瘤医院接受治疗

● 2008年8月31日，录完最后一期新闻联播

● 2008年9月11日，承认需要动手术治疗

● 2009年2月7日，转移到307医院

● 2009年2月9日，成功进行造血干细胞移植

● 2009年6月1日，病情突然恶化

● 2009年6月4日，下午出现心脏衰竭

● 2009年6月5日早上7：05不幸去世

日	一	二	三	四	五	六
	1 初九	2 初十	3 十一	4 十二	5 芒种	6 十四
7 十五	8 十六	9 十七	10 十八	11 十九	12 二十	13 廿一
14 廿二	15 廿三	16 廿四	17 廿五	18 廿六	19 廿七	20 廿八
21 夏至	22 三十	23 五月	24 初二	25 初三	26 初四	27 初五
28 初六	29 初七	30 初八				

癌症是慢性病，不会要人命

仔细阅读了罗京治疗前后的点滴信息，我更加坚定了这个观点：癌症是慢性病，不会要人命。

如下，就是近期的我回答朋友们的几封书信内容：

来自beibei：你好，我妈妈口腔有肿块，医生已经切除，送去化验了，说是癌变，但是早期的，医生说等完整的化验报告4，5天后出来，可能要做化疗，但是看了你的饭否，我变得很犹豫。是不是化疗是很不好的治疗呢？期待你的意见，谢谢！

老布回复：以前，我认为癌症很遥远，或者，这一生也不能与癌症相遇，但癌症还是来了。癌症，一般都会潜伏十几年以上后再相机行事，随后爆发，发现时均已晚了。我是一个癌症患者，采取自然疗法，也就是没有采纳医生与医院的方法，我综合了成功者的经验，正在治疗中。不过，癌症是慢性病，不可怕。

来自楚格格:您好。上次给您发过信，想请教一下肺癌是否可以经络按摩。或者推荐几个穴位和经络，我可以在家里给妈妈做做，辅助治疗。我前阶段学过一点，妈妈说刚按的时候很疼，可是过阶段就好了。希望老师指点。

老布回复：经络按摩，应该适用于所有人。你大概学的是中医按摩那些方法，我现在用的是洪式经络导引术，打通全身经络，每次五小时，效果很好。刚按的时候疼，过了几天就不疼了，就是疼的那个地方被打开了。对经络，我了解的也不多。经络打通两个月了。你最好参考一下相关的图书。

来自feng：我能请教一下您说的自然疗法是什么吗？我对此很感兴趣，十多年前我父亲癌症去世，现在想了一下当时的整个治疗过程，对西医治疗癌症的不信任感与日俱增，有种想法就是，不能把自己的生命完全交给医院。但是说到中医，目前也是鱼龙混杂良莠并存，不知如何才能找对路子。

老布回复：我也没经过中医治疗。主要在家修养，我现在归纳为自己的“以神养生”的自然疗法，这个“神”，就你自己，同时辅助四个手段，即：益生菌活化剂、五行蔬菜汤与糙米茶、经络按摩与全素食，尤其蔬菜生吃。加之，每天开心乐观。这些方法，最大的难处就是很难坚持下来。西医与中医，都以盈利为目的，他们是不管我们死活的。

2009 6

日	一	二	三	四	五	六
	1 初九	2 初十	3 十一	4 十二	5 芒种	6 十四
7 十五	8 十六	9 十七	10 十八	11 十九	12 二十	13 廿一
14 廿二	15 廿三	16 廿四	17 廿五	18 廿六	19 廿七	20 廿八
21 夏至	22 三十	23 五月	24 初二	25 初三	26 初四	27 初五
28 初六	29 初七	30 初八				

虚拟的勒勒车

艺术的实质是生活，而生活，就是将艺术个性化与形式化，并试图再现出来。

勒勒车，草原上的主要交通工具。

经常有朋友约我去以前我愿意去的地方，比如：酒吧、咖啡馆、展览馆或旅行，我基本都拒绝了。

我又是一个特别喜欢驾车的人，现在，也不驾车了，改为徒步，每天的生活非常有规律，内心的欲望基本都退去了，只剩下顽强地活着，并且想要再活几十年。

我被这个简单的目标所激励与吸引，而这个目标几乎成为我生活的全部，我就是为了这个目标安排自己的日程。

如果说以前，我将自己幻想为一匹骏马，那么，现在自己就成为了一辆勒勒车，勒勒车不需要一个站台或驿站，勒勒车，也不需要天气预报或后勤补给人员的帮助。

勒勒车，可多可少，少到一匹瘦马一辆勒勒车，多到几十辆连接在一起，载满金银财宝……

现在，我生活在目标单一的状态中。

我把自己的生命比喻为一辆勒勒车。

好像，过了很久的时光，其实，才过了五个月，却有一辈子的恍惚。

还不知道我虚拟的勒勒车，还能走多远？还能连接多少？

但我相信，我现在的治疗方案与未来人生目标的调整，都是正确的。

2009 6

日	一	二	三	四	五	六
	1 初九	2 初十	3 十一	4 十二	5 芒种	6 十四
7 十五	8 十六	9 十七	10 十八	11 十九	12 二十	13 廿一
14 廿二	15 廿三	16 廿四	17 廿五	18 廿六	19 廿七	20 廿八
21 夏至	22 三十	23 五月	24 初二	**25 初三**	26 初四	27 初五
28 初六	29 初七	30 初八				

享受生命中的每一分钟

前不久，王晶从美国回来，我去看她。

她在美国十五年了，在美国结的婚，配偶曾经去过美国，后来回国了，再不久就离异了。她至今单身，在中国与美国之间奔波，渐渐迷茫了，不知何处是家乡。

我曾经让一个看相大师为其看相，看相大师说她晚年会好，看相大师还说：你是捧着金饭碗要饭吃。

“有何打算？”我问她。

她说先休息一下，再定夺。

她问我：“最近怎么样？”

我答：“很好。”

她很诧异，仔细问了许多。

我对她说：我放弃了许多自己的梦想，对未来，也不再幻想，享受生命中的每一分钟，就是我当下最主要的事情。

有着多样爱好的老布，这是他快乐充实的生活

我们总认为生命很漫长，生命也很绚丽多姿，我们总主观地认为自己还会有许多机会，只要机会来了，就能把握，只要把握了机会，就能实现自己的理想，然后，就再放大新的理想，直至理想越来越多，未来越来越抽象，最后，就是刻意模仿众多成功者的影子，或他们的业绩，活在被模仿者的影子中，渐渐忘记了自己的本色。

我们总是当偶发事件突然降临时，才感慨生命的不公平，却很少反思自己，其实，在我们人生进程的每一时刻，都潜伏着众多的危机，不仅是商业上的危机，也有事业上的危机、婚姻与爱情方面的危机，还有自己的健康危机，都被我们忽视了。

我们总认为自己还会有能力把握自己，而却忘记了我们成长背景中大多数的成功都不是必然的，而是巧遇，而这种巧遇不可复制，只有生命才是我们自己的，其他的都是可有可无的，多一些少一些对生命的影响不大，都是依附生命的存在才有价值，只要生命在，生命的方向就不会改变。

我们应该乐观地享受生命中的每一分钟，而不是相反。

2009.6

2009 6

日	一	二	三	四	五	六
	1 初九	2 初十	3 十一	4 十二	5 芒种	6 十四
7 十五	8 十六	9 十七	10 十八	11 十九	12 二十	13 廿一
14 廿二	15 廿三	16 廿四	17 廿五	18 廿六	19 廿七	20 廿八
21 夏至	22 三十	23 五月	24 初二	25 初三	**26 初四**	27 初五
28 初六	29 初七	30 初八				

五十岁男人，进天堂

一大早起来，就知道迈克尔–杰克逊走了，他也像历史上许多大人物那样，突然离世了。

大人物的出生与离开，总是与众不同，总是突如其来，让人无法想象。

我确实很难受，世界各地都有这样难受的人。如果说月初罗京的去世，有些感慨，那么，他的去世就犹如惊天霹雳。

他，举世闻名的流行音乐天王，他才是真正的天王，其他人都是伪天王或自封的天王。

男人50岁，正是人生最辉煌的时刻，他却执意地离开这个世界，他与许多杰出艺术家一样并不会因为自己的离开而卷走自己曾经的成就，而恰好相反，会让更多的人欣赏他、怀念他、热爱他，并为他自豪。

许多人从来没有假设过人生会在50岁这个时刻停止，而他正好在50岁这个关键时刻，50岁这个年龄的男人离世了，就直接进入了天堂。

如果活过80岁，进天堂的台阶还会有许多，再活的长一些，就进入了深不可测的隧道，还好，他正好在50岁男人最黄金的时刻走入了天堂。

当然，他曾思考过死亡的问题，因为在离开这个世界前的许多年里，他无数次正视过这个问题。

活着，或离开，都不影响的他的存在，而这正是他的价值，他远比许多杰出的政治家影响世界久远些、广泛些，并深受大众的喜爱……

2009 6

日	一	二	三	四	五	六
	1 初九	2 初十	3 十一	4 十二	5 芒种	6 十四
7 十五	8 十六	9 十七	10 十八	11 十九	12 二十	13 廿一
14 廿二	15 廿三	16 廿四	17 廿五	18 廿六	19 廿七	20 廿八
21 夏至	22 三十	23 五月	24 初二	25 初三	26 初四	27 初五
28 初六	29 初七	30 初八				

写给张际的信

我也在路上，终点是已知的，与大家的都差不多，无非，我事先知道我已经开始向那个终点走去，而许多人还不知道。

其实，最初的时候，我对离开这个世界没有恐惧，因为那时我是无知的，凡是无知的都是快乐的或麻木的，而我就是在快乐与麻木中获悉了自己的病情，并乐观地相信所有人对我的开导与安慰。

现在，我对生命的无常有了许多感慨，而这些感慨来自他人突然与这个世界告别，越与我年龄接近者，我越为其悲伤，看起来我与大家都一样怀念他们，实际上我是提前为自己悲伤，因为我知道我就在这个序列中。

悲伤是短暂的，短暂的悲伤后，还得正视现实。现实最核心的问题，就是千方百计地要活下来，而活下来远远比离开这个世界艰难的多，活下来的方式，也远比离开这个世界少许多。

离开，由不得自己，活下来，也由不得自己。

那就登高远望吧，看天，把天幻想成蔚蓝，看海，把海面涂成金色，看大家，每一个人都是菩萨面相，看万物，都是精灵的孩子，而把自己融入到幻想之中，进去是非理性的，出来是浪漫的，忘记自己而赞美生命。

还是快乐地凝视所看到的一切，倾听鸟的鸣叫与记忆中许多美妙的歌声。

我知道你都好，也就放心了。

你好，对我来说，比你那个城市与那个国家好还重要，因为那个城市那个国家对我是陌生的。

承诺与约定都是漫长的。漫长，就意味着兑现的不确定性，而正是这不确定性，才构成人生的走向与内容。看他人都好，与其相处就很难，想忘记一个人，远比结识一个人难很多，尤其，在心灵深处的许多记忆与情节，既无法复制，也无法删除，保存下来的是自己随意改编的而不是真实的细节，但我们愿意让这些经过情感编辑的不真实的细节永恒，而忽略事实，事实是历史，而情感编辑的是未来。

我也怕突然离开这个世界，但我能在最短的时间内恢复平静，我只能做到反复恢复平静，而做不到心静如水面对死亡。

不过，请你放心，我会很坚强，而这样的坚强不是出于我的觉悟，而是源自我要活下来。

老布

于北京

2009 7

日	一	二	三	四	五	六
			1 初九	2 初十	3 十一	4 十二
5 十三	6 十四	7 小暑	8 十六	9 十七	10 十八	11 十九
12 二十	13 廿一	14 廿二	15 廿三	16 廿四	17 廿五	18 廿六
19 廿七	20 廿八	21 廿九	22 六月	23 大暑	24 初三	25 初四
26 初五	27 初六	28 初七	29 初八	30 初九	31 初十	

奔向大海

邀请十几年未见的老朋友刘耀纲来京，商谈租赁下来的那片临海土地的未来，那连绵起伏的山坡、沙滩、海面，还有隔着一个低缓的山坡，就连接了美丽的滨海路上川流不息的车流与人流，顿时，家乡熟悉的景象，就浮现眼前。已经半年没有看到大海了，没有嗅到海的淡淡腥味，没有扬起头颅凝视蓝天里飞翔的海鸥，没有在海边弯腰拾起各种色彩的石头，我的心又开始了飞翔，飞向远方。

我们都曾经居住在远离大海的大草原，我们那里有原始森林，但我们从小就向往大海，谁都阻挡着不住我们对大海的渴望，我就义无反顾地向大海附近的城市游走，最后，居住在这座闻名的海滨城市。

时隔20多年，我才有机会在大海边租赁下一片土地，在这片土地上，我要移植我在北京耳闻目睹学到的艺术基因种子。

为了这片土地，我充满激情与幻想，现在，我再把激情与幻想与朋友分享，我希望我能看到我的理想能够实现。

2009 7

日	一	二	三	四	五	六
			1 初九	2 初十	3 十一	4 十二
5 十三	6 十四	7 小暑	8 十六	9 十七	10 十八	11 十九
12 二十	13 廿一	14 廿二	15 廿三	16 廿四	17 廿五	18 廿六
19 廿七	20 廿八	21 廿九	22 六月	23 大暑	24 初三	25 初四
26 初五	27 初六	28 初七	29 初八	30 初九	31 初十	

写给即将毕业的女孩子

张平的女儿，大学三年级，近日来京实习，她简直就是父亲的翻版，22岁就能来京闯荡，着实让我羡慕。

眼下，又有众多大学生涌入北京，他们胸怀理想，憧憬未来，天生牛犊不怕虎，执着与自信，而我等好像渐渐地被岁月抹去了斗志与激情，似乎在寻找一个安静的角落，企图苟且偷生。

遥想当年，我们年轻时候只能在想象里闯荡天涯，或在阅读中分享侠客仗剑走天涯的愉悦。我们那时大学毕业就被国家分到一个单位，然后，就在这个单位慢慢熬着，也许，你能鹤立鸡群，也许，你默默无闻，也许，你内心世界时常喧嚣，却不能宣泄……

记得，我刚毕业时，国家一下子就分近千名大学生到草原深处的一座矿山，可惜的是这些学生里只有三个女大学生，还都是随着男生而来草原的。

不到一年，大多数毕业生就在当地纷纷恋爱了，女方家里的条件决定了男方的容貌与才华，由于男大学生太多，最后，连食堂里的女服务员都找到了一个大学生。

很多年后，我阅读过一本书，其中谈到王震将军为了解决新疆军官的配偶问题，国家曾从内地以组织的名义分配给新疆成千上万高中以上学历的女学生，用以解决随王震将军入疆军官的配偶问题。

配偶问题，在特定的环境下，可以超越情感与性爱边界。

随着今年又一批年轻美貌的大学生闯荡京城，许多绅士们的家庭又将发生变化了，这不是我的危言耸听，而是事实的渐变……

前天，听一个毕业几年的女生讲述自己的爱情故事，每一段都发生在京城，每一次，她都刻骨铭心，而那些男人们似乎正好相反，男人们还有许多大事要处理，等她们知道了男人的底线后，才感觉到她们认为的爱情与男人认为的爱情不是一回事情。这不是谁不重视谁的问题，而是在情感问题上，双方也许从来没有一个共同的标准。

有人需要的是一次精神上的愉悦；

有人祈求的是天长地久；

有人愿意挑战未来；

有人在周旋中回归，回归后，又滋生新的幻想；

有人在意他人的过去；

有人不刻意询问你到底是谁……

在这个炎热夏季，又将有众多青春女孩子的爱情在成熟男人们中间发生，这些男人知道如何保护自己，也懂得青春与爱情的色彩与滋味。

如果，你想轻松地面对未来，那么，请记住我的提醒：

千万别问他是谁。

重要的是你自己的人生体验，更重要的这是你与他的第N次，既不是你与他的第一次，也不是最后的一次，这才是开始，第一个十字路口，是你进入京城必须路过的门槛，就像你的初恋，一定是在你青涩的花季绽放盛开，而被岁月模糊了那张幼稚的脸庞……

2009 7

日	一	二	三	四	五	六
			1 初九	2 初十	3 十一	4 十二
5 十三	6 十四	7 小暑	8 十六	9 十七	10 十八	11 十九
12 二十	13 廿一	14 廿二	15 廿三	16 廿四	17 廿五	18 廿六
19 廿七	20 廿八	21 廿九	22 六月	23 大暑	24 初三	25 初四
26 初五	27 初六	28 初七	29 初八	30 初九	31 初十	

给张际的短信：

你好！

10幅薛智广的画已邮给周莉给的深圳地址，但我联系不上她，她的电话是通的，但无人接听。如果你方便，你与她联系一下，核实是否收到？

我一切都好。

尤其，洪尘的经络手法，真的很神奇，我过去的前列腺钙化与增生问题很严重，现在，医生说可以忽略不计了。

老朱先生的益生菌活化剂，没有解决我的前列腺难题。如果，病情再发展下去，就是前列腺癌。洪式经络导引术按27次为一个疗程，我现在还差几次。我的前列腺基本没有问题了。不然，我真的够惨的了，膀胱癌与前列腺癌将要了我的命。

我膀胱里的肿瘤还在继续缩小！等你明年回来，也做几次！

我这一病，归纳出一套生命自然疗法，很实际有效，我们的亲朋好友的健康问题有了保证了。

祝好！

老布

2009 7

日	一	二	三	四	五	六
			1 初九	2 初十	3 十一	4 十二
5 十三	6 十四	7 小暑	8 十六	9 十七	10 十八	11 十九
12 二十	13 廿一	14 廿二	15 廿三	16 廿四	17 廿五	18 廿六
19 廿七	20 廿八	21 廿九	22 六月	23 大暑	24 初三	25 初四
26 初五	27 初六	28 初七	29 初八	30 初九	31 初十	

紧跟大师身后

朋友李建章是一个艺术家，在北京索家村艺术营居住过一段日子，他认真采访了众多艺术家，其中有许多国内外著名的艺术家，也有一些“80后”艺术家。

我住的这个院子正式名字叫“北京国际艺术营”，在艺术界享有很大的声誉。李建章要将这些采访内容编辑出一本书，今天晚上又到我家，我们在一起聊天。

2009.7

我问李建章这本书叫什么名字，他说了几个，大多与艺术和时尚有关联。我建议他用《紧跟大师身后-北京艺术家生活现状侧记》作为书名。

早在2005年，我就想以此做书名，把我采访过或阅读到的中国知名艺术家成功之道写成一本书，主要写这些艺术家成名的捷径与方法。此事，一拖几年就过去了，但对于这些艺术家的成功之道，我还是格外欣赏的。

艺术家的成功之道不可复制。

艺术，从来都是少数人的事业。

成功的艺术家，大多不是依靠单纯的技术与技巧，而是在艺术之外的修养与见识，再加上个人的胸怀与成长背景，恰巧又赶上好的机遇，就扬名天下了。

其实，当真的扬名天下时，这些艺术家连自己都怀疑这是否是幻觉。

如果以李苦禅等人作为现代大师的标准，那么，现在还没有出现一个大师。大师，已经离我们很久远了。当艺术披上当代或观念艺术的时髦“马甲”后，各种大师们纷纷云游与行走。

那些艺术史中的大师，我们只能眺望其背影，仰天长叹而没有任何羞愧感，如果还有一些人喜爱艺术家，那就是这些飘在北京的艺术家们，他们紧跟大师身后，忘我地生活与创作着……

2009 7

日	一	二	三	四	五	六
			1 初九	2 初十	3 十一	4 十二
5 十三	6 十四	7 小暑	8 十六	9 十七	10 十八	11 十九
12 二十	13 廿一	14 廿二	15 廿三	16 廿四	17 廿五	18 廿六
19 廿七	20 廿八	21 廿九	22 六月	23 大暑	24 初三	25 初四
26 初五	27 初六	28 初七	29 初八	30 初九	31 初十	

对面的女孩走过来

经济形势不好，好工作难求，艺术营里的工作室，便成为许多女孩子居住的理想之地，又大又便宜，工作室高度6米，阳光从天花板上透过来，更重要的是看不出贵贱之分，隐秘性也好，几个女孩子让父母在艺术营居住，为其照顾婴儿，很惬意的事情，院子里的艺术家，总在路过时深情凝视那几个老人怀里的婴儿。

近日，又有几个年轻人租下了空间，从家乡拉来众多学生办起美术考前班，许久都没有听到钢琴声，黄昏时，不时从新入住的那个工作室飘出来。

艺术，从来都是少数人的事业。

不时看到女孩子进进出出艺术营，有时，我总在眺望已经逝去许久的青春岁月，不敢遥望自己的未来。

对面的女孩走过来，看那架势就知道内心世界充满自信……

2009 7

日	一	二	三	四	五	六
			1 初九	2 初十	3 十一	4 十二
5 十三	6 十四	7 小暑	8 十六	9 十七	10 十八	11 十九
12 二十	13 廿一	14 廿二	15 廿三	16 廿四	17 廿五	18 廿六
19 廿七	20 廿八	21 廿九	22 六月	23 大暑	24 初三	25 初四
26 初五	27 初六	28 初七	29 初八	30 初九	31 初十	

穿越千年岁月

自从去年底，检查出我患有癌症后，我就格外地热爱与生命有关的一切，比如小动物、比如眺望天空、比如凝视植物或树木，比如幻想将要去远方旅行……

这一期间，欣赏音乐或美术作品，也都选择乐观、向上、充满激情与幻想的作品，也愿意倾诉自己的情感，或倾听他人的叙述。

我好像第一次发现生命原来可以这样度过，除了维系基本的生活需求外，再别无他求，生活，其实很简单与简约，每天两餐，粗茶淡饭，几杯白开水，有滋有味……

对他人，哪怕是陌生人，我更加充满热情与理解之心，沿续与完善了我以前的作风与性格。

六个月转眼就过去了。

现在，我的疾病不仅得到了较好的控制，而且有了奇迹般的效果。

我个人认为除了正确的医治方法外，我的心态与胸怀，也起了决定性的作用，还有众多朋友们一致给予我充满友爱的关注与支持。

生命，只有一次。

每个人的生命都是无价的。

我们要珍惜自己的生命，要善待自己与他人。

我一直认为：

爱，不是觉悟，而是一种能力。

先爱自己，再爱他人，这也是我的原则。

觉悟，每个人都有，但爱他人、爱众人、爱国家与世界的能力，却不是每个人都有的。那么，在我们力所能及的情况下，先爱自己，就是对生命的尊重，然后，我们依据自己的能力再爱他人。

这六个月，我完成了治疗期最为关键的任务。

很艰难的六个月，几乎足不出户。

很惊心动魄的六个月，与死神打了个照面，扭头就走。 2009.7

很漫长的六个月，每一天都缓慢地熬着，看日出日落，听鸟鸣猫嚎，还有狗吠声突然而来渐渐远去……

我很开心，我又站立起来，可以挺直腰板，眺望远方。

我很兴奋，我又有了对生命新的感悟与理解。

生命，需要我们活着，但活着不是我们生命的唯一内容，我们还应该有远景、有梦想、有激情、有欲望，穿越千年岁月，活出生命的精彩……

2009 7

日	一	二	三	四	五	六
			1 初九	2 初十	3 十一	4 十二
5 十三	6 十四	7 小暑	8 十六	9 十七	10 十八	11 十九
12 二十	13 廿一	14 廿二	15 廿三	16 廿四	17 廿五	18 廿六
19 廿七	20 廿八	21 廿九	22 六月	23 大暑	24 初三	25 初四
26 初五	27 初六	28 初七	29 初八	30 初九	31 初十	

半杯苦酒

12年前，林夕去鞍山采访，结识了几个道士。那时，林夕对出家人很感兴趣，也许，出家人对女作家更感兴趣，他们就有许多话题要说。其中之一的马道士把自己的出家经历叙述出来，后来还刊登在《知音》上，就是在讲述这个故事时，马道士违背了道家的规矩，被下令驱逐了，林夕便将其带到大连，让我帮助他，他便借住我家半年，后来，马道士还是走了，在一个大雪纷飞的夜晚，没有留下一个纸片，就像我们不曾相识过。

记不得隔了多久，马道士又来找我们来。这次，他是有事情相求，原来他得知乡下一个10岁的女孩患有白血病，眼看就不行了，他想起我们，便匆匆忙忙赶来，让我们帮助一下。

我劝说一个商家帮助了这个10岁的女孩。其实，许多人都曾经帮助过这个女孩。在我们帮助这个女孩时，获知了姜居士就是其中之一。姜居士，那时还在规划自己如何重出江湖。以前，他暴富过，但由于一连串的事件，导致了他全面的失败了。一天夜里，他没有方向地往山里走，最后，走到一个寺院，他本想出家，被师傅拒绝，师傅说你应该有所作为，这样就可以帮助更多的人。

姜居士回来后不久，就遇到了这个患疾病的女孩，他发动许多人捐助，而就在这时，马道士就像接力赛似的接过来帮助女孩的责任，我们便介入了。

那个小女孩，还真活过来了，如今20岁了，出落为一个大姑娘了。

八年前，有一天，我与朋友去他们公司在一个县城开发的房地产项目，对那个项目经理，我几乎没有任何印象，回来途中，朋友们说这个经理心地善良，几年前救助过一个小女孩，我才对上号，这个项目经理就是姜居士。我忙让朋友给姜居士打电话，当我说出那个小女孩的名字时，他非的得让我们再回去见他一面，我与姜居士因为共同救助一个小女孩而成为挚友。我曾经对马道士与姜居士为何要出家困惑不已，他们一个信奉道教，一个信仰佛教。

姜居士后来的事业，又红火了一阵子，再后来又被他人利用了，败走麦城，然后，他就四处闯荡，他人缘极好，但终因所要干的项目太大，几个项目都先后夭折了。今年春节，正好接到另外一个朋友的电话，获悉姜居士又躲在庙里了，他在闭门思过，还是筹划未来，我就不得而知，但我知道他心地真的很善良，记得有几次，他的项目都正式运作了，还是被他人夺走了。

马道士，我后来见过一次，在一个繁华的小城市里拥有一个道观。最让我惊讶的是房间里还摆放一把古琴，墙壁上挂着一个镜框，里面的纸张已经发黄，镜框里镶的就是当年林夕发表在

《知音》杂志上的那篇文章。

在茫茫人海里，能够与姜居士与马道士结识，算是缘分，我们都有善待他人之心，只不过，姜居士一直在商海里沉浮，几上几下都很正常。多年来，马道士执着地固守一隅略有收获，而我天性酷爱自由，一个无神论者，喜欢侠客般的精神世界，游走在各地……

事实上，我们三人居住在同一个城市内，却从来没有相聚过，我们曾经不约而同帮过一个小女孩，也曾经得到过他人的无数次帮助。

我曾因为与他们相识，而分别阅读过大量的道家与佛教的书籍与资料，还曾经进行过一定的研究，补充了我对道教与佛教知识的学习与储备。我们三人，正好是当下大多数人信仰的缩影，当下信奉道教与佛教者众，无神论者，却越来越少。

假如，我们相聚过，也许，我们会握手后再举杯，但我相信我们杯里装的一定是半杯苦酒而不是可乐，或者咖啡，而半杯苦酒，其实就是我们自己的人生写照，只不过我们比他人更早地端起这杯苦酒而已……

2009 7

日	一	二	三	四	五	六
			1 初九	2 初十	3 十一	4 十二
5 十三	6 十四	7 小暑	8 十六	9 十七	10 十八	11 十九
12 二十	13 廿一	14 廿二	15 廿三	16 廿四	17 廿五	18 廿六
19 廿七	20 廿八	21 廿九	22 六月	23 大暑	24 初三	25 初四
26 初五	27 初六	28 初七	29 初八	30 初九	31 初十	

我从法源寺门前走过

说来话长，我这代人自出生后，就没有受到过关于宗教的教育，我们所受的教育，除毛泽东思想外，其他理论一概被贴上标签：不是反动理论，就是邪恶势力的自我吹嘘，宗教与迷信等同。

改革开放后，我们的基本信仰渐渐被各种理论取代，中国特色的社会主义理论就是最大的一面旗帜，上面先后写了许多口号似的主题思想，一直在我们的意识中相互代替或浮现，视情况与场合再定山呼哪种口号，就在间隙中，佛教、道教、伊斯兰教、基督教等宗教的力量卷土重来了。

大商人信佛者多，白领信奉基督，老弱病残者，也信佛。

佛学与佛教是有区别的。

不是在家供一个菩萨像，点几注檀香，就算皈依了佛门。

也不是穿上一身袈裟，会念几句经文，就自封为和尚，还有许多藏传弟子自封为活佛，他们开始了游荡中国，几乎随处可见穿袈裟者……每座城市都新建设了寺院，每当有意外突然事件发生，就总有人事后诸葛亮，说三道四，无外乎哪本经书中、哪个智者曾预言过。

两年前，曾随朋友去拜见过法源寺的大和尚，这些大和尚，是国家命名的，正宗的大和尚。

朋友在河南邯郸成安县承修了元符寺。元符寺位于成安县城西北18里之东二祖村村北（该村原属滏阳县、磁县。1945年后属成安县）。据《磁县县志》记载，元符寺始建于唐贞观十六年（公元642年），开元二十年（公元732年）在寺内建塔，安放二祖慧可大师灵骨。唐元和十二年（公元817年），昭义军监军使李朝正在塔前立碑。唐元复二年、宋嘉祐二年曾两次重新建塔。宋明道二年（公元1033年）饮赐寺名曰“广慈禅院”。元符三年（公元1100年）改今名。

据佛教史籍记载，菩提达摩来华传经，不遇高徒而面壁九载。慧可立雪断臂而求真传，是为禅宗后第一代传人。实及修行办道之静地。

但元符寺早就毁坏了。

朋友能量很大，一介书生，却要积善行德，欲做一番大事业，为了修缮寺院，他拜了许多大和尚为师，我便随他去法源寺几次，每一次去，都虔诚地拜佛，还给一诚会长跪下磕三个头，这是我一生里第一次磕头。

每当有人谈佛学或佛教，我总要问他们几个问题，这几个问题，我曾经问过许多大和尚，至今也没有一个人回答上来，其实，答案非常简单，假如阅读过赵朴初先生写的佛教几个问题的小册子，就能回答上来。

遗憾的是，背诵经文者众，修学佛教规仪并身体力行者也广泛，大多是为了求一个自己的内心安静，而忽略或几乎不懂所有的宗教，其实是一种大文化，解决个人的信仰，并以此调整个人与社会、他人与自然的关系。

我们中国人大多能谈许多关于佛教的故事与寓意，大多数人还能积善行德，这都是佛教普及千百年来的影响。

佛，在心中，而不是在别处……

2009.7

2009 7

日	一	二	三	四	五	六
			1 初九	2 初十	3 十一	4 十二
5 十三	6 十四	7 小暑	8 十六	9 十七	10 十八	11 十九
12 二十	13 廿一	14 廿二	15 廿三	16 廿四	17 廿五	18 廿六
19 廿七	20 廿八	21 廿九	22 六月	23 大暑	24 初三	25 初四
26 初五	27 初六	28 初七	29 初八	30 初九	31 初十	

打败癌症必看的十本书

在我与癌症抗击的六个月时间里，我阅读了大量有关医学常识与健康方面的书籍，这些书籍给了我重大启发，打开了我对癌症的认识之窗。

我依据对我启发大小顺序排列出10本书，推荐给大家：

《益生菌是最好的药》

《甲田式断食法》

《这样吃最健康》

《不生病的活法1》

《不生病的活法2》

《大便书》

《经络图解》

《中国健康调查报告:膳食与疾病关系的惊人发现》

《病是自家生》

《病从寒中来》

我使用友人推荐的抗击癌症的方法，均与这些书籍中主要观点相符，由此可见癌症并不可怕，我们要相信自己，为自己的健康做主。

上述书籍，均是在卓越网购买的，我这一期间共阅读200多本健康类的书籍，除这10本有重大价值启发外，其他均为常识性汇总或编辑，不值得阅读。

2009 7

日	一	二	三	四	五	六
			1 初九	2 初十	3 十一	4 十二
5 十三	6 十四	7 小暑	8 十六	9 十七	10 十八	11 十九
12 二十	13 廿一	14 廿二	15 廿三	16 廿四	17 廿五	18 廿六
19 廿七	20 廿八	21 廿九	22 六月	23 大暑	24 初三	25 初四
26 初五	27 初六	28 初七	29 初八	30 初九	31 初十	

与癌症挥手告别

经过六个月的自然养生疗法的医治，我终于可以说：

“彻底地摆脱了膀胱癌的纠缠了。”

2009年7月19日上午，我去做了一次全面的检查，除膀胱里，还有一个逐步缩小的肿瘤外，各项指标都好于常人。

“但这个肿瘤，好像休眠了”，这是医生的原话。

也就是说癌症的各种症状与表现，已经远离了我的生命，或者说，癌细胞已经失去了在我体内发展的基础。

医生，很困惑，我说了我的方法，医生，更困惑了。

我知道我的方法对传统医学来讲是大逆不道，不然，就无法解释医生的困惑了。

我这六个月的“非主流、非常规、非大众化”的自然养生疗法，使我更健康地享受着生命的乐趣，体会人生的价值，并使我不断完善自己的世界观与性格，使自己更豁达、更友善、更积极向上。

我从今天起，重归健康人的队列，可以过正常人的生活，可以工作，可以展开心的翅膀飞翔。

再此，我真诚地感谢雅昌网友的关心与鼓励，向大家鞠躬致敬！

2009.7

2009 7

日	一	二	三	四	五	六
			1 初九	2 初十	3 十一	4 十二
5 十三	6 十四	7 小暑	8 十六	9 十七	10 十八	11 十九
12 二十	13 廿一	14 廿二	15 廿三	16 廿四	17 廿五	18 廿六
19 廿七	20 廿八	21 廿九	22 六月	23 大暑	24 初三	25 初四
26 初五	27 初六	28 初七	29 初八	30 初九	31 初十	

文胸，也是艺术品

昨天，去了北京爱慕公司，看了爱慕美术馆与展览馆，毫无新意。爱慕公司是国内生产文胸的“巨无霸”企业，本应该将文胸与艺术结合起来，但他们把文胸只当女性的普通商品，我又谈了自己的观点：

“文胸，也是艺术品。”

文胸确实是艺术品，虽然，这句话我即兴而说的，但我说到了文胸的实质。我又说：

你们是为少数人服务的，艺术品，也是为少数人创作的。

文胸，也具有收藏价值，另外，文胸能记录女人的成长，除了脸上的皱纹外，还有文胸尺寸的变化，因此，这就给你们提出了新的课题，要研究男人的心理，大力推广男人给女人赠送文胸的活动，因为乳房是给少数人欣赏的。艺术品，也是给少数人欣赏的，基于这点认识，文胸其实也具有收藏价值与功能。

时装，那是给行人看的。

文胸，那是给爱人或临时的爱人看，反正不是给陌生人看的。

欣赏文胸，那是借口，关键在文胸后……

欣赏艺术品，有时，也是借口，关键要看与谁欣赏、欣赏谁、欣赏后的心态与行动。

2009 7

日	一	二	三	四	五	六
			1 初九	2 初十	3 十一	4 十二
5 十三	6 十四	7 小暑	8 十六	9 十七	10 十八	11 十九
12 二十	13 廿一	14 廿二	15 廿三	16 廿四	17 廿五	18 廿六
19 廿七	20 廿八	21 廿九	**22 六月**	23 大暑	24 初三	25 初四
26 初五	27 初六	28 初七	29 初八	30 初九	31 初十	

与熟悉的风景擦肩而过

在我每天去买菜的途中，有一个不到百米长的小巷，小巷的两排，都是临时建筑的低矮房子，居住着来自河南固始的人们。男人，大多奔波在北京一些建设工地，以收废旧物质为生，女人们就在家带孩子，这些女人大多都生三个孩子。

他们长年居住在北京，围绕着他们的是众多的小商店、饭店、缝缝补补的裁缝店、理发店、棋牌室、浴室，甚至，连自己子女读书的学校都有。

小巷的两头，都是丁字路口，东头的丁字路口尽头，一个大铁门上总有一把锁，只好左拐，再穿越一个大铁门，就进入了菜市场。

西头，也是一个丁字路口，往南不到800米就是望京科技园，摩托罗拉等世界级公司大厦一个连着一个，往北不到800米，正在修建地铁站。

在这条小巷的两排，也是房子，家家户户的门都打开着，总有许多女人站在树下干活或聊天。

我每天就穿越这条小巷，就能看到那些女人，还会看到学校门前的那些家长们。

这几天，天实在太热了，我很少再路过那条小巷。

昨天下午，我再次路过这条小巷，身前身后都有凉爽的风吹过，当我拐向菜市场后，热浪袭来，我回头仔细一望，我已经走出了那条小巷。

回来时，再穿过小巷，又感觉到凉爽了，等走到西头的丁字路口时，热浪又袭来了，原来凉爽，就在这不足百米的小巷里，我仔细地凝视这条小巷，才发现家家户户门前都有一棵大杨树，凉爽的风，就从树下飘来。

他们栽下了这些大树，他们知道这些大树会带来凉爽的风，他们才会每天清晨，在家门前洗衣服、抱孩子、聊天，他们也许不关心几十米外的铁路上不时驶过的列车，对北五环以南的望京，不会暗生嫉妒之心，他们安分地生活在这条小巷里，晨闻鸟语花香，傍晚看夕阳西落，而我在此生活五年了，才第一次注意到那些大树，这些大树与这些女人，我每一天都能看到，却从来没有把他们当做风景，也从来不认为他们是风景，便匆匆忙忙与他们擦肩而过……

2009 7

日	一	二	三	四	五	六
			1 初九	2 初十	3 十一	4 十二
5 十三	6 十四	7 小暑	8 十六	9 十七	10 十八	11 十九
12 二十	13 廿一	14 廿二	15 廿三	16 廿四	17 廿五	18 廿六
19 廿七	20 廿八	21 廿九	22 六月	23 大暑	**24 初三**	25 初四
26 初五	27 初六	28 初七	29 初八	30 初九	31 初十	

岁月回望

我站在画廊里的一个角落，等待著名摄影家李永军的《迁徙与回望摄影作品展》开幕。

嘉宾们站成一排，都是显赫人士，与嘉宾面对的人群中，也有显赫的人士，但这些人士没有站在嘉宾队列。

墙上是李永军拍摄的一幅幅摄影作品，国内外风光居多。

国内顶级写实画派最为知名的几个代表艾轩、杨飞云等，也站在嘉宾序列。

这几个写实画派的代表，正在巅峰时刻，却很低调，摄影家更低调，他陪同几个知己看自己拍摄的作品，这些作品的背后都有一个故事。

我格外喜欢他拍摄的一幅草原景象，满天空的乌鸦，我同李永军那幅作品是如何拍成的。

这些风景知道陌生人才会喜欢他们，如果他们会说话，他们一定会大声说：

“只爱陌生人。”

那几个写实派画家，也仔细地凝视这些风景。

这些地方，他们也基本都去过，他们也拍摄过众多作品，但他们的视线与摄影家的视线不同。

他们，也只爱陌生人。

诗人，也如此。

即使是地铁站里的流浪歌手，也只爱陌生人。

我凝视着窗外，大雨纷纷，汽车疾驶而过，车流声，飘来飘去。

画廊里观众簇拥着，几个干净利落的男服务生，一身黑色的服饰，他们可比小沈阳帅多了，但现在是“恶搞”的时代，小沈阳好像麻醉剂，让大家暂时忘记了各自的烦恼。

摄影家的家属，在对朋友讲解作品，我一看就知道她是摄影家的妻子，看她那个自豪劲，此时，她才感觉到幸福，就像口渴时看见了清泉，走累时，有人递过来一把椅子，下雨了，一把伞打开了，她满脸笑容，旁边的外孙子，却满脸严肃的表情，看众多人走来走去。

我站在画廊的角落，倾听摄们影家的许多朋友对作品的评价，这些朋友能指出这些风景何时何地拍摄的。

这些人是摄影家的部下与同事，一晃几十年过去，摄影家作品里衬托出他们的友情与人生的足迹。

我不时看见我的朋友阎文莉，她是这家“伴行画廊”的主人，她也很低调，站在一个角落，忙碌了多日的展览，在七月这个多雨的季节如期举办。

她很开心，尽管她含蓄的微笑里，没有呈现出得意洋洋，但她眼睛里充满着幸福，20多年的岁月，转眼就过去了，这也是大家难得的一次回望……

2009 7

日	一	二	三	四	五	六
			1 初九	2 初十	3 十一	4 十二
5 十三	6 十四	7 小暑	8 十六	9 十七	10 十八	11 十九
12 二十	13 廿一	14 廿二	15 廿三	16 廿四	17 廿五	18 廿六
19 廿七	20 廿八	21 廿九	22 六月	23 大暑	24 初三	25 初四
26 初五	27 初六	28 初七	29 初八	30 初九	31 初十	

陌生为美

艺术创作，与谈情说爱有相似之处，就是以陌生为美。

陌生，具有诱惑力，陌生，具有创造力，陌生，具有吸引力，可以颠覆你的思维、你的激情、你的技巧与行为。

陌生，还是一个新的起点。

有了新的起点，才能有一个新的方向，有了方向，就会有对未来的勾勒与描绘，然后，就会锁定目标，努力去实现。

陌生为美，古人早就得出了这样的结论：

“天下皆知美之为美，斯恶已。”

美，在于发现，更高的境界，在于再现。从发现到再现，是一个漫长的过程，有的人发现得早，却一生难以精彩再现，有的人幸运，发现后，试图再现，十几年内就形成自己的独特语言与图式。

陌生为美，这就需要距离，需要时间，需要心静如水，需要自己专心，一心一意，而不是走马观花，指鹿为马……

2009 7

日	一	二	三	四	五	六
			1 初九	2 初十	3 十一	4 十二
5 十三	6 十四	7 小暑	8 十六	9 十七	10 十八	11 十九
12 二十	13 廿一	14 廿二	15 廿三	16 廿四	17 廿五	18 廿六
19 廿七	20 廿八	21 廿九	22 六月	23 大暑	24 初三	25 初四
26 初五	**27 初六**	28 初七	29 初八	30 初九	31 初十	

我爷爷与他的爷爷

本文纯属个人杜撰，请勿对号入座。

我爷爷生在大河这一边，他爷爷生在大河的那一边，他们曾在一条河里“狗刨”过，摸过鱼、抓过虾，还经常一起在村里村外打过架。

最后，他们因为同时看上一个从河边走过姑娘打了起来。那个姑娘，那时在他们心中就是天使，其实，他们长大后，才发现那个姑娘很普通，但那时他们认为她是天使，值得为这个天使付出生命。

我爷爷的辫子剪下了，他爷爷剪下去辫子时，还说了大话，这些话现在流行曰为宣誓。那时，也就胆子大些，随性子喊了几嗓子，然后，他们一起抗着各自家中的锄头，出发了，他们去革命了。他爷爷入党了，国民党，我爷爷在旁边看。他们穿一样的军服，在一个领袖指挥下，奔赴战争……

再后来，我爷爷也入党了，共产党，他爷爷当官了，国民党的官。

后来的后来，我爷爷与他爷爷同时出现在一个战场上，真是一生的遗憾啊，他们没有在战场上相见，自然，他们都活下来了。

我爷爷进城了，他爷爷出国了。

我爷爷来了北平，他爷爷去了一个比小时家乡那条大河还宽的岛屿。

我爷爷和他爷爷，是那个村的孩子们崇拜的偶像，只不过一个是英雄，一个是狗熊，轮流换。

我爷爷当官了，他爷爷经商了。

我爷爷的孩子参军了，他爷爷的孩子出国留洋去了。

我爷爷的孙子腐败了，他爷爷的孙子当上了美国的议员了。

我爷爷的孩子与他爷爷的孩子一辈子都是敌人，他们几乎就根本不认识，他们为了各自的主义，有了各自的旗帜，旗帜下有了各自的宣言，他们吃的都一样，穿的服装却不同，他们都说中国话，写出来的文字，却不一样。

我爷爷的孙子与他爷爷的孙子不再是敌人，他们几乎也不认识，他们没有了各自的主义，自然也没了各自的旗帜，他们都信奉利益可以调整一切，国恨家仇也可以忘记，60年的恩怨，几个大人物，一握手就抹平了，他们还微笑地对全世界说我们中国是一家人。

如果我爷爷还活着，他一定颤微微拿起早就锈死的那把锄头推门而出了，如果他爷爷还活着，他肯定也愤怒地想抓起挂在墙上多少年那把大刀，但他已经没有那么多的力气了，他们是否曾经想过彼此，我不知道，但历史留下来的文献记载好像他们从未真恨过，他们实际上也不懂北平改叫北京与过去有什么不同？他们的孩子更不明白了一个岛屿怎么可以富过一个国家？他们的孙子懂了资源整合的优势，而资源整合是无国界的。

好人与坏人，曾经是我们区别人类的唯一尺度，现在是不好不坏的人通行世界。

60年过去了，那条大河里没有了水，都是河沙，这沙子被一群群曾经抗着锄头革命先辈孙子的儿子盖成了大厦，不仅北平改叫北京了，许多城市都改了名字。现在，一个大楼就是一个广场了，一个房子就是一个花园了，我们天天生活在花园里，花园里没有一朵花，我们天天工作在广场里，广场里却连一个长廊都没有。

60年，这个国家，还是那个国家吗？

我爷爷早就不想这个问题了。

他爷爷也不想了，他爷爷想的是如何回到故乡。不然，灵魂不踏实啊。

我爷爷的后代们，也不想国家了，国家就是自己的家，东西不拿白不拿，你不花别人花，花了也白花，拿了也白拿，大不了倒霉被抓后脑袋掉了碗大的疤。

2009 7

日	一	二	三	四	五	六
			1 初九	2 初十	3 十一	4 十二
5 十三	6 十四	7 小暑	8 十六	9 十七	10 十八	11 十九
12 二十	13 廿一	14 廿二	15 廿三	16 廿四	17 廿五	18 廿六
19 廿七	20 廿八	21 廿九	22 六月	23 大暑	24 初三	25 初四
26 初五	27 初六	28 初七	29 初八	30 初九	31 初十	

站在渤海这一端

此时，站在渤海边，但这里不是我的家乡，与家乡还很远，在海的那一边是我的家乡。

李军是我的好朋友，他在葫芦岛。

我到他这里做客，我俩畅谈未来。几年前，我们曾多次行走在葫芦岛附近的几个城市，后来，我们一起回到北京，再后来他回大连，再去沈阳，从沈阳再转到葫芦岛，他很有才华。 2009.7

下午，他陪同我去看大海，逛大街，看匆匆忙忙人群走过，看不出这座城市的个性，如同大街上的人群没有了个性一样，一样的服饰、一样的发型、一样的配饰、一样的汽车或其他交通工具，一样的商业橱窗……

房子建的都很洋气，但不远处就是荒凉之地，到处都是工地，到处都是诱惑人的标语口号。

晚饭，吃了点蚬子，很久没尝到蚬子的味道了。

理论上讲，我出生在渤海边上的营口，但我对渤海从来没有任何印象。我爷爷家与我姥爷家，隔村相望。

不足百天，我就被父母带到了东北一座煤矿城市，在那里生活了18年。

对我出生之地，我只记得有那么一条很宽、很宽的大河，我爷爷带我去那河上，我那时八九岁，爷爷也就不到五十岁，他撒下一张渔网，然后，就有了鱼吃，这是我爷爷留给我唯一清晰的影像。

我八九岁时被送回老家读书，当时，中苏关系恶化。

许多事情都记不得了，我只记得：

我奶奶坐在一棵大枣树下。

我姥姥整天织芦苇席子。

我姥爷赶着一辆牛车送我到村口的那个汽车站点，中苏不打仗了，我就回东北了。

我的家不在“东北松花江上”。

但我对老家有深刻记忆，大多是通过阅读而来，我知道清朝末期，许多后来成为大人物的人，都曾经在这片土地上拼命厮杀，我最敬佩的张作霖，就在此地聚集当时被看做是乌合之众，后来被证明个个是英雄好汉“愤青”们，打出自己的旗号……

25岁时，我回到了大连，大连与营口大约不到200公里，但这200公里，就将我定义在外来人的身份上。

事实上，东北大多数人都是外来人，外来人，有勇气与决心四处闯荡。

尽管，我没有在我出生之地长大，但毫无疑义地说我继承了大海、大河、大草原的性格，后来又在大煤矿、大工厂呆过，使我的性格逐渐形成了。

许多人与我一样，生我之地，非养我之地，但我们的骨子里有故乡的精神，言行里有故乡的影子。

我望了望了窗外，故乡就在不远处，而我再次路过，那里没有我的任何记忆了。

我的爷爷我的奶奶我的姥爷我的姥姥离开了这个世界，还有那些曾经叱咤风云的人物都被淹没在故纸堆里。

故乡，是我父母的牵挂而不再是我的。

我开始像当年的父母们惦记我的孩子，而我的孩子，既没有出生在这个地方，也没有长在这个地方，我的故乡，是孩子陌生的地方，也许，再过不久，就没有谁记得我出生在什么地方这样的问题了。

城市化进程，加快了更多的人离开家乡，但新的居住地是别人的家乡，无数的人，开始瞪大了疑惑的眼睛，还会有更为庞大的人群，在不久寻找自己关于故乡的记忆与影像。

也许，那时，他们与我今天一样，略过故乡上空的云彩，一 2009.7
片灰蒙蒙的，没有了大海、没有了大河、没有了鸟语花香、也没有了一棵枣树，他们也许会停下，却找不到任何记忆中的景象，也许，他们会像我一样无数次路过，而没有停下……

2009 8

日	一	二	三	四	五	六
						1 十一
2 十二	3 十三	4 十四	5 十五	6 十六	7 立秋	8 十八
9 十九	10 二十	11 廿一	12 廿二	13 廿三	14 廿四	15 廿五
16 廿六	17 廿七	18 廿八	19 廿九	20 七月	21 初二	22 初三
23 处暑 30 十一	24 初五 31 十二	25 初六	26 初七	27 初八	28 初九	29 初十

《蓝城》与浪漫的实质

上世纪八十年代末期，曾经有一本书很畅销，名叫《蓝城》，作者好像是是胡小胡。

《蓝城》的大背景是大连，具体人物与故事框架发生在一家大型国营企业大连玻璃厂，而我就曾经在这家工厂工作过，对书中的情节与人物我都很熟悉。

这次回到家乡，到处都是人，尤其在海滨，用“蝗虫”的比喻，非常贴切。

昨晚，与一个朋友畅谈人生理想，我又讲述了我的爱情主题公园的梦想。我认为家乡真的缺少这个创意。据说，开发区有一家房地产公司在自己的楼盘里有一个类似的爱情公园。爱情主题公园，是我1995年就构思好了的，1998年，家乡媒体上对我的构想有过报道，当时，大连星海湾停靠一艘当时国内最著名的退役游轮，我对这艘游轮曾尝试过部分构想，后来，这游轮被拖走了，此事，就不了了之。

多年来，对爱情主题公园的构想，我痴心不改。

浪漫的实质是爱情，爱情人人都拥有，人人都需要，爱情，也是没有标准的精神需求。

崇山峻岭与大海，是为数极少的几个爱情极致的象征之地。

青春少年与人到中年，都是爱情诞生的关键时期。

爱情与国籍与年龄，没有多大关系，与财富有点联系，但不是关键关系，大家容易把婚姻的构成与爱情混为一谈。国王的爱情，永远赶不上流浪汉爱情的丰富与完美，更无法与江洋大盗的爱情相比，权力与金钱在爱情面前失去了权威。

爱情，是心灵的反应与行为。

女人一过四十岁，对爱情又会产生一次渴望，她们更加相信爱情的存在。

爱情肯定存在，我也这样认为。

但爱情到底是什么？

每个人有不同的概念与解读。

月光下，沙滩上漫步，海水的潮涨潮落，这是文学作品里经常用来描述爱情的场景，还有车站、草原、酒吧、旅馆，长途跋涉时的偶然相遇，将爱情涂抹成诱人的色彩，世世代代演绎着关于爱情童话的版本。

男人一过五十岁，对爱情也非常渴望，并愿意将自己的爱情进行到底。

男人们初恋时大多都不懂爱情，但那是上个世纪的往事，现在，好像人人都懂爱情……

2009 8

日	一	二	三	四	五	六
						1 十一
2 十二	3 十三	4 十四	5 十五	6 十六	7 立秋	8 十八
9 十九	10 二十	11 廿一	12 廿二	13 廿三	14 廿四	15 廿五
16 廿六	17 廿七	18 廿八	19 廿九	20 七月	21 初二	22 初三
23 处暑 30 十一	24 初五 31 十二	25 初六	26 初七	27 初八	28 初九	29 初十

第二次生命

以前，我也常说许多关于生命的警句与名言，但那是他人的警句与名言，而我只是复述。

这次回到家乡，见到许多朋友，大家看到我健康活拨地站在他们面前，都说是奇迹，而我也认为真是奇迹，奇迹在于我没有采纳当今主流的治疗癌症的方法与途径，奇迹在于我健康活泼地享受生命的乐趣，奇迹在于友谊与友爱给予我的精神力量与援助，奇迹在于我真正地理解了健康、亲情、友情，才是人生的财富，其他都是身外之物。

第二次生命，就这样接着沿续，还有许多梦想，许多关于未来的童话，等待我续写，第二次生命，就这样推开崭新的一扇大门，我快乐地与大家分享生命的快乐。

我从来没有抱怨为何自己得了疾病。而是充满激情与自信，在眺望远方。

假如，生命可以再选择一次，我也不懊悔我曾经的生活方式与行为，哪怕，有许多很荒唐行为与失误，但那是我成长的年轮，是我生命必须付出的代价，我是一个存在于社会中的人，一个逐步成长与发展的人，一个敬仰英雄也渴望自己有一天也成为有所成就的人，而所有的曾经荒唐的行为与失误，就是我生命的基因，是我与他人区别的标志。

我幸庆自己多年来一直把友谊友情与友爱当作人生的财富，我愿意付出而从来不苛求回报，当我需要帮助的时候，有众多朋友挺身而出，他们给予我极大的支持与鼓励，我的第二次生命就是众人的帮助下怒放。

2009.8

2009 8

日	一	二	三	四	五	六
						1 十一
2 十二	3 十三	4 十四	5 十五	6 十六	7 立秋	8 十八
9 十九	10 二十	11 廿一	12 廿二	13 廿三	14 廿四	15 廿五
16 廿六	17 廿七	18 廿八	19 廿九	20 七月	21 初二	22 初三
23 处暑 / 30 十一	24 初五 / 31 十二	25 初六	26 初七	27 初八	28 初九	29 初十

我为何不相信医生了？

下午，在咖啡馆里，陈立人赶来，他父亲患病，我们在一起交流一下经验。

隔壁，有一对姐妹，也在聊天，妹妹怀疑得了癌症，我听后觉得应该提出我的建议，便将自己的心得体会告诉她们，主要的观点：

就是不要相信医生，而要相信自己，要乐观、坚强勇敢面对。

我曾经很相信医生，后来胃大出血，医生建议必须手术，等切开后，才发现诊断错了，胃被切去2/3。

我也曾经左乳房增生，最后长成桃子大小，去了许多医院，见了许多医生，几种方案都认为必须切除我的乳房，我拒绝了，后经过一个朋友介绍吃了点药，就好了。

我曾经出车祸，头将前风挡玻璃撞碎，当时只是额头上有一个大包，没当回事情。五年后，突然，有一天站不起来了，看了许多医生，均没有解决，一些医生建议做手术，我不同意，也是经过朋友介绍，以正骨的手法，将已经错位多年的五节颈椎扶正……

当我患有癌症后，我便不再相信医生提出的手术及术后放化疗方案，也是朋友介绍采用另外的方法。

隔壁这对姐妹俩，告诉我她们去一家医院，医生用手摸了摸，就断定是癌症。

这真是天下最荒唐的事情，把这对姐妹吓的半死，妹妹从此忐忑不安。

我将自己的体会告诉她们，她们好像突然明白了生命其实掌握在自己的手中。

其实，现在的医生们，也怨不得大家不相信你们。你们，还

2009.8

固守着过时的知识来行医，这些知识，大家都基本了解了。

再说，生命很复杂很神秘，她不是一个个标准件组装而成，生命中的几大系统，都有至今不被人类认识的众多奥秘，还有人类的精神力量，很强大，人的求生欲望很坚强，在关键时刻，也可以扭转一个人的命运。

近日，见到朋友，我就建议大家别太在意物质追求，要把健康放在第一位，健康才是财富，其他都是身外之物。

健康，医生给予不了我们，生命，也不是医生给予我们的。

因此，我们要珍惜自己的生命，要自己做主，快乐生活每一天。

2009 8

日	一	二	三	四	五	六
						1 十一
2 十二	3 十三	4 十四	5 十五	6 十六	7 立秋	8 十八
9 十九	10 二十	11 廿一	12 廿二	13 廿三	14 廿四	15 廿五
16 廿六	17 廿七	18 廿八	19 廿九	20 七月	21 初二	22 初三
23 处暑 / 30 十一	24 初五 / 31 十二	25 初六	26 初七	27 初八	28 初九	29 初十

回北京途中

9日下午，在咖啡馆里被空调的风，吹感冒了。

在家乡住了大约半个月，13日下午，启程回北京。

第一站，就停留在大连经济技术开发区，与知己大成先生畅谈过去、现在与未来。

与大成相识20多年，很难得的友谊，成为我生命中的一个章节。

在家乡期间，与众多朋友见面了，大家一直认为我恢复的很好。

事实上，我确实恢复的很好，我在众多成功者的基础上，将行之有效的方法归纳为我自己的“以神养生”。

其实，妈妈早就知道我的病情，而我还瞒她。昨晚，我与妈妈谈的很开心，妈妈握紧拳头对我说：你一定要乐观，你一定会打败癌症的。你不会有事情的。妈妈就是把房子卖了，也要救你。

妈妈眼里不时落泪，而我强装出无所谓的样子。

癌症，可怕吗？可怕。

癌症，是绝症吗？

我说：不是！

癌症，给予癌症患者一个理性思考生命或以什么方式结束生命的时间段，而这时间段却让人万分感慨人生的艰难与活着的美好，不身临其境，无法体会生命的价值与意义。

明天早晨，下一站，是我的籍贯与生我之地，却从来没有成为我家乡的营口。

我要继续前行

2009 8

日	一	二	三	四	五	六
						1 十一
2 十二	3 十三	4 十四	5 十五	6 十六	7 立秋	8 十八
9 十九	10 二十	11 廿一	12 廿二	13 廿三	14 廿四	15 廿五
16 廿六	17 廿七	18 廿八	19 廿九	20 七月	21 初二	22 初三
23 处暑 / 30 十一	24 初五 / 31 十二	25 初六	26 初七	27 初八	28 初九	29 初十

真不差钱：环渤海湾游人如织

上午九时离开大连开发区，穿过鲅鱼圈、葫芦岛，再到兴城，到处都是游人，自驾车更多，我看到“藏”字头的车牌，这车来自西藏。

在大石桥与一个当地企业家见面，他购买了这个县级市的公交车系统，拥有500辆公交车，开了全国公交车系统的先河，

路过盘锦，那一大片湿地，是盘锦最亮丽的名片。

还有20公里，就到葫芦岛了，大堵车，不到2公里路程走了两小时，原来这段路在大修，五花八门的车辆真壮观，我突然想起小时中国人最为自豪的几句话：

烟囱林立，机器轰鸣。

现在，是各种七丑八怪的建筑物林立，机器（汽车马达）都在道路上轰鸣。

一路走来，越是开放的区域，环境越差，而大家却越为之向往。

现在，大多数中国人家里，除了有房子、有车子外，好像其

他都丢失了：

比如，读完大学找不到工作；

比如，健康的生活环境，健康的饮食材料；

比如，蓝天、河流，新鲜的空气；

遗憾的是我们并没有为此悲伤，还为房子价格上涨带来的虚拟增值而自喜。

本想在葫芦岛停留一晚，却找不到住的地方，只好再接着去兴城，兴城也是人满为患，从大连到兴城，环渤海湾到处都是游人。

游人真傻啊，口袋里的钱会越来越少的，赶快握紧吧，别再花了，还不知何时能摆脱经济萧条的阴影，窃不要认为明年口袋里的钱就会多起来，那是一个童话而不会是事实，不是“真不差钱”，而是从南到北，中国到处都差钱啊……

2009 8

日	一	二	三	四	五	六
						1 十一
2 十二	3 十三	4 十四	5 十五	6 十六	7 立秋	8 十八
9 十九	10 二十	11 廿一	12 廿二	13 廿三	14 廿四	15 廿五
16 廿六	17 廿七	18 廿八	19 廿九	20 七月	21 初二	22 初三
23 处暑 / 30 十一	24 初五 / 31 十二	25 初六	26 初七	27 初八	28 初九	29 初十

“收心”难啊

8月15日，下午三时。

我推开自家的大红门，抬起头，看六米高的天花板，再凝视房间里的艺术品，这些艺术品，好像久别的知己，很亲切地与我对望。窗外，传来阵阵蝉鸣，略微休息后，轻轻拂去桌子上的灰尘，我生活在一个随时可以眺望天空的房间里，这非常难得了，也导致我离开家里一段时间后，格外想念我的北京生活。

今年，第一次长途驾车1200公里，去了大连开发区、鲅鱼圈、大石桥、盘锦、葫芦岛、兴城，一路走来，心情非常复杂，开发的速度太快了，环境破坏的太厉害了，尤其是劈山、填海，到处都是建设工地，路上拥挤的汽车。

每个城市都是这边建设，那边拆除，拆了真的盖假的……

好像大家都富裕了，有房有车有了学历，但收入并没有增加多少，大家的身心远不如我们的父母那代人健康。

从14日中午到15日下午，除了喝几瓶水、吃了几个桃子外，我再没有吃什么食物，驾车1200公里，体力充沛，让我喜出望外。

给大成等朋友发了短信，又打了几个电话。

人，是回来了，但心还需几日才能收回来。

2009 8

日	一	二	三	四	五	六
						1 十一
2 十二	3 十三	4 十四	5 十五	6 十六	7 立秋	8 十八
9 十九	10 二十	11 廿一	12 廿二	13 廿三	14 廿四	15 廿五
16 廿六	17 廿七	18 廿八	19 廿九	20 七月	21 初二	22 初三
23 处暑 30 十一	24 初五 31 十二	25 初六	26 初七	27 初八	28 初九	29 初十

健康才是财富

回到北京后，第一件事情，就是去洪尘家打通经络，连续做了六个多小时。前几天，我感冒了，又驾车1200公里，身体上略微有些疲倦，今天早晨起来后，疲倦感消失了。

大约在10年前，我就过着一种平淡的无拘无束的生活，但我还是没有摆脱疾病的光临，好在，我第一时间里主观控制了医治的方案，才有了我今天的体能与状态。

健康是财富，似乎大家都知道，却很少有人去珍惜。

房贷、车贷、国外旅游、孩子国外读书，提前过上好生活，这是当下中国人拼命的动力之一。长期的压力与紧张必然导致身体的过度透支，再加上商家们过分渲染了美食美味的功能，将大量的色素与添加剂用在加工过的食品里，长此以往，我们的身体遭遇到从未有过的污染，精神信仰的缺失与飞速变化的社会，也在一定程度上影响了我们的心灵，有时，我们真的茫然不知所措。

癌症后的老布依然活力四射，在青海湖的草原蓝天下飞翔

不是无路可走，而是十字路口太多，很难找到准确的方向。

健康是财富，没有了健康，其他都将失去。

健康，是唯一不可持续增长的财富，健康也是我们生命的基础。

不要再奔波了，不要太劳累了，不要与他人比，如果要比，就比谁最健康。

你还有多少财富？

你的财富由谁做主？

也许，你还不知道，但我告诉你：

你的财富由健康做主，你是否健康，你不一定知道。

那就让我们从改变自己的生活方式开始，从饮食习惯改变，尊重生命，就是尊重自己。

2009 8

日	一	二	三	四	五	六
						1 十一
2 十二	3 十三	4 十四	5 十五	6 十六	7 立秋	8 十八
9 十九	10 二十	11 廿一	12 廿二	13 廿三	14 廿四	15 廿五
16 廿六	17 廿七	18 廿八	19 廿九	20 七月	21 初二	22 初三
23 处暑 / 30 十一	24 初五 / 31 十二	25 初六	26 初七	27 初八	28 初九	29 初十

广岛之恋

昨晚，应朋友之邀，去国贸附近新开张的一家麦乐迪聚会，这样的活动，两年来这是第二次参加，灯红酒绿处，我是一杯白水，美味佳肴对我来说已经没有存在的意义，而五个K歌的女孩子，三个24岁，一个29岁，一个30岁，而三位男士就做在沙发上听。

全是情感怀旧的歌曲，一个比一个唱的好，许是在唱自己？

几乎，都是那几个女歌星的曲目。

这家新开张的麦乐迪，营销确实有一套，把美食作为了招牌，凡在此吃饭者，均免费K歌，抢了酒家的生意。

三男五女的比例，不协调，而我几乎就成了一个虚伪的道士与和尚，自然，我还是开口调侃许多，算是尽了自己的努力，让气氛活跃些。

“赚钱，要像银行家，生活，要像艺术家。”

这是我的一句祝福。

临近凌晨，当主人对唱一曲《广岛之恋》后，我们就了站起来，各自回家。

夜里，穿越繁华的街道，怎么也还原不了李自成当年闯进来的那种景象与痕迹。

如果，那时就有麦乐迪这样的场所，还有《广岛之恋》的歌声，李自成，也许就不闯荡江湖摇旗呐喊了，而是躲在家乡米脂县城里，美食美色一生，岂不快哉？不过，话又说回来了，美食美色，自古，就是宦官达人享受的，商人有能力享受，国外是资产阶级形成了强大的势力后，随着“情人”这个词诞生才逐渐形成一种时尚，而国内何时出现这样的趋势？我不知道。

这回是真的不知道，看架势好像颇有浪漫之内涵，本质上还是一种吆喝一种炫耀……

2009 8

日	一	二	三	四	五	六
						1 十一
2 十二	3 十三	4 十四	5 十五	6 十六	7 立秋	8 十八
9 十九	10 二十	11 廿一	12 廿二	13 廿三	14 廿四	15 廿五
16 廿六	17 廿七	18 廿八	19 廿九	20 七月	21 初二	22 初三
23 处暑 30 十一	24 初五 31 十二	25 初六	26 初七	27 初八	28 初九	29 初十

男人的泪水贵如金

大概，只有我知道，这支歌曲唱罢后，他们就会慢慢各自回归自己的生活了，但他们俩都没有任何暗示，好像一如既往，情真意切，犹如最初相识与相爱的时候。

确实找不出一个借口，他们很般配，但好像在他们之间有一个隐形的玻璃门，彼此眺望总比一生拥有要好，况且，现在，还有几人相信彼此的承诺？

夜幕下，灯红酒绿，每一个瞬间里，都有无数的旧爱新欢的分别或相识。 2009.8

无论谁，都不再像文学作品里的主人公那样坚信对方就是自己的最爱，好像，只剩下了浅淡的情感，借助于欲望的发酵，或为了忘记一段旧爱，而再次踏入情感的漩涡。其实，大家都清楚这是一场游戏，却从来都模仿“一生一次，一次一生”的经典情节复制，无非，在不同的城市，或同一个城市里的不同背景下，他们转过身去，就会彻底地放弃，无论谁提出或不提出，都已经结束了。

分手，没有仪式，也从来不需要仪式。

分手后，有一个短暂的回忆片刻，也许，一方要休息一会，让大脑与居住的空间里所有的痕迹，慢慢随岁月消逝，也许，一方早就做好了准备，又充满激情推开了另外一扇门。

千万不要责怪！

当下，男女真的平等了，女人，也会匆匆忙忙地推开另外一扇门的。

历史中的牌坊，被黄昏时的残阳与游客的涂鸦，构成了一幅又一幅抽象画的局部，每一个过客都会仔细凝视几眼，再浏览一下自己的情感记录，却从来没有一个人会在牌坊前哭泣，几乎都是嘻嘻哈哈走过……

我还是赞赏男人挥手而去的精神与背影的，泪水，怎会在女人面前落下？尤其，当情感已经结束的时候，男人的泪水贵如金。

我们年轻的时候，都曾经有过这样的尾声，只不过我们不一定是在繁华城区，在山野、海滨、回家的路上，或邮差装的满满的邮包里，就有一封分手的诀别信，我还是喜欢时光缓慢的岁月，而不是现在快节奏的生活。

我望了望他，他也看了看我，我们各自走了。我在回家路上时，他已经推开了房门。他的房子很大，但只是房子，而不是家，我的房子很简陋，但却是充满温馨的家，我与他的区别，还不仅仅在于这点，我还自由自在，而他明天早晨又开始了紧张而忙碌的工作。

男人，总是愿意挺直自己的腰板，其实，大家都知道挺直腰板，还真的很不容易，正因为不容易，男人才舍得一切努力去挺直腰板，而每一个挺直腰板的男人旁边，总是有娇美的女人……

2009

日	一	二	三	四	五	六
						1 十一
2 十二	3 十三	4 十四	5 十五	6 十六	7 立秋	8 十八
9 十九	10 二十	11 廿一	12 廿二	13 廿三	14 廿四	15 廿五
16 廿六	17 廿七	18 廿八	19 廿九	20 七月	21 初二	22 初三
23 处暑 30 十一	24 初五 31 十二	25 初六	26 初七	27 初八	28 初九	29 初十

8

去爬山去看海去幻想未来

昨夜，接近零时，万家灯火，我驾车从西四环回家，如风疾驶。

最近，驾车沿着渤海湾旅行，看海爬山，偶尔还去一些娱乐场所，与几个朋友畅谈我的艺术理想，心情与写作感觉，都恢复了原来的状态，我又展开了幻想的翅膀，翱翔在理想的天空。

阅读了几本小说，总结了八个月的养生体会，还将暂缓的写作捡了起来。

新生活，在秋天时开始。

2009 8

日	一	二	三	四	五	六
						1 十一
2 十二	3 十三	4 十四	5 十五	6 十六	7 立秋	8 十八
9 十九	10 二十	11 廿一	12 廿二	13 廿三	14 廿四	15 廿五
16 廿六	17 廿七	18 廿八	19 廿九	20 七月	21 初二	22 初三
23 处暑 / 30 十一	24 初五 / 31 十二	25 初六	26 初七	27 初八	28 初九	29 初十

如果你愿意，你就有希望

每个人的生命都只有一次，生命掌握在自己的手中，而不是医生或医院。

我们相信医生与医院具有较高的医治疾病的水平与手段，但生命又是独特的个体，有自己的基因密码与成长背景与环境，因此，医生与医院所拥有的普及性医治手段与方案，并不能有效地解决每个人的问题。事实上，疾病也是生命的必然现象，这是不可以避免的。

病由心生。

生活方式与饮食习惯导致疾病的发生与形成，还有环境与心理的因素，这些早就被医学常识所证实。

现在，我们面临的问题是当我们的身心出现问题时，我们该相信谁？

我的回答是：

相信你自己的亲身体会，而不是专家或学者的理论，更不是流传很广的奇迹与病例。

病从哪里来，就去那里寻求解决问题的方法与途径，这就是我的养生方法。

我是一个按照自己的感觉与感受来控制生命进程的实践者。在我生命出现危机的情况下，我理性分析与判断后采取的方法，具有实效性。也可以这么说，即使是专家，也惊讶我的方法与他们方法的不同之处所产生的效果，他们疑惑或质疑都很正常，他们所学到的知识无法解释与解读。他们排斥我的方法，但我的方法确保了我的生命。他们当然会说：还需要时间验证，但我说：与我同时患病的许多人已经去了天堂，而帮助他们推开天堂大门的正是这些医生，即使有一天，我也去了天堂，我也要自己打开天堂的大门……

其实，我的养生方法非常简单，每个人都有能力做到：

彻底抛弃原来的生活方式与饮食习惯。

益生菌活化剂：已经食用了八个月，每天三次

经络打通：28次，每次5小时以上

五行蔬菜汤与糙米茶：最初，每天各6包，现在每天各4包

远离人群密集场所、加油站、高辐射区域

听音乐、想开心的事情、阅读书籍与欣赏艺术品

与好朋友聊天、谈话或外出活动，微笑地看一切

早睡早起，培养良好的生活习惯，放弃过多的欲望与想法，过简单、简约、简朴的生活

每天两顿饭：

主食：25种杂粮混为一起煮饭，再配以煮玉米、地瓜、土豆、花生、胡萝卜等根部蔬菜。

副食：凡能生吃的蔬菜全部生吃，每天多吃水果与新鲜蔬菜。

凡养殖的肉类、鱼类、其他水产品、蛋类一概不吃。

不吃反季蔬菜与水果。拒绝各种调味品。拒绝加工过的食品。拒绝油炸、油煎、熏制、腌制等食品。凡是白色食物一概不吃：白米、白面、牛奶、白糖等。

不吃任何剩下的饭菜。

拒绝酒精类、咖啡因类饮料，拒绝各种饮料与液体。只喝白开水。

备注：我一个朋友的妈妈，患有**癌症，在当地确诊后，又来北京301医院进一步确诊为**癌症晚期，医生提出的几个建议，家人均不满意，便特意找我，仔细询问了我的医治过程，并让我写一段文字。

日	一	二	三	四	五	六
						1 十一
2 十二	3 十三	4 十四	5 十五	6 十六	7 立秋	8 十八
9 十九	10 二十	11 廿一	12 廿二	13 廿三	14 廿四	15 廿五
16 廿六	17 廿七	18 廿八	19 廿九	20 七月	21 初二	22 初三
23 处暑 30 十一	24 初五 31 十二	25 初六	26 初七	27 初八	28 初九	29 初十

在家的“和尚”

修身养生，是我当下的主要任务，听佛乐、佛经，阅读《道德经》，每日打通大小周天，忙的我不亦乐乎，日程排的满满的，偶尔，到望京逛街，便成为了奢侈的行为，很多朋友称我为“和尚”。如果按生活起居的标准看，我比“和尚”的行为还严格，但我居住在人世间，而“和尚”是不管俗世的事情的，我也就算一个在家的“和尚”。

但我远不如“和尚”，他们的信仰比我虔诚，我是大难临头才被迫觉悟，他们的善心是自觉自愿的，而我还是有功利心的，他们比我六根清净，我时不时还惦记起我的许多欲望，其实，这些欲望即使实现了，我还是我，但我还是舍不得都放弃。

但我也有比“和尚”崇高地方，有些“和尚”还是企图大家的施舍，而我却没有，有些“和尚”还是诱导众生对其的敬仰，试图形成自己的信徒势力，并从中获得荣誉与功德，而我现在是一个半介书生，清心寡欲的中年男子，最大的愿望就是好好活着。

不过，在家的“和尚”，也有其烦恼，许多触手可及的方便，经常让我留恋，比如网络、比如舒适的生活条件……

2009 8

日	一	二	三	四	五	六
						1 十一
2 十二	3 十三	4 十四	5 十五	6 十六	7 立秋	8 十八
9 十九	10 二十	11 廿一	12 廿二	13 廿三	14 廿四	15 廿五
16 廿六	17 廿七	18 廿八	19 廿九	20 七月	21 初二	22 初三
23 处暑 / 30 十一	24 初五 / 31 十二	25 初六	26 初七	27 初八	28 初九	29 初十

“黑”的没法再“黑”的京城医院

这几天，朋友的妈妈，在内蒙古呼和浩特确诊为**癌症，家人不放心，便托我的朋友一起来京，在中国著名的×××医院复查。

第一天检查了两项：超声与局部CT。

诊断结果：一切正常

当病人家属问：癌症几期？是否转移？

医院安排第二天复查，还是超声与局部CT。

这次，诊断提示，有转移征兆，应尽一步检查。

只隔一日，同一家医院不同的检查结果，把病人家属吓坏了。

晚上，我去看望他们，我看了两次检查结果，我对他们说：这些都是外围的检查，下一步就是核磁共振了。他们忙说：对，他们让我们再做核磁共振。

其实，这个病人只需要胃镜检查就可以了。但一个胃镜检查实在赚不到钱，就只能让你多做一些外围检查了，何况你不远千里来到京城，不就奔着权威来的吗？花了近五千元，什么结果都没有得到，多冤啊。

病人家属不想手术与放化疗，就去了北京振国医院。北京振国医院，这次没有再检查，直接下了一个住院单子，那个所谓的权威龙飞凤舞签下自己的名字：住院，介入与热疗。

介入与热疗，是手段，放疗的另外一个说法。

他们被告知每月2万5千元的基本费用，再次把朋友们吓了回来。

朋友的妈妈，今年68岁了。抗不起这么折腾，其实，此时，老人家已经知道了患有重病了，在京城奔波四天，到处找名家看病，老人家哪能看不出来？

昨日晚上，我去看望他们，老人家眼里含着泪水，我对她说：

“你什么病都没有，你要像我一样生活，兔子吃啥，我们吃啥，你能活一百岁。”

老人家说了几句，我没听懂她的方言，但我看得出来她对生命的留恋，我对朋友说：

“找个时间，一定要告诉老人家，激发她活下去的愿望，而不能再瞒着她。”

我还说，老人家今年68岁了，许多人还未活到这个年龄就走了。要让老人家没有大的痛苦前提下，采取保守治疗方案，安度晚年。

其实，他们本可以不来北京。假如不来北京，他们还会有希望，他们来了，转了一圈到处被“黑”，他们就知道剩下的日子不多了，无形中增加了恐惧。

如今，检查手段与水平都差不多，来了北京复查无疑被判了“死刑”，岂能不绝望？再说了，医生不这样待你们，他们怎么能领出那么高的薪水啊？这个世道，不是几个人的决定的，几个人的行为，也是无奈的……

2009 9

日	一	二	三	四	五	六
		1 十三	2 十四	3 十五	4 十六	5 十七
6 十八	7 白露	8 二十	9 廿一	10 廿二	11 廿三	12 廿四
13 廿五	14 廿六	15 廿七	16 廿八	17 廿九	18 三十	19 八月
20 初二	21 初三	22 初四	23 秋分	24 初六	25 初七	26 初八
27 初九	28 初十	29 十一	30 十二			

自由自在而自己，生命的价值

自由自在而自己。这是何铁生对我的嘱咐，我便把这句话作为向往生命价值的最高境界。

艺术家，独立性与独特性，使其能够摆脱许多尘世的烦恼与局限，洞悉生命的价值。

好像，自由，人人都有，其实，自由，几乎大家都没有了。

自在，就很稀缺了。

知道自己是谁？这是一个困惑哲学家与思想家的重大课题。

如果，我们不从理论上探讨，仅仅从个人生活态度与原则上，来追寻自由自在有时是可行的，自由有限，自在很难，自己难上加难。

我才开始探求自己的“自由自在而自己”的生活方式与道路，眺望未来，很美好，实践起来很难，也许，正因为难，才值得向往与追求。

从每一天开始，从每一件事情上开始，而不是笼统地等待或预期，任何假设与务虚都必须落在实际行动上。不行动，不如不喊出这样的口号，招摇过市……

2009.9

2009 9

日	一	二	三	四	五	六
		1 十三	2 十四	3 十五	4 十六	5 十七
6 十八	7 白露	8 二十	9 廿一	10 廿二	11 廿三	12 廿四
13 廿五	14 廿六	15 廿七	16 廿八	17 廿九	18 三十	19 八月
20 初二	21 初三	22 初四	23 秋分	24 初六	25 初七	26 初八
27 初九	28 初十	29 十一	30 十二			

你为何还不懂艺术?

9月11日，偶然看到国内最著名的一家内衣公司与宝马汽车公司合作的策划方案草稿。

封面最显著的位置上是内衣公司与宝马汽车的标志。

宝马汽车的标志，知名度更广泛些，且这家内衣公司生产的女性内衣当数国内第一。现在，他们要隆重推出绅士们穿的男性内衣，与宝马汽车合作是一个非常好的想法，可惜的是策划者的水平太大众化了。

比如，他们将这次公共活动定位于：品鉴—风雅。

“品鉴”与“风雅”，这两个词组远远不符合宝马汽车现有的品牌价值。

宝马汽车，早就不是风雅能概括的。

在汽车界，只有奔驰与宝马汽车，从来不用豪华这两个词作为自己的定位，奔驰与宝马汽车是汽车界里的艺术品，“风雅”的定位太低了，远逊于宝马汽车的影响力。

作为国内最著名的内衣公司，他们推出的男性内衣，也是要力争国内第一的。

第一者，从来都是行业的风向标与领导者。“风雅”，属于小众或低于领袖阶层的词汇与境界。

这家公司的男性内衣，不是超级市场里的大众内衣，也不是二流或三流男性内衣的品质，他们要占据中国最成功男士们衣柜里最重要的位置。

要做，就做行内最好的，否则，就不做！我想这才是这家公司董事长的想法与苛刻要求，也是他的底线。

也许，策划者没有认真研究消费者的心理与内衣公司的诉求，还把这家公司的男性内衣作为快速消费品来定位，宝马汽车与这家公司的男性内衣的内在联系被忽略了。

或者，策划者是在免费的前提下友情帮助一下，真实能力没有展现出来。

假如，这家公司公开招标，就会有更好的方案。

品鉴—风雅的策划者，也许，没有拿出自己的看家本事，或者，他们跨界能力没有强大到可以随心所欲，没有能力在两者之间建立起一种关联。其实，他们之间是可以搭建起一座桥梁，借助宝马的品牌来提升男人内衣的奢侈品质与阶层享有的荣耀，而这才是这次的目的与内容。

2009.9

作为策划者，必须要懂艺术。

如果，不懂艺术，策划的方案肯定落入俗套。

你为何还不懂艺术？

我不由地发出这样的感慨！

2009 9

日	一	二	三	四	五	六
		1 十三	2 十四	3 十五	4 十六	5 十七
6 十八	7 白露	8 二十	9 廿一	10 廿二	11 廿三	12 廿四
13 廿五	**14 廿六**	15 廿七	16 廿八	17 廿九	18 三十	19 八月
20 初二	21 初三	22 初四	23 秋分	24 初六	25 初七	26 初八
27 初九	28 初十	29 十一	30 十二			

就差一棵核桃树了

据说，雅昌网上有一个网友叫“核桃皮儿”，我不相识，但“核桃仁”我却极为熟悉。

我与“核桃仁”相识20多年，友谊与友爱都很诚挚与坦率。这几年“核桃仁”的事业越来越好，我在北京多年，他却经常国内与国外到处跑，一年难得见一面。

年轻的时候，“核桃仁”喜欢跳舞，不是夜总会里那种大众化的交际舞，而是舞台上专业的舞蹈，大约在1989年前，我就看过他与几个海军部队的舞蹈演员登台跳舞。那时，我虽已婚当了父亲，但我的荷尔蒙还未被充分激活，自然欣赏不了女性的曲线美，女人在我眼里几乎就是性别的抽象符号，现在，回过头看，我就是一个乡下的刘姥姥。

我们曾经远去过很多地方，那时喝酒端起来就一大海碗，一口干了。记忆里最深刻的就是我们去草原深处，没有星星没有月亮的夜晚，我们挤在一辆汽车里，艰难的缓慢的行驶……

我们还曾经无数次K歌，那时的“核桃仁”真是酷啊！这些事情大多是十几年前的事情了。

以后，“核桃仁”就担当了一家公司的老总，言行举止，都颇有官场上的那套范儿，而我去北京后，联系颇多，却难得一见。每当我回家乡时，总要相见一次，却再也找不到我们年轻时的那种激情那种豪爽那种拔刀相助的架势与眼神，相互间总是谈一些国家的事情世界的事情或者宇宙外的事情，而我眼见着“核桃仁”越来越成熟了，而这种成熟对他而言是进步，对我而言是退步，对他事业而言是成功，对他个性与秉性来说是无奈，而他别无选择。既然，选择了事业，要想有所突破有所作为，就必须放弃许多，哪怕最舍不得放弃的精神需求或者情感，也必须放弃。

每当谈起“核桃仁”，我老爸总是训斥我几句，他把“核桃仁”作为成功的样板，而我却成为老爸眼里的“坏孩子”。“核桃仁”事业上的成功，我为之庆贺，同时，也为其鸣不平，因为他做出的业绩远大于目前他的职位……

“核桃仁”还喜欢摄影，最近看了他拍摄的作品，有我喜欢的，也有我欣赏不了的，我经常提出自己的建议，比如，对图片的拍摄背景做一个交代，再比如，把这些年拍摄的作品理顺一下，出一本摄影集……

2009.9

今天，我还真去找“核桃皮儿”了，新注册的网友，是男是女，不知道；家在何方？也不清楚。看架势，也颇有侠客之英姿勃发底气。“核桃皮儿”来的迟一些，但来的正是时机，“核桃仁”先来几步，你们便有了一种缘分，现在，就差一棵核桃树了，有了核桃树，自然会有更多的核桃，有了核桃，就会有了更多的核桃仁与核桃皮儿了，岂不快哉……

2009 9

日	一	二	三	四	五	六
		1 十三	2 十四	3 十五	4 十六	5 十七
6 十八	7 白露	8 二十	9 廿一	10 廿二	11 廿三	12 廿四
13 廿五	14 廿六	15 廿七	16 廿八	17 廿九	18 三十	19 八月
20 初二	21 初三	22 初四	23 秋分	24 初六	25 初七	26 初八
27 初九	28 初十	29 十一	30 十二			

我对生命的几点认识

**：你好！

能够在华侨村的一间公寓里与你们相识，应该是一种缘分，因为我们都开始了对健康的重视。事实上，大多数人对任何物质形态财富的重视都高于对健康的重视。比如，一个手机，都怕一不小心磨损她的外壳，而我们对随生命而来的健康却忽略不计，或者从来不认为健康会离我们远去，直到有一天我们发现生命出现危机，才感觉到生命的列车下一个车站就是死亡时，才匆匆忙忙临阵磨枪，企图挽回生命，其实，此时一切都已经晚了，我就是这样的。

2008年，我48岁，被确诊为膀胱癌。

我第一时间里知道了这个结果。

幸运的是我没有采纳医生与医院的治疗方案，我积极探索一些“非主流”的治疗方法，阅读了大量的书籍，尝试各种方法，比如，阅读了萧宏慈先生的书籍，便来看一下他的治疗方法。

萧老师的方法，犹如幼稚园的游戏，不可能整体上给予我们生命的全面呵护与调养，他借助一本书和其他的传媒道具，将自己包装成了一个有影响力的人，但他没有深度，也缺乏高度，过不了几日，就会消失了，他至今也没有一个真实的成功病例，比如医治好一个癌症，他只是讲述了许多传奇的故事，而这些故事没有任何值得推敲的细节。

我是一个癌症患者，我相信自己的体验与身体内发生的变化。

我认为一个人必须要有丰富的精神生活与修养，要有理想与远景，要有友谊与友爱，要有自己的知己或朋友圈，而不是孤独与孤立地一个人生活在社会中。

要信仰一种宗教，要从内心里信，而不是行为上的模仿。

要开心与开朗地面对生命给予你的一切，不抱怨，不消极地承受生活与生命里的磨难与坎坷。

要有一个健康的生活方式，尤其饮食习惯非常重要。

要有家庭的氛围与内容，要将自己的奢望与要求逐步减少，以健康与快乐为生命最大财富。

其实，这些体会与建议，非常简单，但在我没患有癌症前，这些道理我都知道，却很少去实施，等自己发现已经站在地狱的大门口时，才猛然觉悟，好在，我能够把握住最后的机会，我觉悟了并在觉悟中逐步恢复了身体，又归队了。

现在，我非常感激这场疾病带来的让我检讨的机遇，使我能够改变为另外的一个人，心胸开阔，乐观开朗，积极向上。

把过去写的几篇感想发给你。

祝好

老布

2009 10

日	一	二	三	四	五	六
				1 十三	2 十四	3 十五
4 十六	5 十七	6 十八	7 十九	8 寒露	9 廿一	10 廿二
11 廿三	12 廿四	13 廿五	14 廿六	15 廿七	16 廿八	17 廿九
18 九月	19 初二	20 初三	21 初四	22 初五	23 霜降	24 初七
25 初八	26 初九	27 初十	28 十一	29 十二	30 十三	31 十四

中秋节前的夜晚

昨晚，我们几个老男人，与十几个女“80后”在一起，她们思维之活跃、视野之广泛、性格之开朗、情感之丰富，均让我汗颜，透过昏黄的灯光，屋顶上空缓慢滑过的大飞机，不远处农田的粪土香味，不能不让我想起我的青春岁月，如今，已经泛黄，有些支离破碎，有些已沧桑，但我不后悔。

我想每个人面对俊美的青春少男少女时，都会不由自主地回忆自己的当年。其实，无论时代如何变化，每个人都在追求内心世界勾勒出的那个远景，只不过我们不再充满激情地执着了，而她们还在期盼，犹如我们的当年。

狂野的音乐声中，奔放的个性，扭曲的形态，有些羞红的脸庞，隐约中渗透出的欲望与企图，本认为是一场化妆舞会，假如是化妆舞会，我想更会接近于此时在场的所有人情感，但这不是化妆舞会，大家还不得不扭捏地舞动着青春膨胀的身体，随音乐而动，身动心动而神不在。

我站在不远处，凝视着，我自然不是一个正人君子，但我从来不反对类似这样的情感宣泄，只不过我没有看到原始的本能的狂野，一切都很平静，自然而然，悄然落幕。

夜里，我在京顺路上疾驶，隔日就是中秋节，而这样的节日对我来说，没有任何寓意，但对千家万户却是一个值得庆贺的节日。

2009.10

2009 10

日	一	二	三	四	五	六
				1 十三	2 十四	3 十五
4 十六	5 十七	6 十八	7 十九	8 寒露	9 廿一	10 廿二
11 廿三	12 廿四	13 廿五	14 廿六	15 廿七	16 廿八	17 廿九
18 九月	19 初二	20 初三	21 初四	22 初五	23 霜降	24 初七
25 初八	26 初九	27 初十	28 十一	29 十二	30 十三	31 十四

今天，你拉风了吗？

昨日上午，去了好朋友王建中的公司，王建中曾是刘晓庆经纪人，我们谈了许多关于艺术家的想法。下午，去了北京爱慕公司，与朋友闲谈、喝茶。晚上，与晓春等人在“宏状元”喝粥，然后，又去晓春家里，看她最近的油画创作，她的儿子在另外一间屋子，对着白墙在练习拉小提琴，窗外，万家灯火，车流滚滚。

一看时间尚早，又去了一家足疗店，然后再到家乐福超市买了一瓶醋，回家上网时，电话突然响起了，一位大哥告诉我一件我关心的问题，于是一改平日躺下就入睡的习惯，脑海里浮现许多景象……

今天早上看到铁生留言，他说起波尔多小镇，那里的红酒与画廊一条街，我又禁不住浮想联翩……北五环外的噪声，明显不如以前，我渐渐收心于内，边准备午饭，边偷偷的乐了，年近五十，我还像一个顽皮的孩子，愿意幻想，而且天真的幻想，并沉浸在幻想之中，我是真快乐啊，忧愁与快乐，是装不出来的。

明天，也许，我就去北京一家命名为波尔多小镇的地方，站在那里遥想法国，几十年前，周恩来、邓小平、陈毅等人乘远洋船而去，再悄然回来后，中国就开始进入了新的纪元……

我曾经阅读过他们的伟业，也略知他们的人生，但我相信许多人已经忘记了他们，正像北京前门前突然飘出“二人转”撕心裂肺的嚎叫，再往前寻找，1948年新凤霞从天津来北平，恰逢新中国成立，为了宣传新婚姻法，一时，评剧成为主流。其实，“二人转”与评剧是亲属，只是许多人不知。如今的艺术家，还有几人能像李苦禅当年那样拒绝日本人的诱惑……说来话长，范曾也真不容易啊，默默期待了多少年，直到四川大地震后捐出千万大洋，才又活跃在公众面前……

在北京这些年，见过许多所谓的大人物，还未等看到他们曾经描绘的未来，就不见了他们的踪影。众多富豪与名人们走马场一样来来去去，全靠一个“钱”字在支撑。

我家的猫，能从橱柜的上端打开橱柜的门，偷吃里面的小鱼干，你在吃饭的时候，他乖乖地坐在你旁边，讨好于你，家里来了客人，猫还会去迎接与欢送，每当你步出家门，邻居家的三只小狗，就摇着尾巴跑来，朋友的老公又未及时把生活费邮来，尽管，他在非洲也确实不容易，但家里的妻子与儿子全依赖他。

现在，好像大家都有了房子有了车子有了事业，却难得开心爽朗大笑一次，就像蔚蓝的天空已经很难看到了，我们只能在记忆里与那些往事相聚后泪满衣衫，泯了泯干枯的嘴唇，伫立在窗前，任思绪飞扬……

今天，你拉风了吗？

如果没有，你就应该拉风一次！

2009.10

2009 10

日	一	二	三	四	五	六
				1 十三	2 十四	3 十五
4 十六	5 十七	6 十八	7 十九	8 寒露	9 廿一	10 廿二
11 廿三	12 廿四	13 廿五	14 廿六	15 廿七	16 廿八	17 廿九
18 九月	19 初二	20 初三	21 初四	22 初五	23 霜降	24 初七
25 初八	26 初九	27 初十	28 十一	29 十二	30 十三	31 十四

吃出俊美的身材来

以前，我是垃圾食品的爱好者，一个酒鬼和酷爱咖啡的发烧友，不吃蔬菜，极少喝水，天天吃所谓的“好东西”，比如海鲜、猪下水、生吃鱼片、生吃狗肉、牛肉，几乎天天喝酒，体重从60公斤增长到75公斤用了三年，有一个凸起的大肚子。

从2009年1月开始，我开始不在外面吃饭，坚持自己做饭吃，每天只吃两顿饭，以杂粮、蔬菜为主，不吃肉类、蛋类、养殖的水产品，多吃根部蔬菜类，生吃可以生吃的蔬菜，经常吃木耳、海藻类食物，时常吃点小鱼与小虾，每天吃4个苹果，还吃一些坚果类的种子，不喝任何饮料类的液体，10月下来，体重从75公斤减到65公斤，我现在年近五十，这身材，你们一看就会羡慕的，这修长的腿、没有将军肚的腹部。

想要俊美的身材，饮食非常重要，没有必要去健身房，也不需要教练的指导，也不必强调各种运动的好处，管好自己的嘴，照顾好自己的胃，不出几个月，你就吃出来俊美的身材来。

你还等什么啊？

赶快行动吧！

2009.10

2009 10

日	一	二	三	四	五	六
				1 十三	2 十四	3 十五
4 十六	5 十七	6 十八	7 十九	8 寒露	9 廿一	10 廿二
11 廿三	12 廿四	13 廿五	14 廿六	15 廿七	16 廿八	17 廿九
18 九月	19 初二	20 初三	21 初四	22 初五	23 霜降	24 初七
25 初八	26 初九	27 初十	28 十一	29 十二	30 十三	31 十四

洪尘的画比较贵

回复张际短信：洪尘的画比较贵，他画的慢，那张画，画了三个月。以前，我买这样的画，约3万元。他用的是“坦培拉”方法画。国内，很少有人会用这样方法。以前，古典油画都采用这样方法。国内，放弃了这个方法。那幅画的内容，据他说那是佛教中的一个传说，或故事。

洪尘家附近住了四个病人，两个尿毒症，两个癌症，三女一男，最大68岁，小的40岁。现在看，控制癌症非常有把握，尿毒症有难度，正在攻关。

2009 10

日	一	二	三	四	五	六
				1 十三	2 十四	3 十五
4 十六	5 十七	6 十八	7 十九	8 寒露	9 廿一	10 廿二
11 廿三	12 廿四	13 廿五	14 廿六	15 廿七	16 廿八	17 廿九
18 九月	19 初二	20 初三	21 初四	22 初五	23 霜降	24 初七
25 初八	26 初九	27 初十	28 十一	29 十二	30 十三	31 十四

行走在世界之中

上午九点多，驾车上了京津塘高速，在采育站下来，去看“波尔多小镇”。“波尔多小镇”是一个非常洋气的社区，镶嵌在万亩葡萄园中，四处都是卖葡萄的，品种很多，转了几圈后，又沿着原路回到南三环木樨园附近，本想去买点文具，但没找到那家批发市场，便掉头行驶，偶然间，看见了集美家具广场，一年多前，我曾在这里买过几幅临摹的当代艺术品，如岳敏君的傻笑、刘野的小女人，每幅最后成交价为人民币一百元，这里面有一个据说中国最大的艺术品市场，命名为北京卢浮宫。

一时，我找不到卢浮宫了，后询问才知卢浮宫改名了，现在叫欧美家具城。

自古以来，艺术家，从来都竞争不过木匠。

逛了一圈，我好像行走在世界之中，几乎都是世界知名的人物或城市，现在都成为中国的商品名称，有原样采用的，有故意“山寨”的，有略微改动的，各种物品几乎都是外国名字，达芬奇、蒙娜丽莎、诺贝尔、梵高、巴黎、纽约、西班牙，小到国外的一座山峰，大到人家元首的名字。

边走边感慨，我真错生了时代。

当年，我中学读书时都没有学过这么多的外国名字。

现在，随便走入一个商场，或抬头看耸立在路边的户外广告，就能看到这些曾被毛泽东主席狠批的陈词滥调，许多知名的文人因此被打入冷宫，不到三十年，审美意识大扭转了，每个人都被商人们拽入了“地球村”，每一天从睁开眼睛开始，就生活在外国名字下，电脑、手机、手表、咖啡、牛奶、饼干、糕点、矿泉水、服装与鞋子；然后，是汽车、飞机、口袋里的美元欧元，蹩脚的英语书写到处都是；名字是外国的，身子骨是中国的，推开洋名字的大厦大门，拧开洋名字的水龙头，蹲在洋名字的马桶上，背诵英文者，从幼儿园的孩子到白发苍苍的老人……

用外国的东西“忽悠”国人，这不是今天才有的，但登峰造极是在当下……

2009 10

日	一	二	三	四	五	六
				1 十三	2 十四	3 十五
4 十六	5 十七	6 十八	7 十九	8 寒露	9 廿一	10 廿二
11 廿三	12 廿四	13 廿五	14 廿六	15 廿七	16 廿八	17 廿九
18 九月	19 初二	20 初三	21 初四	22 初五	23 霜降	24 初七
25 初八	26 初九	27 初十	28 十一	29 十二	30 十三	31 十四

今天，你艺术了吗?

昨天中午，与两个老朋友聚会，席间，谈到上世纪八十年代初期大家的一些恋爱的往事，倍感亲切。

比如其中一个镜头：

两个朋友站在楼房外边，关切地眺望一个熟悉的窗户，只看到两个人的剪影……这件充满温馨回忆的往事，观看者，从未叙述过，当事人从来不知，无论岁月怎样的流逝，他们都能回想起那条街道，那条巷子，还有那突然跃出的名字……

再比如一个细节：

一个朋友，在北京一家著名酒店里，看到另外一个朋友的老公携手一个俊美的妹子，每当他看到这个朋友妻子时，他都告诫自己千万别说出这件事情，直到三年后，他才对她说了她老公的旧事。他说他实在憋不住了，只能憋住三年，三年，是他的最后期限……

那时，大家也就20多岁，对爱情的憧憬，是从经典情节中模仿来的。

那时，每个人都曾海誓山盟过。

那时，两个最要好的朋友，会为一个刚刚结识的女孩子暗生嫉妒心，那时的灿烂一笑，会被大家当作爱与爱情。

那时，如果你的自行车前坐着一个女孩子，就会掠夺走无数行人的目光，尤其，再被一个同性朋友看见，被看见者满脸羞涩，看见者一脸惊愕，你们认识不到两天，怎么就这样了？这个疑问一直延续到今天。浪漫者，依然浪漫，旁观者还在回味当年的那些往事，已没了妒忌与心胸狭隘，大家都曾经历过无数情感的瞬间，自然都充分地释放出自己的情感，或者，透支过多，已一身疲倦。

现在，透过窗外，大街上人来人往，每一个人都满怀希望，晚秋的阳光，温暖着我们的记忆，这些往事的娓娓道来，转眼间，就将几抹银白涂抹在我们曾经油黑油黑的黑发上，我们眼角处的皱纹，总在我们大笑时出现，更加像抽象画面上的疾风，我们几个人不时地讲述一下我们对最遥远的未来的畅想，比如，当我们九十多岁时，如果我们已经神志不清，一定要帮助对方一下，让生命戛然而止，而不再是植物人般那样的无奈，如果大家有时间，还是多相聚几次，对酒当歌……

我们把这样的聚会当作行为艺术。

临结束这次快乐的聚会时，大家约定再现出上世纪八十年代舞会的情景，就在这个月底，组织一次聚会，所有参与者都五十岁左右了。

当然，我们不拒绝年轻人，尤其那些俊美的“80后”们与“90后”们，一看到你们，我们才相信我们真的已经接近或超过五十岁了……

今天，你艺术了吗？

如果，你没有艺术，那你就应该近期艺术一次……

2009 10

日	一	二	三	四	五	六
				1 十三	2 十四	3 十五
4 十六	5 十七	6 十八	7 十九	8 寒露	9 廿一	10 廿二
11 廿三	12 廿四	13 廿五	14 廿六	15 廿七	16 廿八	17 廿九
18 九月	19 初二	20 初三	21 初四	22 初五	23 霜降	24 初七
25 初八	26 初九	27 初十	28 十一	29 十二	30 十三	31 十四

高大哥，你在他乡都好吧？

昨天，雕塑家林海东告诉我他特别想结婚，我很吃惊。这个“80后”艺术家怎么有了结婚的想法？他又说想找一个人看一下未来，我说找高海淼老师。

高海淼老师是我的好朋友，属龙，未到六十岁，一生钻研相学、星座、血型、风水等，学问颇深，他为人善良，交际广泛，多年来热心于帮助大家，其实，每当大家需要他时，他实质上是扮演了心理医生的角色。

多年前，我与他结识，他曾经断定我48岁达到人生顶点。我一直不信，果然，眼看还差7天，就进入49岁，我确诊为癌症。不久后，我打电话给他，哪里想到他因为多年糖尿病导致综合并发症，也是身患重病，我还邀请他前去大连海滨小住多日，我为他找了许多医生，那一段日子，我与他相互激励，我们共同面对企图夺取我们生命的“敌人”，其实，这个“敌人”就是我们自己，我一直积极采取措施医治，每当我有好的方法时，总要第一时间告诉他并愿意提供自己的帮助。

也许，他真有洞悉天机的本事，谢绝了众多的方法，他的朋友们也纷纷伸出友爱之手，给他买了众多药品与保健品，他与我的最大区别就是我相信自然疗法，而他把希望寄托在高科技手段与药物医疗上。

春节后，我回到北京，他依然还在大连。

五月中旬，他回来北京，我们通过许多次电话，我们俩都忙于医治各自的疾病，我经常打电话给他，关心他的病情，他对我说：“我们都是真正的男人，能够面对生死。”

生死，一个非常抽象与具象的词语，可以简练地概括一个人的存在与离去。

我的许多朋友都曾经让高老师看过相，都说他的预测非常准确。

林海东一听我这样的介绍，马上让我约个时间，我立即拨打了高老师的电话，电话通后里面是一个女人的声音，我说找高老师，那个女人说你是老布吧？我答是。她是高老师的妻子，我让她把电话给高老师，她迟疑了片刻，已经没有了悲伤的声音传过来这样的一个信息：高老师已于2009年10月11日去世了。

这一瞬间，其实很短，但我却觉得很漫长，好像几个世纪，放下电话后，我茫然地看着天花板，大脑已经混沌了……

晚上，我把高老师去世的消息告诉了吴怡，吴怡立即说她很难受，一个栩栩如生的高老师就这样走了，而我们却不知，我很愧疚，为何不早几天打电话给他？也许，那时，他还活着，我们哪怕相互凝视一会，也不枉为好朋友一次，然而，我们没有再见过面，大家都相信自己会战胜疾病，多少次电话里相互鼓励，如今，只剩下我孤零零的一个人面对遥远的未来。

这一夜，梦无数，不时浮现高老师的笑容，许多往事涌了上来，压的我有些喘不过气来，睁眼一看，天已亮了，我还活着，高老师却在另外一个地方，我不觉眼睛有些热，险些落泪，我便坐在计算机前写下这段文字，纪念我与高老师的友情，祝愿高老师在他乡都好……

2009 11

日	一	二	三	四	五	六
1 十五	2 十六	3 十七	4 十八	5 十九	6 二十	7 立冬
8 廿二	9 廿三	10 廿四	11 廿五	12 廿六	13 廿七	14 廿八
15 廿九	16 三十	17 十月	18 初二	19 初三	20 初四	21 初五
22 小雪	23 初七	24 初八	25 初九	26 初十	27 十一	28 十二
29 十三	30 十四					

大雪前夕，各走各的路

昨天，刘晓庆高调地庆祝自己的生日，她第一次说自己58岁。

与此同时，39岁的陈琳选择了跳楼，飞身一跃，与这个世界告别。

跳楼者，勇敢。苟且偷生者，悲壮。活着与死去，就差一口气，气在，生命就在，气断了，生命，就消失了。

更多的国人是在新闻联播节目里，获悉了钱学森去世的消息，98岁的老人给中国国人许多缅怀的联想。

人活着，就是为了一口气，

突然，北京城11月飘飞大雪，接着，“甲流感”就气势汹汹地来了。

有的人自己控制这个过程，有的人被动地等待，生命永远不同价，即使同一个人也呈现出不同价值，比如刘晓庆的今天怎能她的当年比啊！那时，她贵为明星女皇，现在，就是一个看起来皮肤光嫩的老太太，而陈琳还有青春的最后尾巴，却孤傲地选择了彻底的离去，其实，陈琳一定是听到了生命新的呼唤，才踏上了她的归程。

而钱学森老人，安静地离开了。

灿烂的阳光与蔚蓝的天空转眼间就飘下漫天大雪，风雪中，各走各的路。如果，你相信灵魂的存在，那么，他们的灵魂还会在天堂里展开飞翔的翅膀。如果，你不相信灵魂的存在，那么，有一天你的灵魂，也孤独地伫立在原地，无论谁，都期盼未来，无论怎样的期盼，都只为了生命的延续……

这雪，还在下，很大，雪后，严寒紧接而来，这个冬天，注定不会让我们安宁。

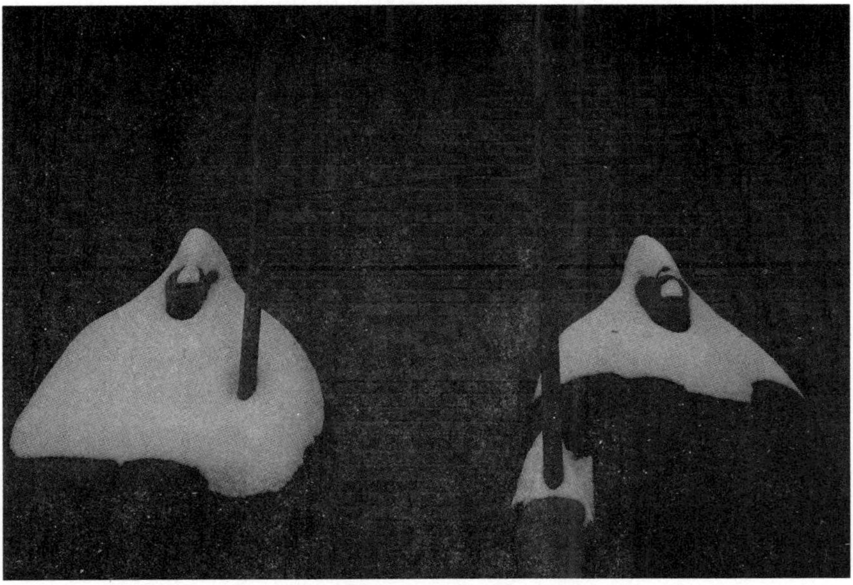

09年索家村艺术营第一场雪

2009.11

2009 11

日	一	二	三	四	五	六
1 十五	2 十六	3 十七	4 十八	5 十九	6 二十	7 立冬
8 廿二	9 廿三	10 廿四	11 廿五	12 廿六	13 廿七	14 廿八
15 廿九	16 三十	17 十月	18 初二	19 初三	20 初四	21 初五
22 小雪	23 初七	24 初八	25 初九	26 初十	27 十一	28 十二
29 十三	30 十四					

陈琳是勇敢的

我认为陈琳是勇敢的。

她选择了自己离开这个世界的时间、地点与方式，这就与众不同，大多数人是在没有意识的状态下离开这个世界的。

我们不能用自己的立场与知识，或者情绪，乃至因此事而引起自己的众多情感波澜，而去追究陈琳为何离去。

“生命无常，常与善人。”

这句话，大家都懂。

陈琳期盼的是回归曾经的生活轨道，当她知晓这已无法实现时，也许，她就有了离开这个世界的想法。

陈琳是勇敢的。

许多人都曾经有过逃脱的想法，只不过瞬间后，又恢复了继续活下去的想法，最复杂的没有规律可寻的就是想法，一个接着又一个想法，每一个想法都是崭新的，崭新的想法都会勾勒出一个远景。假如，我们生活在远景中，当远景突然破灭了，也许，悲观就到了极致，如果，摆脱不了这极致的悲伤，就会彷徨在选择之中。

让陈琳安息吧，千万别再弄出一个中国版“谋杀“案的嫌疑了，我真怕有一天早上起来看到“谋杀”两个字。

2009.11

2009 11

日	一	二	三	四	五	六
1 十五	2 十六	3 十七	4 十八	5 十九	6 二十	7 立冬
8 廿二	9 廿三	10 廿四	11 廿五	12 廿六	13 廿七	14 廿八
15 廿九	16 三十	17 十月	18 初二	19 初三	20 初四	21 初五
22 小雪	23 初七	24 初八	25 初九	26 初十	27 十一	28 十二
29 十三	30 十四					

出租自己

我，男性，49岁，这个年龄，在家政人员中不算大，可做家务、驾车、购物，可辅导孩子或为孩子的父母在文学、美学、艺术乃至成年人的处理婚姻矛盾等方面，提供周到细致高水平的服务。

对美容、汽车、酿酒、健康饮食等方面均有见解。

对艺术有独到的理解。

以前，经常出租耳朵，现在，决定整体出租。

出租费用，根据对方的经济能力与文化教育背景收取不等费用，总体上比雇佣家政人员费用低50%。

特别声明：不为“80后”家庭服务，也不为70岁以上老年人服务。

2009 11

日	一	二	三	四	五	六
1 十五	2 十六	3 十七	4 十八	5 十九	6 二十	7 立冬
8 廿二	9 廿三	10 廿四	11 廿五	12 廿六	13 廿七	14 廿八
15 廿九	16 三十	17 十月	18 初二	19 初三	20 初四	21 初五
22 小雪	23 初七	24 初八	25 初九	26 初十	27 十一	28 十二
29 十三	30 十四					

嘎鱼与牛尾汤

昨天下午，去集市买了五条嘎鱼、一根牛尾，回家后，首先，将五条嘎鱼清洗后，放在锅里闷了半个小时，只放了少许酱油与醋，满屋飘香，作为晚饭的主菜。

晚饭后，再把牛尾放在紫砂锅里，炖了六个小时。

今天早晨，将汤与牛尾骨取出，各放一处，将汤再与山药、西红柿、紫皮洋葱、胡萝卜等菜炖20分钟，放几根香菜，这牛尾汤的滋味，大家不妨做一次，品尝一下，千万不要放其他调料。

剩下的牛尾骨与白皮萝卜、紫皮洋葱、土豆炖20分钟，另外一道菜出炉了。

当作午饭的主菜。

我现在做菜只放酱油、醋与盐。

2009 11

日	一	二	三	四	五	六
1 十五	2 十六	3 十七	4 十八	5 十九	6 二十	7 立冬
8 廿二	9 廿三	10 廿四	11 廿五	12 廿六	13 廿七	14 廿八
15 廿九	16 三十	17 十月	18 初二	19 初三	20 初四	21 初五
22 小雪	23 初七	24 初八	25 初九	26 初十	27 十一	28 十二
29 十三	30 十四					

我的癌症我做主

论坛上有网友发帖子问布里亚特最近去哪里了?

我哪里也未去，由于我的博文触犯了网站的规定，早就被删除了。昨日，我又发了几篇博文，很快也被删除了。

也许，我谈了我的治疗方法，这些治疗方法纯属个人体会。

我是一个癌症患者，与大家一样曾经对癌症恐惧过，但我很快就决定按照自己的理解来进行医治，即使出现重大危机也不怪罪他人。

再有一个月，就一年了。

有许多感受与体会，总之，我一切都好。

我的癌症我做主，这就是我的主要体会。

在生命面前，没有谁可以成为我们的老师，我们的生命只有一次，自己首先要珍惜。

2009 11

日	一	二	三	四	五	六
1 十五	2 十六	3 十七	4 十八	5 十九	6 二十	7 立冬
8 廿二	9 廿三	10 廿四	11 廿五	12 廿六	13 廿七	14 廿八
15 廿九	16 三十	17 十月	18 初二	19 初三	**20 初四**	21 初五
22 小雪	23 初七	24 初八	25 初九	26 初十	27 十一	28 十二
29 十三	30 十四					

孤独的等待

前几天，家里来了几个从事艺术的朋友，大家纷纷谈论自己的作品价格趋向越来越低廉化，但是艺术家有自己的办法。其实，我是不赞同艺术家对自己所谓的宽容。从事艺术，应该是内心世界的精神需求，而不是谋生的唯一手段，假如，把艺术创作作为谋生的唯一手段，那是需要境界的，而这种境界源于天赋、修养与对艺术的崇拜。

现在，很难看到对艺术的虔诚崇拜，许多从事艺术的同仁，大多带有一种游戏的态度，或者说，出自于对现实生活的压力，将自己与艺术捆绑在一起，也可以这样说，他们的本意是以艺术的名义游走江湖，看到他人的成功，就迫不及待地冲杀出来，抄袭、复制、克隆或模仿成功艺术家的风格，还自封为“著名艺术家”的人比比皆是，如此这样，岂能不让收藏家们洞悉其中的猫腻，扭身远去？

其实，当下红透半边天的艺术家大多曾经寂寞过，或者遭受过史上最艰难的坎坷，即便是栗宪庭老人家，也是沉浮几次，他与他的弟子们所遭受的歧视与打击，还有他们曾经的贫穷都是残酷的，但他们努力地抗争着，他们的抗争不是高喊口号，除了结成了一个同盟外，还各自形成了自己的风格，而这种风格就演变为他们后来的艺术基因。

身在江湖，你不得不做好最坏的准备，即便是徐冰先生也曾经屡次不得意，但他执着地等待，他的等待不是游走天下美景，而是固执地将自己的激情与才华发挥到极致．以自己的作品证明自己的存在，终于他荣归故里，改换门庭，完成了自己的转身。

企图一夜成名，或轻易成功者，大多是投机者，艺术史从未留下一个投机者的痕迹，哪怕一行字、或几句轻微的自言自语都没有飘过，而像梵高那样的艺术家，却流传百年。

孤独的等待，不仅需要毅力，而且还要有自己的信仰，既然选择了艺术，就应该能够忍受孤独与贫苦的生活，要做一个耕耘者而不是过客。任何的简单抄袭、复制、克隆与模仿无疑都是在给自己的艺术创作挖掘坟墓，哪怕你从来不认为艺术是高尚的，你也不想做一个真正的艺术家，你就想自我娱乐，那还不如去娱乐场所做一个门童或流行歌手，置身于光怪陆离的世界里，忘记了自己。

2009 11

日	一	二	三	四	五	六
1 十五	2 十六	3 十七	4 十八	5 十九	6 二十	7 立冬
8 廿二	9 廿三	10 廿四	11 廿五	12 廿六	13 廿七	14 廿八
15 廿九	16 三十	17 十月	18 初二	19 初三	20 初四	21 初五
22 小雪	23 初七	24 初八	25 初九	26 初十	27 十一	28 十二
29 十三	30 十四					

回复癌症患者家属的信

你好！

你与你妈不要在意那个癌细胞的指数，那个指数随时都变化，那个3厘米的东西也不要在意。我膀胱里的肿瘤4厘米，我根本不把它当回事情。首先，要轻装上阵，别总想癌细胞指数，千万别把自己当做癌症患者，要心情愉快地面对癌症，癌症不是脑中风那样的急性病，要尽量减少对身体的破坏。

我未手术、未放化疗过。

2009年1月到7月我服用益生菌活化剂。

3月24日开始至7月28日，进行全面打通经络。

7月份后，我未再服用益生菌活化剂。

我一直按时在做经络导引术，在我之后，又来了两个女的，一个68岁，食道癌，一个45岁，卵巢癌。她们是内蒙古的，来到北京，她们未服用益生菌活化剂，恢复的相当好。

朱老师在我癌症最初阶段，启发了我采用“非主流”的方案，我不断阅读并逐渐理解了癌症，形成自己的方法。

你与你妈不要自我恐惧，不要左摇右摆，不要轻易放弃。生命只有一次，要相信生命也在与癌细胞做艰苦的决斗。要敞开胸怀，面向未来。

你先不要买益生菌活化剂。

要定下一个方案，再根据这个方案执行。

我现在更倾向于经络打通，这是从根本上解决问题。

你学习医学，对经络比我懂得多。

祝好。

老布

2009

11

日	一	二	三	四	五	六
1 十五	2 十六	3 十七	4 十八	5 十九	6 二十	7 立冬
8 廿二	9 廿三	10 廿四	11 廿五	12 廿六	13 廿七	14 廿八
15 廿九	16 三十	17 十月	18 初二	19 初三	20 初四	21 初五
22 小雪	23 初七	24 初八	25 初九	26 初十	27 十一	28 十二
29 十三	30 十四					

海水不是蓝色的

2009年11月28日傍晚，我在旅顺口登上一艘护卫舰，站在20多米高的甲板上，俯视翠绿的海水，我问身旁的一个朋友：这海水为什么不是蔚蓝色的?

旁边的几个人纷纷发表自己的意见，基本都认为海水应该是蔚蓝的，但此时海水确实是翠绿色的。

这时我的一个好朋友说：海水是无色的。

我们都反对他的这个说法，大家都知道蓝色的大海……深蓝、蔚蓝、浅蓝、翠绿等词组经常被诗人用于赞美大海，我们早就认定了海水是有颜色的。

这个朋友又说你们别争了，这是我的专业，原来他学的海洋专业，他说海水是无色的。

再有一个月，就进入2010年，我想2010年曾经对大家来说多么遥远啊!

这一年，我开心快乐，身体很好。以前，我也认为癌症是绝症，大多数都会相信医生与医院，而我却相信了道家与经络的学说，早就有医生预言我活不过2009年春节，现在，2010年的春节，也在不远处了。

我们对生命几乎没有多少深刻的认识，远不如我们对生活电器的了解多，我们谈论国际大事与名人传闻津津乐道，却对生命缺少认识，我们总是盲从于所谓的专家的意见，就像我们想当然认为海水是蓝色的一样。

今天，拍摄了几张我开心的图片，庆贺我与癌症一起走过的365天。现在，我很健康，我的方法让医生困惑，他们非议我是迷信而把他们的方法自封为科学，而他们的科学无法提供治愈好的具体实证。

海水不是蓝色的，假如你现在对任何人说起这个结论，大多数人会质疑你的这个说法，偏偏正是海水不是蓝色的这个说法，让我们怀疑了我们的视觉，海水是无色的，你能接受这个说法吗？

曾经的梦想，还在继续，大连鲍鱼肚村

2009 12

日	一	二	三	四	五	六
		1 十五	2 十六	3 十七	4 十八	5 十九
6 二十	7 大雪	8 廿二	9 廿三	10 廿四	11 廿五	12 廿六
13 廿七	14 廿八	15 廿九	16 冬月	17 初二	18 初三	19 初四
20 初五	21 初六	22 冬至	23 初八	24 初九	25 初十	26 十一
27 十二	28 十三	29 十四	30 十五	31 十六		

回复铁生的短信

男人内心里将女人曾经的男人作为一个对手，而女人将男人的未来当作坐标，从这个角度看男人重精神，女人重物质利益。

2009 12

日	一	二	三	四	五	六
		1 十五	2 十六	3 十七	4 十八	5 十九
6 二十	7 大雪	8 廿二	9 廿三	10 廿四	11 廿五	12 廿六
13 廿七	14 廿八	15 廿九	16 冬月	17 初二	18 初三	19 初四
20 初五	21 初六	22 冬至	23 初八	24 初九	25 初十	26 十一
27 十二	28 十三	29 十四	30 十五	31 十六		

回复核桃皮的短信

所谓的作为都是给他人看的，重要的是自己是否快乐与开心。每个人都有机会，但并不是每个人都能抓住这个机会，成功与失败都是他人定义的。

无论从哪个方面讲我都是失败者，事业无成，婚姻瓦解，无积蓄与财富，但我很开心，爱与情感方面我拥有过，拥有的过程就意味着受到伤害，其实，伤害，也是财富。

15年前，我曾经说过：明知道爱是伤害，也要去爱，即使没有未来也要爱，哪怕未来是一个荒芜的车站，也曾经有爱情列车轰隆隆驶过。

患有癌症一年了，我没有任何痛苦地活着，现在，我将开始推进我的健康项目，要把我对健康的理解与认识推广给大家。

2009 12

日	一	二	三	四	五	六
		1 十五	2 十六	3 十七	4 十八	5 十九
6 二十	7 大雪	8 廿二	9 廿三	10 廿四	11 廿五	12 廿六
13 廿七	14 廿八	15 廿九	16 冬月	17 初二	18 初三	19 初四
20 初五	21 初六	22 冬至	23 初八	24 初九	25 初十	26 十一
27 十二	28 十三	29 十四	30 十五	31 十六		

如果这都不算爱?

晚六时，离开爱慕大厦，一上北五环就被塞住了，好不容易走到一个出口，想上四环绕着走，这一走可就惨了。一个小时走了不到10公里。

去年此时，我在大连，本想住在旅顺口，后转到市区，几日后就病了，后来确诊为癌症，当我下决心进行“断食七天”疗法前夕，我还留下了我的遗嘱，可想而知我对死亡是惧怕的，幸运的是我直接采用了具有良好疗效的方法……

车堵的厉害，我拧开收音机，同样是这个动作，心情却大不一样的。

去年，我是留恋过去，唯恐生命进入“倒计时”，忐忑不安，今年，我是憧憬未来，一言一行都充满喜悦。

收音机里传出张学友的《如果这都不算爱？》。

这支曲子，我很喜欢，曾经反复聆听。

今天，我就像牧民转场那样，前往方庄“猫冬”。

略微收拾一下，就去外边寻找一个地方吃晚饭，北风呼啸，我想起了自己的青春岁月，茫茫草原，那时，我根本想象不到自己能与癌症遭遇，更让大家惊愕的是我能奇迹般恢复过来，其实，许多朋友都站在我的背后给予我最大的支持与鼓励……

2009 12

日	一	二	三	四	五	六
		1 十五	2 十六	3 十七	4 十八	5 十九
6 二十	7 大雪	8 廿二	9 廿三	10 廿四	11 廿五	12 廿六
13 廿七	14 廿八	15 廿九	16 冬月	17 初二	18 初三	19 初四
20 初五	21 初六	22 冬至	23 初八	24 初九	25 初十	26 十一
27 十二	28 十三	29 十四	30 十五	31 十六		

方庄日记

2010年，我年满50岁。昨晚，我从艺术营工作室搬到方庄来。

醒来，天已经大亮。这一夜，睡的很甜美，自然思维敏捷，我便将酝酿已久的想法梳理出来，幸运的是有感觉，我便写下这段文字：

生命是真实的、具体的、能够感受与体验的，生命从来都与亲情、爱与情感共存的，生命又是独立的、个体的、极具鲜明个性的。

在生命面前，每一个人都是平等的，没有谁可以作为我们的导师，我们每一个人都把尊严作为生命存在的价值，每一个人都知道生命只有一次，每一个人都积极努力，尽量使自己的生命过程与他人不同，其实，这个过程就是大家对未来的愿景，每一个人都愿意为这个过程付出，并能够承受一切。

尽管，我们知道生命的价值，但我们却经常忽略生命的意义，当我们突然发现健康是我们的最大财富时，我们已经与健康擦肩而过，荣耀、名利、权贵与金钱等，都依附于生命的存在才有价值，没有健康他们就将离去，现在，我再次申明我的最新感受：健康是自己的，事业是他人的，让我们关心我们的健康，珍惜我们的生命，从现在开始。

2009 12

日	一	二	三	四	五	六
		1 十五	2 十六	3 十七	4 十八	5 十九
6 二十	7 大雪	8 廿二	9 廿三	10 廿四	11 廿五	12 廿六
13 廿七	14 廿八	15 廿九	16 冬月	17 初二	18 初三	19 初四
20 初五	21 初六	22 冬至	23 初八	24 初九	25 初十	26 十一
27 十二	28 十三	29 十四	30 十五	31 十六		

爨底下村醒悟

听说爨底下村后，就一直想去。今天上午，与曲哥、洪尘、桂如等人相约一起去看。最初，我本意是想在那里租下个院子过“神仙”日子，过了门头沟后，几乎全是盘山公路，很陡峭，两旁的山好像孪生兄弟似的，这是冬天，灰色为主调，天空很蓝，不时看见列车穿越山洞……

终于到了，却见一个收费处横在路当央，进入村子后，就看见传说很广泛的爨底下村。

走马观花一番，没有任何兴奋的感觉，这样的村庄在江西、安徽等地随处可见，仅因为她在京城便成为一个可以收取门票的景点。

站在一家客栈门前，阳光灿烂，这个四合院坐落在陡峭的山坡上，与北京城里的四合院比完全没有那种大气与奢侈，好像是一个袖珍迷你的院子。山后面，还是山，院子一个挨着一个，都不大，都有些过百年的历史，我们在翻阅历史书籍时，几千年不足几行，但作为一个传说的景点，有百年的历史，就算久远的历史。

几个人吃了顿农家饭，我感觉到鸡精的味道，临走前，我问：

“你做的菜，很好吃啊。”

“农家菜，就放了点葱姜蒜。”村妇答。

“好像有鸡的味道？”我特意补充一句。

“放了点鸡精。”村妇得意地说。

鸡精，对这里的人来说，也许是奢侈品，但对我来说犹如毒药。

回家途中，大家谈了许多情感往事，每个人的情感尽管不同，但都有相同的情节，只是时间背景不同，而这个不同就将大家的往事，混淆为雷同的故事，其实，每一次复述都犹如加了鸡精的汤与菜。

往事，渐渐展开，又悄然落幕。

晚饭，我只吃了点生菜，我必须将中午吃进肚子里的鸡精排放出去。鸡精，不是鸡的精华，但他以“鸡的精华”旗帜游走江湖。这个村子，其实没有多大价值，但她坐落在京城，就成为著名景点，一切都可以左右，就看契机与把握契机的能量了。

夜里，梦中醒来，我发现我在城里而不是乡下，我当“神仙”的念头烟消云散了，但我心不死，还要去寻找。大概，只有我知道我寻找的不是一个具体的地方，而是一种一见倾心的感觉，也许，是一棵树，或者一条小溪，要不就是天空中传来的几声鸟鸣。我不想知道那是什么鸟的歌唱，但我欣赏她的那种声音，就像我们有时谈起自己的往事，情不自禁地回放这个过程，不是要旧梦复原，也不是演绎自己的廊桥遗梦，而是要再次触摸一下自己青春季节强有力的心跳，感觉到自己的存在，就犹如爨底下村，就是现代人对历史拷问的镜像连接，不是村子的价值在增长，而是我们内心对她的珍惜，赋予了这个村子更大的价值……

2009 12

日	一	二	三	四	五	六
		1 十五	2 十六	3 十七	4 十八	5 十九
6 二十	7 大雪	8 廿二	9 廿三	10 廿四	11 廿五	12 廿六
13 廿七	14 廿八	15 廿九	16 冬月	17 初二	18 初三	19 初四
20 初五	21 初六	22 冬至	23 初八	24 初九	25 初十	26 十一
27 十二	28 十三	29 十四	30 十五	31 十六		

回复啸三的短信

你的那些作品，源于生活又将现实生活的情景个性化了，最重要的是欣赏者能够与画面上的人物互动，色彩与轮廓都贴近当下的审美意识，能做到这点，如果不是潜心研修、心静如水，将艺术作为生命里最重要的内容，是无法创作出来的，好像是随意随性随机勾勒出的熟悉的景象，实际上就是你审视这个社会的映像，你眼中的“浮世绘”。

我瞎说。别介意。

期待你早日完成。

老布

2009 12

日	一	二	三	四	五	六
		1 十五	2 十六	3 十七	4 十八	5 十九
6 二十	7 大雪	8 廿二	9 廿三	10 廿四	11 廿五	12 廿六
13 廿七	14 廿八	15 廿九	16 冬月	17 初二	18 初三	19 初四
20 初五	21 初六	22 冬至	23 初八	24 初九	25 初十	26 十一
27 十二	28 十三	29 十四	30 十五	31 十六		

回复猪尾巴的短信

实际上，你父亲已经被医院给彻底破坏了，但患者家属不知道。你想一下，你父亲不知道患病前的状态与现在是一个状态吗？医院是不管我们死活的。中医，也解决不了你父亲的问题，西医与中医都以利益为主。癌症，十几年的形成历史想在短期内解决，这怎么可能啊？

想办法提高你父亲的免疫力，不能再破坏了，另外，让你父亲坚定信心，让他相信能够打败癌症。饮食上要控制，清淡、少油、戒辣，情绪非常重要。

医院的方法就是要彻底消灭癌细胞，但癌细胞与生俱来，与生命同在。如果癌细胞消灭了，人的生命就结束了。但医生以消灭癌细胞为目标而不管我们的生命是否存在。

如果，当初按我的方法，多么好啊。可惜，大家都相信医院与医生。

大约花费30万元，医院就让病人回家了。

你看当地是否有老中医？也许，他的方法可行。

老布

2009 12

日	一	二	三	四	五	六
		1 十五	2 十六	3 十七	4 十八	5 十九
6 二十	7 大雪	8 廿二	9 廿三	10 廿四	11 廿五	12 廿六
13 廿七	14 廿八	15 廿九	16 冬月	17 初二	18 初三	19 初四
20 初五	21 初六	22 冬至	23 初八	24 初九	25 初十	26 十一
27 十二	28 十三	29 十四	30 十五	31 十六		

我的黑色12月

BIAC终于要拆了

BIAC是北京国际艺术营英文缩写。

2005年春，我入住BIAC（北京国际艺术营）时，正是要拆的传闻最厉害的时候，几经反复，这个北京当年最大的艺术区保留下来，但已被众多后来的艺术营追赶上来，艺术营的大腕纷纷走了，如果列出曾经居住这个艺术营的艺术家，足以构成中国当代艺术界豪华阵容。

今晚，接到物业公司的电话，告知艺术营将在2010年1月底前彻底拆除，这是真的，不再是传闻。

北京朝阳区所管辖的众多艺术区，都要在这个冬天里被拆除，其实，即便要拆，也应该等到春天时再拆，那时天气暖和了。可惜，没有人把艺术家当人，在城管部门眼里，艺术家远不如农民的待遇高，农民敢于举起拳头，市民敢于自焚，无产者敢于拿起铁棍，而艺术家们只能以另外的形式表达自己的愤怒，艺术家是真正的弱势群体。

老布之前生活的索家村国际艺术营

我也得走了，本月底有一家媒体将刊登我写的系列文章之一，题目为《我的黑色12月》。2008年12月20日，我获悉了患有癌症的消息。

2009年12月16日，我获悉了我的工作室被拆的消息。

12月，我的黑色12月……

癌症，没有将我置于死地，我与癌症过了几招，我赢了；拆迁，自然，也不能让我深陷绝境，我是贫而不苦自乐，死而不亡者寿，几百个艺术家将与我再次踏上迁徙之路，在何处安家？眼前还未确定……

2009 12

日	一	二	三	四	五	六
		1 十五	2 十六	3 十七	4 十八	5 十九
6 二十	7 大雪	8 廿二	9 廿三	10 廿四	11 廿五	12 廿六
13 廿七	14 廿八	15 廿九	16 冬月	17 初二	18 初三	19 初四
20 初五	21 初六	22 冬至	23 初八	24 初九	25 初十	26 十一
27 十二	28 十三	29 十四	30 十五	31 十六		

与张纪中见面谈养生

下午，与著名金牌制片人张纪中先生谈养生，他问了我许多关于医治癌症的方法与经验。

张纪中先生非常重视养生方法，他身边总有众多养生高手照顾。

他对于我采用的经络导引术极为重视，并在2009年5月份亲自体验了，对艺术家洪尘这一神奇的手法给予很高的评价。

我将写一本《一位癌症患者的自述-我的非主流医治方法》，2010年元月，就能签约出版合约，众多出版界朋友都认为这本书有可能畅销中国，并在海内外产生广泛影响。

2009 12

日	一	二	三	四	五	六
		1 十五	2 十六	3 十七	4 十八	5 十九
6 二十	7 大雪	8 廿二	9 廿三	10 廿四	11 廿五	12 廿六
13 廿七	14 廿八	15 廿九	16 冬月	17 初二	18 初三	19 初四
20 初五	21 初六	22 冬至	23 初八	24 初九	25 初十	26 十一
27 十二	28 十三	29 十四	30 十五	31 十六		

张纪中题写的话

每一个人的命运，其实，是可以改变的，改变的关键在于心的改变。心的改变，会引领你走到另一个境地，当你看到这个人的经历，他将证明一点。

張纪中

洪尘、张纪中、老布（红毛衣）

2009 12

日	一	二	三	四	五	六
		1 十五	2 十六	3 十七	4 十八	5 十九
6 二十	7 大雪	8 廿二	9 廿三	10 廿四	11 廿五	12 廿六
13 廿七	14 廿八	15 廿九	16 冬月	17 初二	18 初三	19 初四
20 初五	21 初六	22 冬至	23 初八	**24 初九**	25 初十	26 十一
27 十二	28 十三	29 十四	30 十五	31 十六		

辞旧迎新聚会

2009年12月19日中午，在方庄“南北一家”酒店，铁生做东邀请老朋友聚会，原周恩来礼宾官、中国宋庆龄基金会创建人古今明叔叔到场，在座的除我外，均是各个领的域杰出人士。

2009 12

日	一	二	三	四	五	六
		1 十五	2 十六	3 十七	4 十八	5 十九
6 二十	7 大雪	8 廿二	9 廿三	10 廿四	11 廿五	12 廿六
13 廿七	14 廿八	15 廿九	16 冬月	17 初二	18 初三	19 初四
20 初五	21 初六	22 冬至	23 初八	24 初九	**25 初十**	26 十一
27 十二	28 十三	29 十四	30 十五	31 十六		

美食是毒药

一大早，我就去北京金融街威斯汀酒店，见一位家乡来的中学同学于明涛。

昨夜，北京大雪，一路走的艰辛，到了酒店后，虽然有10年未见，依然能辨出少年时的模样，这时，时间接近中午了，他说要在这家酒店吃顿饭，我说我还有事，我们就简单地说了几句，我送给了他一本2002年光明日报出版社出版的《蓝颜知己》一书，作者自然是我，还有一幅“厚德载物”的书法，我扭头就走了。

此时，电话又响了，爱慕公司曲总的电话，他说有事情，问我是否在爱慕公司吃顿便饭，我说已经吃过了，放下电话后，我便奔向爱慕公司，临近爱慕公司，看到有卖煮玉米的，就买了一穗，狼吞虎咽下肚了，推开爱慕公司的旋转玻璃门，就看见曲总了，我们又去了北京苏州商会小憩。

从早上到下午三点，我未吃任何食物，喝了许多茶。

离开爱慕公司后，我又按照约定来到了艺术家洪尘家里，准备做经络打通，一进门我直喊饿，洪尘妻子便为我烤了四块红薯，我又狼吞虎咽吃到肚子里，此时，已是下午四时。

晚八点，做完经络打通后，我在洪尘家里，又喝了一碗杂粮粥、一块烤白薯，多种清炒蔬菜，我开心地回家了。

这一天，见了三个朋友，均具有大吃大喝的机会，而我全部放弃了。

我知道越是高级的酒店及会所，厨师的水平越高，高水平的厨师，自然要一展自己的厨艺，但由于时间及成本所限的原因，这些高级场所的饭菜就添加了众多的味精、鸡精及合成的浓汤宝，味道确实可口，但对身体没有任何益处，以前，我就是大吃大喝者，现在，我能拒绝这样的机会就拒绝，美食是毒药，这不是危言耸听。

2009 12

日	一	二	三	四	五	六
		1 十五	2 十六	3 十七	4 十八	5 十九
6 二十	7 大雪	8 廿二	9 廿三	10 廿四	11 廿五	12 廿六
13 廿七	14 廿八	15 廿九	16 冬月	17 初二	18 初三	19 初四
20 初五	21 初六	22 冬至	23 初八	24 初九	25 初十	26 十一
27 十二	28 十三	29 十四	30 十五	31 十六		

阳光味道

外出散步，享受冬天里难得的阳光，满眼望去，天空万里无云，离开家乡很久，家乡已经很陌生了，新鲜的空气，行人稀少的街道，我站在老虎滩大海边，浏览周边的风景，早不是过去的小渔村了，众多的高楼与小区，将老虎滩打造成了一个繁华的小镇，这破坏自然的行为，却被当地政府自封为政绩，前些年，根本卖不出去的房子都飙升过万了！

我实在弄不明白中国人哪里来的钱？

大家的收入几乎没有增加，却几乎家家户户都有房有车了？

世界“金融危机”，发达国家日子都不好过，怎么，我们国家就能逃过一劫？难道我们国家得到上帝独有的青睐？

其实，仔细思考就会发现，我们还是延续了自欺欺人的思维，沿用了“大跃进”时期“十五年赶超英美”的手段与口号，以国家的名义搞全民运动，好像房价增长了，大家财富增多了，一年里，政府反复刺激与压抑房价多次，实在是我们中国独有的现象。

昨天，温家宝总理接受记者采访，以这样的方式阐释他及政府的观点，过去从未有过。如果，我们仔细回味及思索一下，就会发现国家的政策在调整，尽管是被动的转身行为，总比先前那种不知天高地厚的愚蠢好的多，中国既不是世界经济的发动机，也不是世界经济舞台上的第一主角，先把自己的事情做好，这是第一要务。

2010 1

日	一	二	三	四	五	六
					1 十七	2 十八
3 十九	4 二十	5 小寒	6 廿二	7 廿三	8 廿四	9 廿五
10 廿六	11 廿七	12 廿八	13 廿九	14 三十	15 腊月	16 初二
17 初三	18 初四	19 初五	20 大寒	21 初七	22 初八	23 初九
24 初十 31 十七	25 十一	26 十二	27 十三	28 十四	29 十五	30 十六

呼和浩特，我掩饰不住自己的悲伤

下飞机后，朋友来接，原本想逛逛呼和浩特，当汽车刚离开机场，迎面而来北京一家著名房地产商的广告，我就决定放弃了欣赏呼和浩特的想法，我知道在这里是看不到纯正的蒙古族原貌了。

晚上，去了一家豪华的洗浴中心，可以与首都的媲美，我不禁悲伤起来，这些十几年前留下的生活方式，终于侵入了蒙古族的血脉中了。

高楼林立，广场到处都是，夜里的霓虹灯闪烁，但仅仅局限于一个城市中心，郊外依然是荒凉与破败的景象，这就是当下中国城市的真实写照。

雄浑的草原文化与风貌，就在我们这代人手中消失了，我们还自认为创造了奇迹，后代人肯定会谴责我们的，但好像我们没有任何愧疚感，我们想当然地认为城乡一体化是社会的进步……

我早早就躺在床上了，窗外的繁华与我无关，我极力想抹去呼和浩特现代化的痕迹。这些生硬的痕迹，将呼和浩特打造成新的巨大的“山寨”城市，即便我能抹去这座城市众多粗劣的景象，而人们内心的浮躁与虚荣，还有膨胀的欲望，与大多数城市一样还在膨胀着，在这个瞬间，我极为悲伤，呼和浩特市，除了满大街招牌上还有许多蒙古文字外，与其他城市一模一样，我决定哪里都不去逛了，就假装我从未来过呼和浩特，那样，我对呼和浩特还会寄予许多美好的遐想……

2010 1

日	一	二	三	四	五	六
					1 十七	2 十八
3 十九	4 二十	5 小寒	6 廿二	7 廿三	8 廿四	9 廿五
10 廿六	11 廿七	12 廿八	13 廿九	14 三十	15 腊月	16 初二
17 初三	18 初四	19 初五	20 大寒	21 初七	22 初八	23 初九
24 初十 31 十七	25 十一	26 十二	27 十三	28 十四	29 十五	30 十六

我与吴亚卓相识那天

2007年3月24日，我在雅昌艺术网上看到了一幅油画《记忆中的海风》，尺寸：10*10厘米，我很喜欢这幅迷你油画，当对方报出2000元时，我没有讨价还价，我认为艺术难得之处，就在于你喜欢，喜欢，是无法用价格量化的。

2000元买下一幅10厘米的迷你油画，许多人认为荒唐。

2007年5月前，我居住的北京国际艺术营将举办开发展，我邀请这幅迷你油画的作者吴亚卓参加展出，她于2007年4月29日来到了北京国际艺术营，带来的她的十几幅迷你油画，我特意邀请众多好朋友为其庆贺。

从此后，吴亚卓就一步到位推开了艺术创作的大门。

如今，即将三年了，我今天在整理个人的资料，找到了那天众多朋友庆贺的图片，再次发在我的博客上，真诚地致谢众多朋友们给予我的关怀与帮助。

2010 1

日	一	二	三	四	五	六
					1 十七	2 十八
3 十九	4 二十	5 小寒	6 廿二	7 廿三	8 廿四	9 廿五
10 廿六	11 廿七	12 廿八	13 廿九	14 三十	15 腊月	16 初二
17 初三	18 初四	19 初五	20 大寒	21 初七	22 初八	23 初九
24 初十 31 十七	25 十一	26 十二	27 十三	28 十四	29 十五	30 十六

她一个人走了

昨天，我的心情很乱，接到好朋友大成的电话，他的妹妹40岁就离开了这个世界，留下了一个8岁的儿子。

他的妹妹，美丽、聪慧、善良，多年来一直与疾病进行顽强的抗战，许是上天的不公平，不然，就无法解释许多事情的走向。或许，我们对自我的人生从来没有进行过远望，总认为我们的生命与我们阅读到的生命一样，有序曲、有开篇、有高潮迭起的情节，还会有一个徐徐落幕的尾声……

显然，生命从来由不得我们自己设计与把握。

生命无常，古人早就告诫我们了，而我们却不相信。

我现在知道生命的价值就在于存在，能知道这个浅显的道理，我也是用生命来换取的，但是，还有许多许多人不知道这个道理，他们还为房子忙、为名声忙、为地位忙、为与他人攀比而忙碌，舍得欠下一身债，也要过上所谓的富裕生活。

生命的价值，既然在于存在，那么，我们就应当珍惜每一天，每一时刻，健康快乐而自由自在。

我仔细阅读大成写的悼念妹妹的悼词，禁不住泪水流出，多么年轻的她，还是踏上了去天国之路，而活着的人责任更加艰巨，要将她的孩子培养成人。

从古至今，这样的故事总是不断续写着，只是我没有想到我这等年龄的人，也肩负起这样的责任。再回首去年，我患有癌症后，与死神打个照面，我非常幸运地得到众多朋友们的关爱，才使我远离了死亡的威胁与恐吓，也就是从那时起，我才知道生命的意义。以前，我从来不知生命的价值在于存在。

我本想安慰大成，我与他相识20多年，本应该在他悲伤的时刻给予关怀，而我的语言是苍白的，我无法确切地表达出我的心意，只能默默希望他节哀保重。

40岁，怎么说都是一个短暂的人生。就是这短暂的人生，让我们的悲哀更加沉重，沉重的让我们几乎窒息……

2010 2

日	一	二	三	四	五	六
	1 十八	2 十九	3 二十	4 立春	5 廿二	6 廿三
7 廿四	8 廿五	9 廿六	10 廿七	11 廿八	12 廿九	13 三十
14 正月	15 初二	16 初三	17 初四	18 初五	19 雨水	20 初七
21 初八	22 初九	23 初十	24 十一	25 十二	26 十三	27 十四
28 十五						

奥运前的一张合影

这幅照片拍摄日期大约在2008年春季。

那时的未来，就像马友友的大提琴悠长悠长的曲调；那时的未来，就像腾格尔的《天堂》天籁歌声中极致的抒情……

现在的未来，就像古老的呼麦，被历史遗忘的萨满师颂词，夕阳落下时的余晖，依然是金色却没有灼热的温度……

所有的预期都随着内容的改变而改变，所有的憧憬都因为一场突如其来的遭遇而搁置，我依然是我，但我又不是原来的我，我比以往胸怀更开阔，但却无人知晓。

记得舒婷曾经写过一首《站台》的诗，此时，好像为我所写的一般。

对索家村与索家坟的怀念

昨晚，从来广营东路转到索家村的门楼，这是一条通向索家村的小路，修建地铁站的灯光，取代了曾经热闹的浓郁乡村生活。

这是一条我走了五年的路，我熟悉到每一棵路旁的树，我都知道何时发出哗啦啦的笑声。沿着这条路，我无数次酒醉后，摇摇晃晃，举步维艰，回到自己的家中。

现在，800米长的路，看不见一处灯光。

以前，这里热闹的场面，不亚于一个城镇。

现在，几百家店铺，都消失了，几千名出租司机都远走了，至少300多个艺术家被迫远离，那些曾经令我的烦恼收废品吆喝声、将废旧钢铁用机器裁剪成固定规格的噪音，都消失了，那些不到10平方米的几十个理发屋里，已经很衰老的村姑暧昧的眼神也不见了，只剩下那些涂抹着各种色彩的旧门，在叙述着众多的往事，那堆积成山坡的报纸与杂志，也转移到了别处。

走近“北京国际艺术营”那个丁字路口，那个招牌还在，如果不细心寻找，几乎看不见了，漆黑的夜晚，没有一点灯火，我脑海里突然冒出了“坟茔”这个词来。

其实，几年前，这里还叫“索家坟”，后来改成了“索家村”，改动的这一个字，赋予居住在这里的人们许多想象的炫彩，但今晚，我又看见了几百年前“索家坟”的萤火，徐徐飘来。我停下车，尽力去寻找夜空里的那些工作室，我看见了夜空里那被拆了屋顶的空荡荡的墙壁，我看见了索家村寂静无人的小巷，曾经灯光闪烁的村子，如今，好像一座废城。

我扭过头去，我必须扭过头去，不再遥望，不再寻找，但我还是看见我曾经居住的房子，屋顶还在，还没有拆到这里，我分明好像看见了那装了双层玻璃的窗户，那装有五十盏各式灯饰的天花板，但我知道那曾经让我倍觉亲切的大红门不在了，半个月前就被砸成一地废铁，也许，再过不久，这堆废铁，就会以各种厨房器皿的形式，出现在家乐福、沃尔玛等国际超市的柜台上，这是它们生命另外一种形式的存在，如同我们迁移到远方继续存在一样……

两分钟后，我穿越五环公路下的一个桥涵，来到了望京。

索家村与望京科技园区的直线距离，不超过200米。

望京，那些大厦，尽管穿着所谓的知名国际马甲，也都黯然神伤。国际金融风暴，早就将其骄傲的笑容扭曲为一脸的沮丧，不仅我困惑，全中国人都会困惑，还是这片土地，还是这些房子，为何有了5–6倍的价格增长？

我想起郎咸平系列著作中的那些结论，我真的害怕了。

我再次仰望夜空，对于我来说我是无所畏惧的，但我的父母及家人，将会体会到什么叫做生活的艰难、什么叫做“大跃进”的升级版、什么叫做悲痛至极，欲哭无泪。

如果，我们脚下的土地，都生长出一栋又一栋大楼，我们的自来水公司都被外国控股，如果从玉米到青岛啤酒，从原油到飞机，从厨具到房地产开发，每一个领域都由外国的资本与资本家控制，这些资本与资本家，马克思与列宁早就形容他们为“幽灵”，而正是这些个飘荡的“幽灵”，早就侵入了我们的大众的生活中，尽管，这些“幽灵”就是魔鬼，但他们是以天使的形象出现的，他们随时可以任意主宰我们生活，只不过我们不清楚他们的最后时刻表，我们还天真地将他们作为座上宾，作为我们的朋友，而他们却从来把我们视为“敌人”。

三分钟后，我进入了望京的核心地带，我来到了灯红酒绿处，一个又一个招牌闪烁……

我看见一群又一群时尚的人们，推开一扇又一扇站有门童的旋转玻璃门……

临近春节，到处都洋溢着喜庆的气氛……

我舍不得又一次回头望去，看不见了，我曾经居住过的那个院子，我曾经的生活，我曾经的梦想，都在2010年最寒冷的冬天嘎然而止了，成千上万的人都在春节前迁徙他乡，我们实在不明白为何非得在春节前让我们流浪？

2010.2

2010 2

日	一	二	三	四	五	六
	1 十八	2 十九	3 二十	4 立春	5 廿二	6 廿三
7 廿四	8 廿五	9 廿六	10 廿七	11 廿八	12 廿九	13 三十
14 正月	15 初二	16 初三	17 初四	18 初五	19 雨水	20 初七
21 初八	22 初九	23 初十	24 十一	25 十二	26 十三	27 十四
28 十五						

今天，你艺术了吗？

春节期间，三亚宾馆房价贵的离谱，现在，又有消息报道：许多宾馆住房率不高。接着，媒体又有了详细的报道：外地人去三亚炒宾馆房价，说这是房价偏贵主要原因。

从形式上看，这就是国人的行为艺术，一波接着一波，从实质上，就是国人历来被形势所左右，雾里看花。

行为艺术，就是雾里看花。

但还是有高人，能从雾里看花中看出许多门道的。

“春晚”，从头到位就一个字：“钱”，如此详细地展示钱的力量与作用，恐怕，全世界只有我们国家了……

大学毕业后，找不到工作去卖土豆，母亲花钱雇人做托；

寡妇的孩子考上大学，捐钱者好像上帝在施舍；

夫妻之间因为电话引起猜疑，也是钱多惹的祸；

容貌不俊美，花钱整容；

老搭档合作多年，嫌弃对方；

魔术有托做局与“假唱”恣意横行，国人不以为耻，还得意洋洋。

过去，理想比生命重要。

现在，钱，就是爹，爹，变成了“王八犊子”。

好像这是一句戏言，其实，这就是真实写照，无非以艺术的语言表达而已。

每个人都能说出类似的俏皮话，人人都是艺术家了。

今天，你艺术了吗？

2010.2

2010 2

日	一	二	三	四	五	六
	1 十八	2 十九	3 二十	4 立春	5 廿二	6 廿三
7 廿四	8 廿五	9 廿六	10 廿七	11 廿八	12 廿九	13 三十
14 正月	15 初二	16 初三	17 初四	18 初五	19 雨水	20 初七
21 初八	**22 初九**	23 初十	24 十一	25 十二	26 十三	27 十四
28 十五						

核桃与乳房的联想

春节前，路过方庄环岛，看见有卖核桃的，便买了两颗核桃，每天都把玩一阵子，即便我去了伊金霍洛旗寻找成吉思汗陵的传说，也在疾驶的车中把玩这两颗核桃。

“男人，年轻时，揉女人的胸，老了时候，揉两颗核桃。”

这是吴亚卓对我的评价，我认为是最渴望最虔诚的祝福。

2010 2

日	一	二	三	四	五	六
	1 十八	2 十九	3 二十	4 立春	5 廿二	6 廿三
7 廿四	8 廿五	9 廿六	10 廿七	11 廿八	12 廿九	13 三十
14 正月	15 初二	16 初三	17 初四	18 初五	19 雨水	20 初七
21 初八	**22 初九**	23 初十	24 十一	25 十二	26 十三	27 十四
28 十五						

纸钱做的牌坊

昨晚，我路过我曾经居住过的村庄，看见我曾经居住过的房子，我居住的艺术营被限令春节前必须拆除，艺术家四处奔波，房东乘机涨价，到了必须拆除的期限后，只是把房顶的彩钢板拆了下来，堆在院子里，四面墙还在。

其实，大家都知道这房子没有必要在春节前拆除的。

在北京最寒冷的日子里，为何不可以在春节后拆除，让艺术家过一个春节呢?

与艺术营相邻的所有房子都没有被拆除，政府怕农民造反，农民真的敢钻进推土机前，农民也敢自焚，农民还敢聚众举起大旗，翻阅一下历史书就知道农民的力量了。

艺术家的前世，也许是农民，但你现在不是农民，为何不让艺术家过一个幸福的春节呢?

其实，国人的前辈大都是农民。

我们去了一家酒店吃饭，饭店里的食客众多，酒店里的墙壁上有一巨幅名家油画临摹作品，质量之低劣，却堂而皇之悬挂在最显眼的位置上。

商家，可以购买贵重的壁纸、卫生洁具、灯饰等来装饰酒店，却不愿意购买艺术家的原作，这其实并不仅仅是商家的悲哀，而是国民没有艺术修养的表现。

地方政府，把摩天大楼当做业绩，可以在春节前抹平一个又一个村庄，摩天大楼盖好后，空置多年，也是业绩，而却把知识分子视为“异类”，视为洪水猛兽。

我们应该少喊一些口号，多做一些实事，别总在冬天里拉电闸，说煤炭生产运输紧张，别总在春运期间打击“黄牛”，别总按照国际原油市场预期涨价，涨完价后再让利。别总“带病”提升后不久，就被“双规”，还说组织早就在查处……

没有贞洁者，却总要盖一个牌坊，哪怕这个牌坊是纸钱做的。

“春晚”两个节目就再现了这种情况，一个是夫妻间互不信任，一个是见义勇为者，总是被人猜疑。

现在，打击“色情短信”，凡是与“色”有关的词语都屏蔽了，“色女狼”是一个艺名，与色情没有任何联系，也在被禁止之列。

凭良心说，我用手机快20年了，很少收到过色情短信，但我总在不同的城市里，看到相似灯红酒绿处有相同的暧昧场所，从理发店到五星级酒店，现在，又以会所及心理咨询陪聊等名义游走江湖，好像，色情就是性?

老百姓怎会有闲情逸致?

即便有，也没有能力。

事实上，色情真的存在，但都时尚化了，商场、职场、官场无处不在，哪里有真实的生活，哪里就有色情。

2010

2

日	一	二	三	四	五	六
	1 十八	2 十九	3 二十	4 立春	5 廿二	6 廿三
7 廿四	8 廿五	9 廿六	10 廿七	11 廿八	12 廿九	13 三十
14 正月	15 初二	16 初三	17 初四	18 初五	19 雨水	20 初七
21 初八	22 初九	23 初十	24 十一	25 十二	26 十三	27 十四
28 十五						

把老爸从手术台上劫走

我有一个弟弟与妹妹，我患癌症后，最初只告诉了弟弟，我让弟弟承担起长子的责任，后来，弟弟告诉了我妹妹，但我们一直没有告诉妈妈。

细心的妈妈，感觉到许多蹊跷的事情，从妹妹口中套出了我患有癌症的消息，妈妈非常悲伤，但我们都没有告诉我父亲。在我们记忆中，父亲是一个胆小的人，一晃，14个月过去了，父亲没有发现我的病情。

今年大年初五，父亲胃部疼痛，粪便里有血块，父亲没有告诉我们，他的这个症状已经半年多了，弟弟与妹妹坚持将父亲送进医院做一次全面检查，弟弟与妹妹被告知父亲患有直肠癌，并且是晚期，妈妈与弟弟、妹妹一致决定不将这个消息告诉我，怕我承受不了这个残酷的打击。

父亲住院一周，我毫不知情。

2月25日夜里，我与几个朋友聚会，席间突然迷糊起来，浑身无力颤抖，思维迟钝，眼光无神，吓坏了朋友。我认为是低血 2010.2

糖，朋友认为是喝茶喝醉了，后来，又认为是饿的原因导致的，赶紧到外边24小时店里买了许多吃的，而我并不饿，大约一个小时后，我便恢复平时的正常状态。

回到家里，已是2月26日凌晨两时，我将手机关了。夜里，梦无数，均没有一个清晰的。

在我与父亲同时患有癌症时刻，家人把我放在第一位，全力维护我的健康。

只有我一人不知道他们这一周的焦急与悲伤。

父亲隐约中也感觉到了问题的严重性，他对我弟弟妹妹说：等手术完了，再告诉你哥。弟弟承担着长子的责任。

手术的日程安排好了，弟弟违背了大家的承诺，偷偷地给我打了电话，我电话关机。然后，他就不停地打，还是关机，他就发了一个短信，等我打开手机时，正好是2月26日上午九点多了，弟弟发来短信："直肠肿瘤，可以用你的方法吗？"

我立即拨通电话，弟弟轻描淡写地说刚给父亲做完检查，我明显感觉到他在隐瞒什么，他又说在医院里，我又追问几句，他说父亲还不知道，妈妈、弟弟与妹妹决定不告诉我。过去，我一个人患癌症，现在，父亲也得了癌症。

"真的没有选择啊！绝对不能告诉你哥，他才50岁啊。"妈妈泪流满面，对弟弟与妹妹说。

再有几个小时，父亲就要被推入手术室，我立即让弟弟办理出院手续，赶紧回家。弟弟立即对医生说放弃手术治疗，父亲妹妹妈妈均非常惊愕，我立即前往首都机场，买了一张飞回大连的机票，可惜，飞机晚点两个小时，就在这两个小时期间，我的额头上突然冒出许多青春痘类的东西，痛疼无比。

他小心翼翼的回家，瞒着父母自己的病情。老布与父亲

我这时才发现我迷糊的那个片刻，正是我家人最伤心的时刻，父亲感觉到了生命处于最危急的时刻，就是在这个危急时刻，他一再嘱咐家人不告诉我，他那时，还不知道我患有癌症，他也不知道自己患上了癌症。

我推开家门，我郑重其事地对父亲说："爸爸，我必须告诉你，你患有了癌症。"

家人惊愕了，他们没有想到我会将实情告诉爸爸。

我对父亲说："你想活吗？你相信我吗？如果，你想活，如果，你相信我，就跟我飞回北京。"

我从来没有看到过父亲那么信任的眼神，父亲说："你怎么说，我就怎么办！"

我更没有想到过在我们印象中有些胆小的父亲，是那么的坚强与乐观，我这一生都忘不了父亲的眼神，那是父亲对儿子的信任与全部希望。

在24小时内，我不停地说了近16个小时的话，激励父亲与癌症做最后的博弈，并将父亲带回北京。当妈妈收拾随身带的衣物时，妹妹与弟弟对妈妈说："爸爸背不动，也不能让我哥背。"

妈妈肩上背着行李，我与父亲争着抢着要背着，都被妈妈拒绝了，我年过七十的妈妈说什么，也不让我与父亲背着行李。

何谓爱?

何谓亲情?

何谓胸怀?都体现在我妈妈有些驼背的身影上，一个满头白发的老人，左边是他的丈夫，右边是他的儿子，他们俩都身患癌症，在生与死之间做顽强的抗争，妈妈，早就流干了眼泪……

回到北京后，我敲开了洪尘的家门，让洪尘用他的经络导引术绝技给我父亲医治，为了坚定我父亲战胜癌症的信心，我告诉父亲我患有癌症已经14个月，父亲的那个悲伤表情，我无法用语言形容出来，我告诉父亲：

"请看一下你的儿子，就知道你能够打败癌症。"

洪尘，给我父亲做了5个多小时的经络导引术。

我妈妈说她还是第一次看到父亲与他人说过那么多的话，经络导引术非常疼痛，父亲连眉毛都没有皱一下，我知道父亲在与癌症进行顽强的抗争。

经络导引术结束后，父亲说身体有一种轻松的感觉。

弟弟来电话了，他告诫我："我们需要父亲，而不是金钱。"

妹妹来电话了，她提醒我："如果没有效果，立即手术切除。”

我将电话转给父亲，父亲说：“我相信洪尘的方法。”

24个小时，我终于赢得了这个关键性的胜利，父亲相信经络导引术，意味着父亲也会像我那样很快康复的。

我将父亲安顿好，回到家里，当我写着这篇短文，几次泣不成声，泪水止不住地流。这24个小时，父亲与我都非常绝望与悲伤，我们这一对父子，几乎同时确认了对方癌症消息，而我妈妈的绝望与悲伤，超出了一个人可以忍受的限度，我的妹妹与弟弟怎么能承受住这么大的打击？

父亲，几乎同时获悉了自己与儿子身患癌症的消息，还能谈笑风生，我第一次感觉到我父亲的胸怀与坚强。我想，我父亲也是第一次看到他儿子的坚强与胸怀，我想这就是为什么我能那么坚强与勇敢，因为我是我父亲的儿子，而这个基因的继承，过去被我忽略了……

我痛哭了一个多小时，我的弟弟与妹妹，我的妈妈都这样痛哭过，我想我的父亲，也一定会在夜深人静的时候，独自痛哭，但我们依然挺直了我们的脊梁。

在癌症面前，我们没有选择，但我的家人能正视这个残酷的现实，坚强地承受，并努力战胜癌症……

2010 2

日	一	二	三	四	五	六
	1 十八	2 十九	3 二十	4 立春	5 廿二	6 廿三
7 廿四	8 廿五	9 廿六	10 廿七	11 廿八	12 廿九	13 三十
14 正月	15 初二	16 初三	17 初四	18 初五	19 雨水	20 初七
21 初八	22 初九	23 初十	24 十一	25 十二	26 十三	27 十四
28 十五						

耀纲：

你可以综合这些素材，写一篇。《薛智广：中国当代文人画的杰出继承者》

早年，薛智广先生跟张仃、刘继卣等前辈学习绘画，后接受李苦禅、李可染等人指教，并与中国众多著名艺术大家，如康宁先生等亦师亦友……

在我结识的众多艺术家中，论学问、论技艺、论情趣、论即兴拈来的再现花卉、山川、人物、动物与大千世界的功夫，我还是最钦佩薛智广先生，尤其是他的原创能力之强、涉及领域之广，薛智广先生确实颇具艺术大家风范，也可以这样说，薛智广是中国文人画当代的杰出继承者。

文人画，可以追溯到汉代，魏晋南北朝时期，姚最“不学为人，自娱而已”成为文人画的中心论调，使历代文人将其尊为绘画的宗旨。宗炳以山水明志“澄怀观道，卧以游之”。充分体现了文人自娱的心态。

唐代诗歌盛行，大诗人王维以诗入画，被后世奉为文人画的鼻祖，他的绘画作品成为后世文人画家的范本。

从薛智广先生的作品中，我们可以感受到他学养深厚，诗中有画，画中有诗，画中带有文人情趣，画外流露着文人思想。他用笔简练、惜墨如金，几十年来，修身养性，诗、书、画、印为一体，他的作品以诗为魂，集中再现了以诗的表现性、抒情性、写意性为最高的美学追求原则，他在创作中十分强调画中书法的作用，将书法用笔高度和谐地运用到画法之中。书法的灵动、韵致、风骨，显示出的是生命的节奏感和韵律感，强化了文人画的意趣，减弱了绘画对形的依赖，加强了笔墨之外的意境，突出了绘画的文化品味。

在色彩和水墨上，薛智广更注重水墨的运用，讲究墨分五色。王维之所以受到苏轼、董其昌的极力推崇，最重要的原因就是他在后期创作中开创了水墨画的先河。文人画家所以重水墨而轻色彩，这同中国传统绘画的艺术观念和审美观念有直接关系，即传统绘画一直不曾把真实地再现事物的表象作为创作目的，而是把揭示事物的内在神韵作为最高的艺术追求。薛智广作品中始终坚持这种艺术追求，形成了个人的独特美学思想，即摒弃华艳，唯取真淳，讲究绘事后素、返朴归真、大巧若拙等等，其实，这些曾经是古往今来艺术大师在艺术上的自觉追求，却随着时代的发展而被一些艺术家抛弃了，薛智广先生善于以最简单的工具（笔、墨、纸），最概括的语言（黑、白、灰三色），传达出最深切的感受，运用墨干湿浓淡浑厚苍润的微妙变化，以单纯的墨彩概括绚丽的自然，运笔的疾徐轻重，点线的疏密粗细所形 2010.2

成的特有的节奏和韵律，充分体现出画家创作过程中特有的心态、气质和个性，并将这些与所表现的事物的形神有机地结合起来，做到心手相应，气力相合，迹虽断而气连，笔不周而意周。

薛智广先生重写意，言之有物，是兴之所至，信笔拈来，承载的是亦忧亦乐，表达的是真性真情，作品格调高雅，它以画家的主观意向为创作源泉，不着眼于存形写照，带着一种游戏的、无意图的、无劳累感的轻快性,带着一种自我享受、自我超越的浪漫气息，表露个体生命的内在精神活动、思绪与情怀。写意的基本表现形式是“疏”与“简”，单纯的水墨在笔墨运用上重简不重繁正是文人画所钟爱的图式。

2010 4

日	一	二	三	四	五	六
				1 十七	2 十八	3 十九
4 二十	5 清明	6 廿二	7 廿三	8 廿四	9 廿五	10 廿六
11 廿七	12 廿八	13 廿九	14 三月	15 初二	16 初三	17 初四
18 初五	19 初六	20 谷雨	21 初八	22 初九	23 初十	24 十一
25 十二	26 十三	27 十四	28 十五	29 十六	30 十七	

癌症，是一种生活方式

癌症后，我重新打开了一个看世界看自己的窗口。

这个窗口，以前，好像从来不存在，其实，这是一扇随着生命而来的窗口，暂时被屏蔽了。癌症，就像一个好心的大哥，这个时候提醒了我，要关好这扇窗户，将上面的灰尘轻轻地拂去。

现在，我就站在这扇窗前，看到了我与大家、我与家人、我与朋友、我与世界的距离，这个距离有多长？我是否能缩短或拉长？这是由我的生命决定的。

没有谁可以做我们生命的导师，你的生命你做主。

2010 4

日	一	二	三	四	五	六
				1 十七	2 十八	3 十九
4 二十	5 清明	6 廿二	7 廿三	8 廿四	9 廿五	10 廿六
11 廿七	12 廿八	13 廿九	14 三月	15 初二	16 初三	17 初四
18 初五	19 初六	20 谷雨	21 初八	22 初九	23 初十	24 十一
25 十二	26 十三	27 十四	28 十五	29 十六	30 十七	

写给周飞燕的信

飞燕：你好！

2010年4月30日，下午。

我的一个好朋友蔡大哥从成都来北京，他要来看我。

我说太远了，不让他来。他今年68岁了，却坚持要来。我去镇政府门前接的他，他们一行三人，途中，我这个大哥对他人说：老布，一定骑着一辆破自行车，满脸蜡黄，浑身没有力气，蹲在路旁等我们。

当蔡大哥看到我时，非常惊愕。

他怎么都想不到我会是现在的状态！

我老爸经常对我妹妹弟弟说："你哥，他不是癌症，如果是癌症，怎么能开车1000多公里，还不累？"

所有人没有一个相信我是癌症患者。

在2007年夏季，北京电视台八频道《情感部落格》栏目，曾经以《年轻未婚妻让我欢喜让我忧》为题采访了我与吴亚卓。

现在看，在这期节目中，主持人曾经预言老布有病这个事实。

主持人问吴亚卓："如果老布有了重大疾病，你能照顾他吗？"

吴亚卓答："我没有能力时，扭头就走。"

一年后，我就被确诊为膀胱癌症，许多人包括我都相信吴亚卓会离开我，但她没有。

还是在这期节目中，吴亚卓说了一句这样的话：

"男人的承诺，不如一碗白米饭。"

《年轻未婚妻让我欢喜让我忧》播出后，《情感部落格》栏目，在年底又以《爱过之后》为总题目，回顾了《情感部落格》节目一年播出中的几个当事人的生活。

我曾经无数次对他人说过这样的话："人生不可设计。"现在看，我就是延续了我曾经说过的话，活在当下。

这几天，我终于弄明白了生命、生活与活着的含义。

生命，指境界。

生活，指内容。

活着，指品质。

许多人活着，更多的人生活着，极少数人享受生命的乐趣。

我就是因为与癌症遭遇了，才意识到生命的含义，以前，仅仅有生活而没有生命。

总之，我们都在改变。

2010.4

2010 5

日	一	二	三	四	五	六
						1 十八
2 十九	3 二十	4 廿一	5 立夏	6 廿三	7 廿四	8 廿五
9 廿六	10 廿七	11 廿八	12 廿九	13 三十	14 四月	15 初二
16 初三	17 初四	18 初五	19 初六	20 初七	21 小满	22 初九
23 初十 30 十七	24 十一 31 十八	25 十二	26 十三	27 十四	28 十五	29 十六

鸽子，飞进美食家的嘴

早晨，去村里一家鸽子养殖场，我问：

“有鸽子卖吗？”

“你要熟的，还是生的？”养殖场老板答。

“熟的多钱？生的多钱？”我又问。

“熟的32，生的24。”

“这么贵吗？”我质疑。

“根本就不贵。你到超市去看一下，我的鸽子，名牌。上到农业部，下到老板，都吃我的鸽子。”

“这鸽子多大了？”

“28天。用24种调料，平均每一只鸽子，调料钱一元钱。如果，套上一个包装，这鸽子就更贵了。”

“28天？可惜，我现在不能吃鸽子了。”我大吃一惊。

“为何？”

“我，癌症。”

“癌症，更要吃鸽子。你没事的。我治愈过很多。”

“你？什么方法？”我好奇地问。

“你信佛不？我用佛的方法。”

我沉默了片刻，他讲述了许多关于佛的常识性知识，我在倾听。

谁都知道：不杀生，是信佛者的主要理念。

但眼前这个信佛者，每28天，就有一批鸽子被送进了美食家的嘴里。

在我的家乡，有一个号称“亚洲鸡王”的企业家，据说，他也很虔诚地信佛，但他的养鸡场天天都在杀鸡……

2010 5

日	一	二	三	四	五	六
						1 十八
2 十九	3 二十	4 廿一	5 立夏	6 廿三	7 廿四	8 廿五
9 廿六	10 廿七	11 廿八	12 廿九	13 三十	14 四月	15 初二
16 初三	17 初四	18 初五	19 初六	20 初七	21 小满	22 初九
23 初十 / 30 十七	24 十一 / 31 十八	25 十二	26 十三	27 十四	28 十五	29 十六

真相，必须远离知情者

房子外几百米处，就是田野，种植着各种蔬菜，大棚已经陆续拆除了，叶子类的蔬菜长势喜人。

前几天，一大早去散步，看到邻居一个大嫂在种花生，细一问才知这个季节，正是城里居民食用叶子类蔬菜的时候，她告诉我千万别在这个时候吃叶子类蔬菜。

“虫子出来了。必须打药。”大嫂告诉我。

“这药是化肥吗？”我问。

“化肥是化肥，农药是农药。”

“农药是有毒的吗？”我又问。

“你看一下，就知道了。反正，我们这个时候不吃叶子菜。”她没有直接回答我的问题。

第二天，我去村里唯一卖蔬菜的超市买菜。果然，架子上有紫色的茄子、大头菜、地瓜、白萝卜，辣椒，没有任何叶子菜。

我问：“我想买点叶子菜，有吗？”

“你是新来的吗？”

“我刚搬到这个村。”

“怪不得的。现在，没人吃叶子菜，除非自家种的。”

走出超市外，我驾车去东三环，路过牛坊村，这里有一个规模比较大的集市，主要批发蔬菜，到处都是鲜绿、翠绿、鹅黄等颜色的叶子菜，商贩整筐批发走了，估计一两个小时后，就进入了城市的市场，中午时候，就进入了市民的胃里。

昨天，我错过了午饭时间，就近买了几个苹果，专挑有虫子眼或疤痕的买，权当午饭。

2010 5

日	一	二	三	四	五	六
						1 十八
2 十九	3 二十	4 廿一	5 立夏	6 廿三	7 廿四	8 廿五
9 廿六	10 廿七	11 廿八	12 廿九	13 三十	14 四月	15 初二
16 初三	17 初四	18 初五	19 初六	20 初七	21 小满	22 初九
23 初十 30 十七	24 十一 31 十八	25 十二	26 十三	27 十四	28 十五	29 十六

昨天进城录制被采访节目

2010年5月8日，下午。

我接受了优米网的采访，着重谈了自己癌症前后生活的变化。

我第一次比较完整地解释了我的关于“生命、生活与活着”的概念，并将“我的非主流医治方法”做了阐述，即经络导引术、改变生活方式与饮食习惯、以神养生。其中，以“神”养生分为：养身、养心、养神。核心为回归自然。

2010 5

日	一	二	三	四	五	六
						1 十八
2 十九	3 二十	4 廿一	5 立夏	6 廿三	7 廿四	8 廿五
9 廿六	10 廿七	11 廿八	12 廿九	13 三十	14 四月	15 初二
16 初三	17 初四	18 初五	19 初六	20 初七	21 小满	22 初九
23 初十 / 30 十七	24 十一 / 31 十八	25 十二	26 十三	27 十四	28 十五	29 十六

傍晚，唢呐响了起来

我居住的这条街，就是这个村子里最繁华区域了，从东到西的一条街，每逢周一下午，就是集市。

傍晚，我还在收拾房间，房东让我把车开进院子，这是我第一次将车开进院子里，以前，这里在盖房子，无法进来。

顺眼一看，街道东头人群攒动，我问：

“今天是集市吗？”

“不是。死人了。”房东说。

这时，唢呐响了起来。我一听就是唢呐声，就知道又是喜丧，我来这个村不到一个月，已经去世两个人了。上次那位老人去世时，门口还站立着一匹彩纸扎成的马。

夕阳，西下，亮晃晃的。

以前，这个时候，总是有许多狗在叫唤，此时，村庄很寂静……

看到他人离去，我又想起昨天我对记者说的那些话：

“我们应该进行关于死亡的教育。死去，是人生的必然结局，是公平的机会与结果，没有什么可恐惧与惋惜的。”

可以这样说，我是与死神擦肩而过，打了个照面，又重归健康人序列的人，我很感激我的朋友们给予我的帮助与友爱。

2010 5

日	一	二	三	四	五	六
						1 十八
2 十九	3 二十	4 廿一	5 立夏	6 廿三	7 廿四	8 廿五
9 廿六	10 廿七	11 廿八	12 廿九	13 三十	14 四月	15 初二
16 初三	17 初四	18 初五	19 初六	20 初七	21 小满	22 初九
23 初十 / 30 十七	24 十一 / 31 十八	25 十二	26 十三	27 十四	28 十五	29 十六

我不幸福

前几天，村里有集市，正好，台北与新加坡的朋友到家做客，听说村里有集市后颇有兴致，逛集市时，突然看见一个长者推着一辆三轮车，车上坐着一个老太太，微笑地注视来来往往的人群，夕阳西下，他们俩就在那里看大家。

我的这几个朋友，除两个40岁外，其余七个都是“80后”，他们非常羡慕这一对老夫妻，也不知道谁先唱起：

“慢慢等你变老……”

这首歌，曾经风靡过，大家唱罢，马上跑过与老人合影，老人很奇怪地看着大家，旁观者忙告诉大家：

“他们84岁了。”

连我都很激动，84岁了，这么久远的岁月，在老人身上留下了雕刻般的时光，台北来的小孙大声说：

“我们好羡慕你们，你们真幸福啊！”

“我不幸福。”坐在车上的老太太，声音柔和地说。

“我，更，更不幸福。”站在旁边的老爷子，声音高了一个

八度，马上跟了一句。

大家都愣了，大家认为他们是幸福，而他们各自认为自己不幸福。

其实，幸福就是一种感觉，所谓的幸福与爱情等，从来都是转瞬消失的，持久的是琐碎的日子，而琐碎的日子怎么能天天幸福呢？

那天晚上，我久久地回想老爷子与老太太的对话，他们见证过生命与生活的漫长过程，他们对幸福的理解，也许与我们不同，但他们能够度过这么悠长的岁月，老爷子弯着腰将老太太推出来，看集市上的人来人往，这就是我们所向往的幸福，我们缺少什么，就会寻找什么并渴望自己能够拥有……

2010 5

日	一	二	三	四	五	六
						1 十八
2 十九	3 二十	4 廿一	5 立夏	6 廿三	7 廿四	8 廿五
9 廿六	10 廿七	11 廿八	12 廿九	13 三十	14 四月	15 初二
16 初三	17 初四	18 初五	19 初六	20 初七	21 小满	22 初九
23 初十 30 十七	24 十一 31 十八	25 十二	26 十三	27 十四	28 十五	29 十六

穷人与富人的区别

我搬到了南六环外的一个村子，家里新装的马桶漏水，我去镇里买玻璃胶，推开一家五金店，四五个小伙子在聊天。

“有玻璃胶吗？”我问。

“好的还是坏的？”一个小伙子问。

“坏的多钱？”

“6元。”

“好的？”

“8元。”

“有再好的一点的吗？”我又问。

“8元的就是这里最好的了，再好的，就没人买了。”小伙子答。

“那就买两个。”

“要枪吗？玻璃胶枪。”小伙子问我。

“要。多钱？”我答。

“要坏的，还是要好的？”

“这也分坏的与好的？”

“当然分了，什么东西都有好坏之分。”小伙子边回答，边疑惑地看我几眼。

“坏的好的差多钱？”我又问。

“好的10元，坏的7元，就是材料不一样。坏的就用一次，好的还可以再用。我建议你买好的。”

“好。”

“你不是这里人吧？”

“你怎么知道？”

“看你买东西的架势，就知道你是东北人。”

“对。我是东北的。这里空气新鲜，环境很好。”

“你是富人”小伙子答。

“我不是富人。我喜欢这里的环境。”

“富人都喜欢这里，大树、蓝天还有麦田，这里的人喜欢城里的楼房、汽车……富人喜欢买好的东西，穷人买便宜的坏东西。”

我惊愕了，我的父母买东西专买便宜的，我的许多朋友只到大超市买东西，穷富之间的差距不仅仅是钱的问题，还有价值观。

2010 5

日	一	二	三	四	五	六
						1 十八
2 十九	3 二十	4 廿一	5 立夏	6 廿三	7 廿四	8 廿五
9 廿六	10 廿七	11 廿八	12 廿九	13 三十	14 四月	15 初二
16 初三	17 初四	18 初五	19 初六	20 初七	21 小满	22 初九
23 初十 / 30 十七	24 十一 / 31 十八	25 十二	26 十三	27 十四	28 十五	29 十六

当心家族性癌症的出现

时间，转眼就过去一年多，我的身体逐渐恢复了健康，我越来越担心我的家族出现第二例癌症患者，我的这种担忧是基于我对癌症常识性知识的深入了解。

尽管，关于癌症形成的机制，至今，还在研究之中，但是科学家们认为生活方式与饮食习惯是形成癌症的一个重要原因。

世界卫生组织认为：癌症源自于一个单细胞。从一个正常细胞转变为一个肿瘤细胞要经过一个多阶段过程，通常从癌前病变发展为恶性肿瘤。这些变化是一个人的基因因素和三种外部因子之间相互作用的结果，这些外部因子包括：

物理致癌物质，例如紫外线和电离辐射；

化学致癌物质，例如石棉、烟草烟雾成分、黄曲霉毒素（一种食品污染物）和砷（一种饮水污染物）；

生物致癌物质，例如由某些病毒、细菌或寄生虫引起的感染。

癌症成为全球主要的死亡原因：2004年，癌症死亡人数达740万（约占所有死亡人数的13%）。2030年，全球癌症死亡人数预计将达1200万。

癌症日益临近我们的生活，而我们却无法回避导致癌症的危险因素，这些危险因素包括：

1. 烟草使用
2. 体重超重或肥胖
3. 水果和蔬菜摄入量低
4. 缺乏锻炼
5. 酒精使用
6. 性传播人乳头瘤病毒感染
7. 城市空气污染
8. 家庭使用固体燃料产生的室内烟雾

有一天，我在回家途中，穿过地铁转乘站的巷道，我又看见了一个年轻的吉他歌手，他在尽情唱着许巍的歌，我突然想起我确诊为癌症的那个瞬间，许巍在唱：

许多事情来不及想

就这样发生了

说来也怪，就在那个瞬间，我突然想起癌症的危险因素，这些因素不仅我存在我的生活中，我的家族成员至今还尚未意识到癌症的危险因素，也许，我的家族又将有一个癌症患者，那么，这个人是谁？一定是我父亲了。

一联想到我的父亲，许久都没有的恐惧袭来，我坚信我的父亲很难躲过癌症这个劫难。

2008年12月，父亲曾经被怀疑为胃癌，我急忙驾车回家乡，检查结果证实不是胃癌，而我却在那个时候确诊为膀胱癌。我现在知道生活方式与饮食习惯在癌症的形成过程中起着非常重要的作用，而我的家族的饮食习惯都是一样的。

我的母亲，从幼年起就是素食主义者，她很少给我们做肉类的菜，几乎都是蔬菜。在上个世纪我们成长的年代，我们非常羡慕别人家的饭菜。我母亲不给我们做，父亲就用那些肉票买些猪下水等熟食，在我的记忆中，肉类就是奢侈品，我们小的时候就认为猪下水，才是世界上最好的美食。每当节日，我们必须食用猪下水等买来的熟食，等我们长大后，我与弟弟妹妹一直认为猪下水等熟食才是真正的美味。我认为能吃上肉，尤其各种动物的下水类食物，是自己本事大的一个表现，是生活富裕的主要内容与体现。

我与父亲都太多的相似之处了：

我们都喝酒。父亲的酒龄大约40多年，抽烟20多年。

父亲性格内向，凡是总往坏处想，悲观情绪很严重。

父亲一天两顿咸菜，几十年不变的油炸花生米。

父亲很少吃蔬菜与水果。

我喜欢吃猪下水

愿意吃油炸食品、烤制类食物、粘性食品

我与父亲都曾经在煤矿工作过

自我压力大

思维敏捷或情绪敏感

不到一周的时间，一天早上，弟弟短信问我：

“结肠肿瘤，也可以用你的方法吗？”

弟弟在等我的回信，我立即将电话拨打过去，弟弟告诉我父亲确诊为结肠癌，下午将要做手术……

果然，我的家族没有逃过癌症的这一劫难，而更加让我惊愕的是这次确诊为癌症的果然是父亲……

癌症，不遗传，不传染。

为何，我们父子同时患有了癌症？

有人说，就怨你这个乌鸦嘴，哪有儿子预言老爸迟早会得癌症的？

我预言我老爸得癌症，不是信口开河，而是基于我对癌症的理解。如果，老爸去年进行了全面的检查，正好，与我同时被确诊为癌症。

我与父亲有相同的饮食习惯，这种不良的饮食习惯，并没有引起我们的关注，相反，我们一直认为自己的饮食习惯很健康。

事实上，大约在15至20年前，癌细胞就开始了突变，而我们不知道，我与父亲都得了癌症，这是必然的，而不是巧合，对我们来讲是一个惨痛的教训，对大家应该有一个警示作用，不良的生活方式与饮食习惯必须立即放弃，从现在开始改变自己，一切都来得及……

2010 5

日	一	二	三	四	五	六
						1 十八
2 十九	3 二十	4 廿一	5 立夏	6 廿三	7 廿四	8 廿五
9 廿六	10 廿七	11 廿八	12 廿九	13 三十	14 四月	15 初二
16 初三	17 初四	18 初五	19 初六	20 初七	21 小满	22 初九
23 初十 / 30 十七	24 十一 / 31 十八	25 十二	26 十三	27 十四	28 十五	29 十六

老来夫妻少年伴

我年近五十，长的更沧桑些，搬到村里后，许多与我年龄相仿者，经常问我的年龄，这些人都说我很老，其实，我看他们更老。

我的老，是脸上的皱纹多些，他们的老，是心理上的老，还停留在上世纪中期的生活方式上。

一天，清晨。我散步路过一个路口，一个老太太蹲在路边，一个老汉，恰好走过。

“怎么样了？”老太太问。

“炕吃炕拉了。”老汉，耷拉着脑袋答。

“那可要命了。”

“孩子喂她。”

“你够倒霉的了。没办法。谁都有这一天。”老太太，好像对着天说这句不着边际的话，老汉脑袋，又往下低了许多，没有任何言语。

我看着这一对老人，看不出他们的实际年龄，也许70多岁，也许，快80岁了吧？

他们就在这个村里，过了这么多年日子，我估计喂饭的那个孩子，也应该比我年长。

老汉，缓慢地从我身旁走过，老太太懒得看我一眼，她知道我有一个年轻的女友。村里的人，总用一种诧异的眼神看着我们穿过田野与小巷，他们本认为我是富人，等我家搬来后，他们一看早被他们扔掉的百八十年的旧家具我还在用，就更困惑，经常有人对我说：

“白给，我们都不要，都什么玩意？”

2010 5

日	一	二	三	四	五	六
						1 十八
2 十九	3 二十	4 廿一	5 立夏	6 廿三	7 廿四	8 廿五
9 廿六	10 廿七	11 廿八	12 廿九	13 三十	14 四月	15 初二
16 初三	17 初四	18 初五	19 初六	20 初七	21 小满	22 初九
23 初十 30 十七	24 十一 31 十八	25 十二	26 十三	27 十四	28 十五	29 十六

附录：给夏社长的信

夏社长：

你好！

我仔细阅读了许多资料，我与父亲都得癌症是必然的，相同的生活方式与饮食习惯是主要的原因。我母亲素食一生，我们兄妹一直认为吃蔬菜是穷人家无奈的选择，等我们有了能力后，一直延续我父亲的饮食习惯，很少吃蔬菜水果，都喝酒都很少喝水，都不喜欢小动物与植物，都不喜欢户外的运动，包括晒太阳。

我患有癌症后，立即纠正了自己的饮食，但我的家族其他成员没有改变，就在这时，我父亲又被确诊为结肠癌。其实，2008年12月，我急忙回大连就是听说父亲患有胃癌，但是父亲只检查了胃部，父亲对医生叙述的疼痛部位被我父亲弄混了，父亲认为是胃疼，实际上是结肠疼，而父亲又没有进行结肠部位的检查就回家了，事过一年再次疼痛，这次进行了全面的检查才发现是结肠癌。

如果，父亲那时做一个全身检查，正好与我同时患有癌症。幸好，父亲一年后才确诊为癌症。从我父亲一年后确诊为癌症的事实，就知道假如患者不知道癌症的真相，是可以继续生活的。一旦精神垮了，生命就进入了“倒计时”。

我与父亲都得了癌症，应该引起众多家庭的关注，假如家族成员的饮食习惯都不健康，已经出现了癌症的例子，就该格外小心了。

我一切都好。我现在的精气神，我活这么大，从来都没有过。

非常感谢你的帮助。

祝好!

老布

2010 5

日	一	二	三	四	五	六
						1 十八
2 十九	3 二十	4 廿一	5 立夏	6 廿三	7 廿四	8 廿五
9 廿六	10 廿七	11 廿八	12 廿九	13 三十	14 四月	15 初二
16 初三	17 初四	18 初五	19 初六	20 初七	21 小满	22 初九
23 初十 / 30 十七	24 十一 / 31 十八	25 十二	26 十三	27 十四	28 十五	29 十六

我的乡村新生活

这一周，忙于收拾房子，总算有了一个大概，便给朋友发短信邀请来家做客。

住在村里，每晚不到八点就躺在床上，透过玻璃窗，看窗外的夜空，星星很亮，房前房后的树枝已伸到窗前，有风的时候，树叶发出哗啦啦的声音，很悦耳，两只狗趴在门前，很惬意地伸着懒腰，不时，有飞机从夜空中飞过。

总觉得日子过的很缓慢，每一天很漫长，曾经在影视剧中看到的许多景象，又一一再现。

明天，去城里到洪尘家做经络导引术，特意找了件衣服，并拍照留念，我这个山寨老汉比村里的老汉都沧桑，大概比80岁的人还老，很中国的脸，我脸上的皱纹，犹如皲裂的黄土地，我好像秦俑出土般站在这河北与京城的交接处，过自己的舒心的日子……

2010 5

日	一	二	三	四	五	六
						1 十八
2 十九	3 二十	4 廿一	5 立夏	6 廿三	7 廿四	8 廿五
9 廿六	10 廿七	11 廿八	12 廿九	13 三十	14 四月	15 初二
16 初三	17 初四	18 初五	19 初六	20 初七	21 小满	22 初九
23 初十 / 30 十七	24 十一 / 31 十八	25 十二	26 十三	27 十四	28 十五	29 十六

我的院子与朋友的别墅

我很满意现在的居住之地，我的许多朋友都有联排别墅，但我租下了一个大院子，院子可以停放10辆汽车。

我的视野，可以透过玻璃窗，尽情舒服地眺望，树叶，发出轻微的声音，小鸟在叽叽喳喳歌唱，天空，不时，有直升机掠过，准备降落在首都机场的飞机接二连三从眼前滑过，缓慢地减速。

住别墅的友人，羡慕我可以脚踏在大地上，接受地气的能量，他住在别墅里。现在，别墅很时尚，何谓别墅?

我的朋友著名作家李树喜先生曾说：

“别墅，必须有点土。”

这个土，就是大地，就是地气。如果，以“有点土”来作为标准，许多别墅，就不是别墅了，也就是火柴盒子式的空间。

假如，以“有点土”作为标准，就可以理解故宫以西那片海的奢华与权贵了……

2010 5

日	一	二	三	四	五	六
						1 十八
2 十九	3 二十	4 廿一	5 立夏	6 廿三	7 廿四	8 廿五
9 廿六	10 廿七	11 廿八	12 廿九	13 三十	14 四月	15 初二
16 初三	**17 初四**	18 初五	19 初六	20 初七	21 小满	22 初九
23 初十 30 十七	24 十一 31 十八	25 十二	26 十三	27 十四	28 十五	29 十六

超度后，接着轮回

村里一个83岁的老太太，前几天去世了，今天入土为安。连续三天的祭祀活动，很有排场与架势，隆重的让我惊愕。

据说我姥姥96岁去世时，场面更大，我们这些在外的孙子辈的均没有到场，姥姥临终前说的话，让我等人永远忘记不了，姥姥说：

“人，可以不来，钱，要到位。”

一小时后，姥姥去世了。

我那个时刻，头疼的厉害，我弄不清楚为何这么疼痛。

第二天，才知我头疼痛时，我姥姥去世了。

我姥姥，是相信轮回的，她四十几岁，就购买了厚厚的棺材板子，摆在房间里，这一放就是五十年的岁月。

超度的仪式，就在我家的西面，那里有许多大树与田野。

我忙跑出去，几十人披麻戴孝，跪在地上……

我的房东赶紧劝我回房间里，他说我的身体弱，这里的阴气

老布开始养生后搬来乡下，这是夏天里的一只蝉蜕

重，不利于我的健康，我便退回房间里了。

藏传佛教的超度仪式，我在呼和浩特喇嘛庙见过的。喇嘛与信徒近百人，诵经后，将众多食物、衣物及其他物品扔进熊熊燃烧的火中，许多人将自己的先人名字写在一张纸条上，也扔进火中……

超度的目的，是想进入天堂，然后，接着轮回。

连续两天的阴雨天，随风飘来的音乐，弥漫在空中，走的人安详，活着的人也无悲伤，因为大家都知道83岁的年龄，已经是长寿之福了，既然是福，就应该有一个隆重的仪式，古往今来，这样的喜丧，就必须沿用喜丧的仪式，安慰长者，也给自己未来一次预演，我想所有到场的人，也许都有这样的一个念头，哪怕，一秒钟后，就消失了……

2010 5

日	一	二	三	四	五	六
						1 十八
2 十九	3 二十	4 廿一	5 立夏	6 廿三	7 廿四	8 廿五
9 廿六	10 廿七	11 廿八	12 廿九	13 三十	14 四月	15 初二
16 初三	17 初四	18 初五	19 初六	20 初七	21 小满	22 初九
23 初十 / 30 十七	24 十一 / 31 十八	25 十二	26 十三	27 十四	28 十五	29 十六

“大船”来了

不久前，吴亚卓迷上了关于2012年的预言，她看到任何事情，都会套用这个预言。

最让我诧异的是波兰总统专机坠毁后，她说你看人家总统都提前上“大船”了，她还说你等着吧，会有许多大人物突然离开的，其实，他们都提前上了“大船”……

关于“大船”的传说，很久以前，就有流传。

今天早晨，吴亚卓带着她的巴特尔买菜去了，哈雷在家狂叫着，我解开哈雷脖子上的绳子，哈雷飞快地跑了出去，我怕哈雷走丢了，忙跟了过去。

哈雷跑到汽车旁，仔细闻着，然后，绕汽车几圈，也许，确认了方向，哈雷又跑到院子外，吴亚卓去买菜了，她沿着门前的这条路走的，哈雷是知道她的方向的，但哈雷并没有追去，也许，哈雷知道一会就能看到吴亚卓，我将哈雷带回院子，哈雷爬进了汽车底部，任我千般招呼，就是不肯出来。

我的房东此时正往阳光板上打玻璃胶，他对我大声说：

“你看到没？你门前的那堆土，我收拾的多么平整。你瞧，你以前弄的，一点都不平整。”

“你弄的确实平整。不过，我弄的，也差不多吧？”我这样为自己开脱。

“你知道平平安安吗？”房东又问。

“当然知道了。”

“平平安安，说的是什么？说的就是先平后安。”

“这么说，平平安安，是有讲究的了？首先得把家门前的土地弄平了？”我不解地又问。

关于生命的意义，我想我知道的比房东多，但那大多是理论上的。

我每天走过的路上，都没有弄的平整，却向往他人描述过的生活。

吴亚卓坚信的那条“大船”，是承载不下天下人的，但我们是可以将自己家门前收拾的利落些，我们生活的每一分钟，就是这条“大船”，事实上，我们一直在船上，而自己却不知……

2010 5

日	一	二	三	四	五	六
						1 十八
2 十九	3 二十	4 廿一	5 立夏	6 廿三	7 廿四	8 廿五
9 廿六	10 廿七	11 廿八	12 廿九	13 三十	14 四月	15 初二
16 初三	17 初四	18 初五	19 初六	20 初七	21 小满	22 初九
23 初十 30 十七	24 十一 31 十八	25 十二	26 十三	27 十四	28 十五	29 十六

老不死的爱

昨晚，随手拽出床头前堆放的几本书，《唐卡中曼荼罗》、《乾隆版大藏经》获准重印的推广书、《后望书》、《无目的美好生活》，每本都阅读了片刻，然后，就进入了梦想，这一夜，睡的很踏实。

清晨，窗外，阴雨绵绵，又想起洪晃在《无目的美好生活》一书中写的《老不死的爱》，我原认为这是男人的本性，洪晃借用一段故事，阐述的见解就是：女人也如此。

blowin in the wind

bob dylan

how many roads must a man walk down

before you call him a man

how many seas must a white dove sail

before she sleeps in the sand

how many times must the cannon balls fly
before theyre forever banned
the answer, my friend, is blowin in the wind,
the answer is blowin in the wind.
how many years can a mountain exist
before its washed to the sea
how many years can some people exist
before theyre allowed to be free
how many times can a man turn his head,
pretending he just doesnt see

the answer, my friend, is blowin in the wind,
the answer is blowin in the wind.

how many times must a man look up
before he can see the sky
how many ears must one man have
before he can hear people cry
how many deaths will it take till he knows
that too many people have died
the answer, my friend, is blowin in the wind,
the answer is blowin in the wind

2010 5

日	一	二	三	四	五	六
						1 十八
2 十九	3 二十	4 廿一	5 立夏	6 廿三	7 廿四	8 廿五
9 廿六	10 廿七	11 廿八	12 廿九	13 三十	14 四月	15 初二
16 初三	17 初四	**18 初五**	19 初六	20 初七	21 小满	22 初九
23 初十 30 十七	24 十一 31 十八	25 十二	26 十三	27 十四	28 十五	29 十六

世界有多大?

通向镇政府的那条大街，新盖了一排房子，房前房后，全是桃树。

前不久，开了满树的桃花，我告诉台北来的朋友，她们兴致极高来看桃花，其中之一的好朋友海伦，这几年才从新加坡回到北京居住，她还特意穿了双仿民国之前时代的一双绣花鞋，手臂上还玩着一个从宜家买来的用染色做旧手法以化纤材料编织的篮子，篮子里放了一盒明前茶与杏干，就差一双三寸金莲了，一走一晃……

我们还在正在建设中的这排房子前合计，这房子前后的桃树与田野，多么优美啊！如果，在这里开一个茶舍，该多么浪漫啊。

我们还议论了装修的风格，大有落实这个项目的决心与架势，还就未来的股份构成达成了意向，海伦她们说最近得先回新加坡处理一些事物，过些日子回来再议。

今天，我又路过那排房子，突然，看见了与房子不成比例的一个牌子竖在房顶上，上面醒目地写着“陶瓷大世界”。

这排房子加起来不足百米，就是一个“大世界”。

好大的一个大世界，除了写着许多看不懂的文字外，就站着几个村姑般模样的孩子。

世界，有多大?

世界，大不过欲望与思想。

2010 5

日	一	二	三	四	五	六
						1 十八
2 十九	3 二十	4 廿一	5 立夏	6 廿三	7 廿四	8 廿五
9 廿六	10 廿七	11 廿八	12 廿九	13 三十	14 四月	15 初二
16 初三	17 初四	18 初五	19 初六	20 初七	21 小满	22 初九
23 初十 / 30 十七	24 十一 / 31 十八	25 十二	26 十三	27 十四	28 十五	29 十六

黄村来电话了

我居住的院子被拆迁后，艺术家四处找房子，犹如一把沙子洒在各地。有一个好朋友吴怡一天来电话，问我住哪里，我说南六环外。她说她也在南六环，住在一个国际公寓里，离方庄不到20公里。

她又问："你住什么公寓里？"

"大兴区长子营镇小黑垡村。"我答。

"你怎么住村里了？"

"村里有什么不好吗？以前，咱们住的不叫索家村吗？"

"但那是望京啊，韩国人的地盘。"

过几日，我的电话又响了，亚卓忙接过电话，一问才知道对方是谁，她把电话递给我。

此时，我在修改书稿，低着头看着计算机的屏幕，忙问：

"谁的电话？"

"黄村。"

“我不认识。”

“黄村，一个叫黄村的地方的电话。”

“那里，我也没有熟人啊。”

“吴怡。”

接过电话，原来才知吴怡居住在黄村附近的国际公寓。

我居住的地方，离黄村大约30公里。黄村，北京大兴区政府所在地。今天下午没事，便驾车去了。一进入黄村，感觉来到了南方的县级城市，很“山寨”的样子。如果，不标明这里是黄村，我一定误认为进入了哪个小城市。

我打电话给吴怡女士，她说她现在在南方，就没有看到她居住的国际化公寓，不过，我想这个自封为国际化公寓的房子，也好不到哪里去。

房前房后，自然长草的房子是农家院，城里人工种草的房子

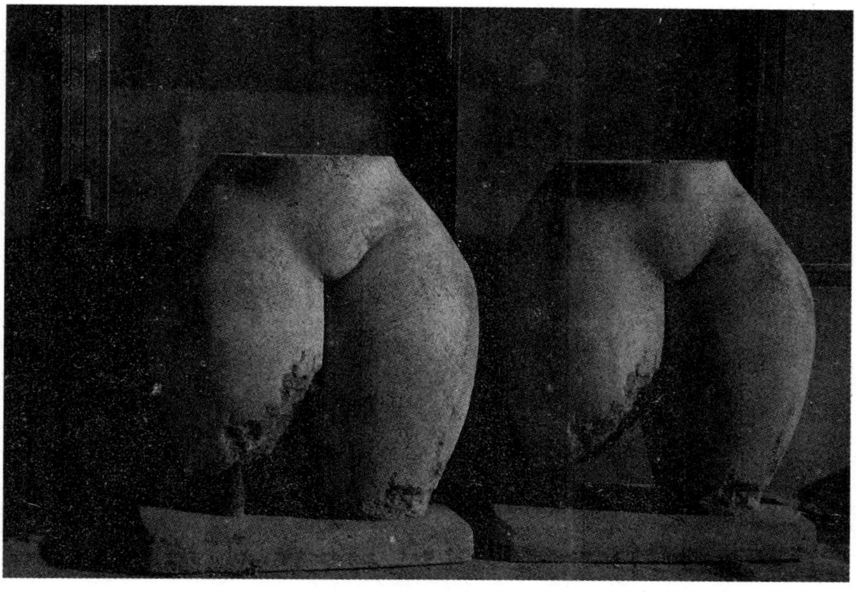

秋日黄昏下的雕塑，老布热爱艺术

叫别墅，别墅门前的土是花钱买，卖土老乡的孩子，也在城里蜗居着。

在我家与黄村之间，有一个很大的工地，你知道叫什么吗?

“世界村。”

现在，我就在“世界村”附近上网……

2010 5

日	一	二	三	四	五	六
						1 十八
2 十九	3 二十	4 廿一	5 立夏	6 廿三	7 廿四	8 廿五
9 廿六	10 廿七	11 廿八	12 廿九	13 三十	14 四月	15 初二
16 初三	17 初四	18 初五	19 初六	20 初七	21 小满	22 初九
23 初十 / 30 十七	24 十一 / 31 十八	25 十二	26 十三	27 十四	28 十五	29 十六

我曾经问个不休

傍晚，我给弟弟发短信，很久、很久没有回音。最近，也曾经给妹妹发短信，也是很久、很久没有消息……

实在等不及了，就给家里打了一个电话，妈妈妹妹弟弟，无论谁接电话，电话那端，就传来很轻松的语调，一如既往，聊着家常。

每当这个时候，我就知道他们在安慰我，怕我忧伤，怕我焦虑，怕我承受不起生命的残酷，尽管，他们都知道我现在还在与癌症寻求共生存的方法。

我知道家人为我准备好了所有的一切，他们协商过，所有的好事都告诉我，所有的不好的消息都不告诉，我就什么都不知道了，在北京过着自己安静的生活……

其实，我什么都知道，我有一种超越时空的感应，我能洞悉已经发生，或即将发生的所有事情，当姥姥去世的时候，当爸爸即将走向手术台的时候……我都有了感应，有一种警示穿越距离，我抓狂般的难受……

现在，我像一个隐士，这哪里是我的本性？但我还是愿意接受这样的现实，目的就是我只为活着，幸庆的是我还有生命在，而许多人已经或正在没有了生命，我看得明明白白，却无力挽救他们……

老式的留声机，那黑胶的老唱片，跟随我20多年，我从家乡带到北京繁华城区，再带到北京与河北交界的京津塘高速穿越的一个小村庄，昏黄的灯光下，缓慢地传出猫王的歌声，窗外，漆黑一片，两只狗各自卧在沙发上，我悄然地删去许多记忆，一个人发呆，我想起了崔健唱的那首《一无所有》：

我曾经问个不休你何时跟我走
可你却总是笑我一无所有
我要给你我的追求还有我的自由
可你却总是笑我一无所有
噢......你何时跟我走

脚下的地在走身边的水在流
可你却总是笑我一无所有
为何你总笑个没够为何我总要追求
难道在你面前我永远是一无所有

告诉你我等了很久告诉你我最后的要求
我要抓起你的双手你这就跟我走

这时你的手在颤抖这时你的泪在流
莫非你是正在告诉我你爱我一无所有

2010 5

日	一	二	三	四	五	六
						1 十八
2 十九	3 二十	4 廿一	5 立夏	6 廿三	7 廿四	8 廿五
9 廿六	10 廿七	11 廿八	12 廿九	13 三十	14 四月	15 初二
16 初三	17 初四	18 初五	19 初六	20 初七	21 小满	22 初九
23 初十 / 30 十七	24 十一 / 31 十八	25 十二	26 十三	27 十四	28 十五	29 十六

渴望活着，还来得及吗?

我父亲，1937年出生。

父亲，性格悲观，在我记忆里，每几年，父亲就会得一种莫名其妙的病，他还总说自己活不过本命年，一晃，他过了6个本命年。

来到了73这个坎，他又说过不去了。果然，今年确诊为结肠癌。

我与父亲同时患有癌症，他无时无刻在所有言行上，都能看到所谓的癌症患者情绪，而在我身上却丝毫看不到，父亲总对他人说我不是癌症患者而他是。

最让大家信服的就是父亲说：你看他（指我说）走路的架势，能连续开车1000多公里，每天笑容满面，你说能是癌症吗?

但我确实是癌症，父亲，也是癌症。

我对癌症的了解，是通过阅读逐步丰富起来的，我也把这些书给父亲看了。

父亲看到的与我看到的是同一个例子，我们的结论却相反，我从来都是积极乐观的，父亲从来都悲观的，我时刻都在改变，父亲固执地将自己的生活方式进行到底。

父亲，渴望医治立竿见影。

我祈求缓慢过好每一天。

父亲，把希望寄托在方法与手段上，我希望寄托在自己日常生活的细节里，每一口水每一口饭菜每一天的稳定乐观心情，都是我必须注重的细节，而这些在父亲那里可以忽略不计。

我怕死，舍得花钱保命，怕自己突然离开这个世界。

父亲说他不怕死，宁肯命没了，钱要留下。

我与父亲争执过，辩论过，甚至，扬言两个人不是父子关系，但父亲就是父亲，我这个儿子，在父亲心里还是儿子。

父亲，现在渴望活着，非常渴望，从来没有过这样的渴望，他再也不说不怕死了。

渴望活着，还来得及吗？

如果，黑云压城城欲摧，土崩瓦解之时，就是生命的大限到了，这是大势所趋，就来不及了……

2010 5

日	一	二	三	四	五	六
						1 十八
2 十九	3 二十	4 廿一	5 立夏	6 廿三	7 廿四	8 廿五
9 廿六	10 廿七	11 廿八	12 廿九	13 三十	14 四月	15 初二
16 初三	17 初四	18 初五	19 初六	20 初七	21 小满	22 初九
23 初十 / 30 十七	24 十一 / 31 十八	25 十二	26 十三	27 十四	28 十五	29 十六

附录：我对癌症的理解与体会

癌症患者，实际上并不惧怕死亡，却被医院与医生吓坏了，因为周边许多癌症患者，基本上都匆匆忙忙离开了这个世界。死亡，是抽象的，活着，却很艰难，有一大堆事情需要处理，死亡，只是把自己的全部托付给了别人，很执着不管不顾一个人潇洒走了。

癌症形成环境都差不多。各种方法与手段对癌症都有效。其实，癌细胞，就像黑社会分子，想把他杀尽是不可能的，但可以控制他们。我比喻为“一体两制”，我用的方法就是解决癌细胞生存的环境，没有了这个生存环境，就身体就会好起来的。

这一个月，真漫长！2008年12月22日，我被确诊膀胱癌。

2009-1-22

@李垒 今天，医生还建议我外科手术，我答：即使出现危险，也不会考虑手术的。医生说：如果手术成功了，活三五年没问题。我答：我想活三五十年。医生无语。

2009-4-7

@李垒 如果在以前，这样的天气，我就召唤大家一起喝酒，而且还得喝高度数的白酒，几碟小菜，比如：煮花生、凤爪、拌应季凉菜，几个知己谈天说地，最好也要有一个女性，喝得脸红脖子粗，声音，越来越大，穿窗而过……

2009-4-19

来自悦暖樹：阳光而理性的心态对身体健康最为重要，老布该为自己感到骄傲，当初一步步的选择积累至今带来今天的你，我相信，直到现在你依然不愿意和任何人交换你的一生，也依然为是今天此刻的自己感到欣慰。加油！:)一切都会过去，一切都会好起来，永不言弃。

老布回复原文：我常想，如果多年前我知道今天这样的生活状态，我还会选择活下去的方式与内容吗？尤其，当我青春的时候，我一定认为自己的未来如诗如画。我想每个人都会这样一天一天地改变自己，以适应社会，因为我们不会选择中途戛然而止，或非正式的退出生命的竞赛。

2009-4-25

癌症，意味着生命进入了“倒计时”，爱情，此时可有可无。我也是癌症患者，当我得癌症后，大家最担心的就是我的女友突然离开，两年前她曾经在接受北京电视采访时说过：如果老布得了绝症，我扭头就走。两年后，我得了癌症，她没有走。

走的那个人算不上爱你的人，就让他走吧。

癌症，不可怕。慢性病，慢慢来医治，你们可以借鉴我的方法。

2009-7-22

癌症，是绝症，这是常识性的知识，但不是死亡的代名词。当然，癌症很难治愈，但也有成功的，主要看患者的治疗方法与个人是否意志坚强？精神的力量很重要。

2009-7-25

老布搬来乡下后，经常牵着狗狗们散步

2010 5

日	一	二	三	四	五	六
						1 十八
2 十九	3 二十	4 廿一	5 立夏	6 廿三	7 廿四	8 廿五
9 廿六	10 廿七	11 廿八	12 廿九	13 三十	14 四月	15 初二
16 初三	17 初四	18 初五	19 初六	20 初七	21 小满	22 初九
23 初十 / 30 十七	24 十一 / 31 十八	25 十二	26 十三	27 十四	28 十五	29 十六

我的不健康生活方式菜单

1．1982年–2007年，25年酒史，最近10年，每次喝酒都醉，醉后没有记忆。

2．1999年到2008年，10年麦当劳食客，每天吃一次，体重增加15公斤，并有一个大肚子。

3．1982年–2008年，26年咖啡食客，每天五杯以上。

4．1993年至今，驾车，喜欢一个人长途驾车，超过100多次，每次连续驾车10小时，里程1000公里以上。每次途中不休息，喝可乐10瓶以上、红牛5罐、力保健5瓶、咖啡5罐、香烟1包、口香糖一包，不吃主食。

5．每天很少喝水。

6．喜欢吃动物内脏，尤其猪大肠等。

7．25年不吃早餐。

8．每天不运动。

9．喜欢吃生牛肉、生鱼片、生狗肉、生海鲜。

10．不喝茶。

健康就是及时擦去玻璃上的灰尘与污渍

11．偶尔抽烟。

12．有时突然脾气暴躁，瞬间后，就恢复平静。

13．已戒酒16个月，之前曾两次戒酒，每次不超过两年。

14．1986年结婚到2007年，性生活不超过200次。

15．很少吃新鲜蔬菜、杂粮，只吃大米饭。

16．喜欢吃豆包、粘米（面）类食品。

17．喜欢听高分贝的摇滚乐。

18．与计算机接触17年。

19．手机习惯性放在腹部。

20．不喜欢落泪或哭泣，一个人忍受所有郁闷与压抑。

21．愿意躺在床上看书。

22．不愿意穿内裤。

23．经常洗桑拿。

世界卫生组织癌症语言选项搜索

癌症

重要事实

癌症是一个全球主要的死亡原因：2004年，癌症死亡人数达740万（约占所有死亡人数的13%）。

肺癌、胃癌、结肠癌、肝癌和乳癌是每年大多数癌症死亡的罪魁祸首。

男女最常患的癌症类型有所不同。

超过30%的癌症死亡是可以避免的。

烟草使用是癌症单一最重要的的危险因素。

癌症由一个单细胞变异造成。这种变异可由外部因子和遗传基因因素造成。

全球癌症死亡人数将继续增加，2030年，死亡人数预计将达1200万。

癌症是一组可影响身体任何部位的多种疾病的通称。使用的其它术语为恶性肿瘤和赘生物。癌症的一个定义特征是快速产生异常细胞，这些细胞超越其通常边界生长并可侵袭身体的毗邻部位和扩散到其它器官。这一过程被称之为转移。转移是癌症致死的主要原因。

全球的癌症负担

癌症是全世界一个主要死亡原因。2004年的癌症死亡人数达740万（约占所有死亡人数的13%）。每年导致癌症总死亡率的主要癌症种类为：

肺癌（130万死亡）

胃癌（80.3万死亡）

结肠癌（63.9万死亡）

肝癌（61万死亡）

乳癌（51.9万死亡）

超过70%的癌症死亡发生在低收入和中等收入国家。预计全世界癌症死亡将继续增加，2030年估计将有1200万人死于癌症。

全世界最常见的癌症种类（按全球死亡人数排序）为：

男性：肺癌、胃癌、肝癌、结肠直肠癌、食道癌和前列腺癌。

女性：乳癌、肺癌、胃癌、结肠直肠癌和子宫颈癌。

癌症是由什么造成的?

癌症源自于一个单细胞。从一个正常细胞转变为一个肿瘤细胞要经过一个多阶段过程，通常从癌前病变发展为恶性肿瘤。这些变化是一个人的基因因素和三种外部因子之间相互作用的结果，这些外部因子包括：

物理致癌物质，例如紫外线和电离辐射；

化学致癌物质，例如石棉、烟草烟雾成分、黄曲霉毒素（一种食品污染物）和砷（一种饮水污染物）；

生物致癌物质，例如由某些病毒、细菌或寄生虫引起的感染。

与某些癌症相关的感染例子：

病毒：乙型肝炎和肝癌、人乳头瘤病毒(HPV)和宫颈癌，以及人类免疫缺陷病毒（HIV）和卡波希氏肉瘤。

细菌：幽门杆菌和胃癌。

寄生虫：血吸虫病和膀胱癌。

老龄化是癌症形成的另一个基本因素。癌症发病率随年龄增长而显著升高，极可能是由于生命历程中特定癌症危险因素的积累，加上随着一个人逐渐变老，细胞修复机制在有效性上具有走下坡路的倾向。

烟草使用、酒精使用、水果和蔬菜摄入量偏低以及慢性感染乙肝病毒(HBV)、丙肝病毒（HCV）和部分类型的人乳头瘤病毒（HPV），都是低收入和中等收入国家癌症形成的主要危险因素。由人乳头瘤病毒造成的宫颈癌，是低收入国家中导致妇女癌症死亡的一个主要原因。

在高收入国家，烟草使用、酒精使用以及体重超重或肥胖是癌症的主要危险因素。

如何可减轻癌症负担?

已经掌握了关于癌症病因及预防和管理癌症的干预措施的大量知识。通过实施以证据为基础的癌症预防、早期发现以及癌症患者管理战略，可使癌症得以减少和控制。

根据国际癌症合作者2005年所作的一项研究，通过改变或避免主要危险因素，超过30%的癌症可以得到预防。

癌症的危险因素包括：

1. 烟草使用

2. 体重超重或肥胖

3. 水果和蔬菜摄入量低

4. 缺乏锻炼

5. 酒精使用

6. 性传播人乳头瘤病毒感染

7. 城市空气污染

8. 家庭使用固体燃料产生的室内烟雾

预防战略：

大力避免上述危险因素

针对人乳头瘤病毒和乙型肝炎病毒接种疫苗

控制职业危害

减少暴露于阳光时间

及早发现：

如果及早发现和治疗，可降低大约三分之一的癌症负担。癌症的及早发现以这样的观察为基础，即癌症发现越早，治疗越为有效。目标是在癌症限于局部时（转移之前）发现它。癌症及早发现有两个组成部分：

教育，帮助人们认识癌症早期征兆以及立即针对这些症状寻求医疗。这类症状可能包括：肿块、疼痛、持续消化不良、持续咳嗽和身体管口出血。

筛查规划，用于在征兆可发觉之前查明早期癌症或癌症前期患者，检测手段包括针对乳腺癌的乳房X线照相和用于宫颈癌的细胞学检测（子宫颈抹片）。

治疗和关怀：

治疗的目的是治愈癌症患者，延长生命和提高生活质量。一些最常见癌症种类，例如乳腺癌、宫颈癌和结肠直肠癌，在得到及早发现和根据最佳做法治疗时，有很高的治愈率。主要治疗方法是外科手术、放射疗法和化疗。依靠成像技术（超声波、内窥镜或X线摄影术）和实验室（病理学）检查作出准确诊断，对于适当治疗至关重要。

依靠姑息治疗，90%以上的癌症患者可实现缓解疼痛和其他问题。即便在资源不足的环境中，也可找到一些有效办法为癌症患者及其家庭提供姑息治疗服务。

世卫组织的反应

2008年，世卫组织启动了慢性病行动计划。目前，癌症行动计划也正在制定中。

世卫组织、联合国系统其他组织和伙伴在国际癌症预防和控制领域开展合作，以期：

强化对癌症预防和控制的政治承诺；

产生新的知识以及传播现有知识，以促进采取以证据为基础的癌症控制策略；

制定标准和工具，为规划和实施预防、及早发现、治疗和关怀干预提供指导；

在全球、区域和国家各级广为促进发展多部门癌症控制伙伴网络；

加强国家和地方各级卫生系统；

提供技术援助，以便迅速而有效地向发展中国家转让最佳干预做法。